紙玫瑰

Paper Rose

綰昕 著

作者序

綰昕

大家好，我是綰昕。謝謝你購買這本書。

在故事開始之前，必須先提一下那位有緣和我同班十一年的先生，我們姑且稱呼他為「鄭君」。從幼稚園小班到國中畢業，我幾乎天天都可以看到那張憨厚的臉。之所以會提起他，不是因為他和故事裡的男主角有幾分相似……不多，大概二%，只有名字像而已。

在《紙玫瑰》開始線上連載的前一天，我收到一則來自鄭君的臉書訊息——

鄭君：「嗨，可以給我妳的電話號碼和 LINE 嗎？」

我：「……你被盜帳號喔？」

面對多年沒連絡的老同學，突然要自己的電話號碼，任何人都會覺得對方是詐騙集團吧！雖然我們雙方的媽媽感情超好，到現在都有連絡，而且還經常相偕去唱歌。

後來鄭君表示他想在入伍前辦一場同學會，這讓我回想起我們國中畢業後最後一次交談，當時他剛去新高中報到，晚上還特別打電話來，開心地跟我說：「妳知道我在新學校遇到誰嗎？」

「你的初戀？」我打趣道。

「不是啦！」他窘迫的聲音讓我笑很久。

「所以到底是誰啊？」他硬是要我猜，我說了幾個我們都認識的名字後，我也不耐煩了。

「是、妳、的、初、戀、喔！」

「……」

「而且我還跟他同班耶，嘿嘿嘿嘿嘿！」

當時我下意識飆了一句粗口後就掛電話了，之後他不斷打電話來也不接。

然後……沒有然後了。一直到大學三年級，我才知道他在我就讀的學校附近的大學念書。很近，搭公車兩站就到了這麼近，但我們沒有再見過面了。

人與人之間的緣份很奇妙，每每回想起分班後走進教室就會看見鄭君的臉孔，都會忍不住想笑。但這十多年的緣份，卻在分道揚鑣後多年從未聯繫。

記得以前老師要我們寫作文，題目是「我的夢想」。鄭君寫了什麼我忘了，但這個平時木訥、憨厚的男孩，卻在寫這篇作文時露出一臉嚮往的表情，現在回想起來，「夢想」不就是讓人前進的動力？

面對夢想，有太多人總是怯步，但是有更多人正在通往夢想的這條路上努力。在開始閱讀這個故事之前，希望你「永遠不要因為害怕失去，而不珍惜當下的擁有」。

感謝一路上陪伴、支持的小夥伴們。也謝謝POPO原創，能藉由說故事認識這麼多人真的很開心，也謝謝願意聽故事的你。

最後由衷期盼若干年後，看過這個故事的你，可以不用記得書名、不用記得作者的名字，只要記得，曾經有個故事讓你有著刻骨銘心的感覺。

祝福你。

綰昕　寫於二零一七年孟春

目次 Contents

第一章

「他往那邊去了，快追！」

一群少年從佟可玫身旁急奔而過，她低垂著頭走著，手指有一下、沒一下地繞著垂在胸前的髮尾，長長的秀髮遮掩住她半張臉孔，直到那陣喧囂逐漸消失在走廊盡頭，她仍維持原本的速度，往目的地走去。

「學校的毒瘤」，老師們總是這麼稱呼那群少年。

他們不喜歡念書，整天惹事生非，是教導主任眼中的頭痛人物。

相較於這些「學校的毒瘤」，佟可玫則是加強班的優秀學生，每次段考成績都排在全年級前幾名。

她其實不愛念書，但家人希望她能夠上市區最好的高中，她只得把書念好。

這個時間點，她本該在教室上課的，因值日生沒有把粉筆準備好，她又剛好上課發呆被發現，所以被老師叫去空教室拿粉筆。

她走路的速度不快也太慢，就是算好了以這樣的步程來回，可以多拖延一點時間卻又不會被老師質疑。

不過她千算萬算，就是沒料到空教室的粉筆已經被拿光了，而且……裡面還有個人。

當她打開空教室的門，無預警地被掃帚柄狠狠打中臉頰，她痛得慘叫一聲，摀著臉蹲下來，眼淚立刻蓄滿眼眶，卻忍著沒有流下來。

「喂，妳沒事吧？」一看打中的居然不是剛剛那群少年，而是一個長髮幾乎蓋過整張臉的女貞子，這名兇手立刻把掃帚扔到一邊，緊張兮兮地彎下身來察看她的臉。

佟可玫疼得說不出話來，抬頭想看看發生了什麼事，只見一位臉上滿布傷痕和瘀青的少年，而他下半身竟然只穿了一條內褲，嚇得她摀著臉尖叫起來。

走廊外隱隱又傳來那群少年的吆喝和腳步聲，少年眉頭一皺，一把將佟可玫拉進空教室，然後刷的一聲把門關上。

她不想跟這個人獨處一室啊！

佟可玫急著想掙脫，但少年的手勁極大，無論她怎麼使力都掙不開他的箝制。

「妳最好不要叫喔，我不想打女人。」耳邊傳來少年威脅的低語，佟可玫立刻安分下來。臉頰還痛著呢！她不只不愛念書，還超怕痛的。

「他一定跑不遠，一間一間找！」隨著聲音越來越近，少年抓著佟可玫手腕的手也越來越用力，痛得讓她忍不住皺起眉頭。

她怯怯地開口：「欸，如果我把他們引開，你可以放我走嗎？」

少年似乎不相信她，仍舊緊緊握住她的手腕，就怕她出去會揭露他的行蹤。

就當佟可玫陷入絕望時，手上的那股力道忽然一鬆。

「引開他們，不然我回頭就先揍妳。」少年說完就躲進一旁的打掃用具櫃。佟可玫都還沒來得及回話，空教室的門就被人粗暴地踹開。

「鄭宇鈞，老子知道你在這裡，給我出來！」

一群少年衝了進來，卻只看到佟可玫一個人，原本凶神惡煞的模樣頓時減了幾分。

「同學，妳有沒有看到一個只穿內褲的混帳進來過？」

帶頭的高大少年向前一步，或許因為對方是女生，他還是滿有禮貌地詢問。

「沒、沒有，我只是來幫老師拿粉筆……」佟可玫盡可能表現出畏縮的樣子，她知道他們不會傷害她，因為這群少年向來對加強班的女生很有禮貌，甚至好幾次看他們送東西給加強班裡心儀的女生。

不過如果讓他們知道她幫了那個叫鄭宇鈞的，下場應該會很淒慘。

「哦，沒有就算了！」

高大少年抓了抓染得五顏六色的短髮，左顧右盼巡視了下這間空教室，就對後面的小弟們吆喝道：「再去下一間找！」

佟可玫瑟著肩膀看著這群少年準備離開。

正當她在心底鬆了一口氣時，那個高大少年突然轉身走到她面前，佟可玫心跳頓時漏了一拍，以為他發現鄭宇鈞了。

「妳是哪一班的呀？」

佟可玫微微抬起頭，原本被長髮遮住的臉稍稍透了出來，小聲回道：「三年忠班。」

「哦，是A段班的呀！妳長得挺好看的耶！」

「……」

從沒被人稱讚過的佟可玫顯得有些不知所措，這時外頭傳來其他少年的呼喊，高大少年不耐煩地低咒一聲，對佟可玫露出自以為帥氣的笑容，「我叫楚建衡，改天去班上找妳玩啊！」

楚建衡大搖大擺地走出教室後，佟可玫還愣在原地，直到身後傳來聲響，她才回過神想起還有個人躲在打掃用具櫃裡。

其實佟可玫對鄭宇鈞這個人非常有印象，教室在二樓的她座位剛好靠窗，所以常常看到他在一樓的中庭花園被一群男生追打逃竄。

鄭宇鈞和她同年級，半年前才轉到這所學校來，因為長得好看，校花吳曉曉還為了他要和當時的男朋友，也就楚建衡分手。楚建衡當然不開心了，惱羞成怒的他便開始找鄭宇鈞麻煩，原本只是惡言挑釁，後來竟變本加厲開始動手打人。

面對楚建衡和他一幫小弟，雖然鄭宇鈞會反抗，但寡不敵眾的結果只有挨打的份。學校老師一開始還會出面制止，但鄭宇鈞畢竟也只是個成績吊車尾的學生，久而久之就連老師也視若無睹。

雖然加強班的學生整天都在讀書，但不代表不知道這些校園八卦。

每當佟可玫看見鄭宇鈞倒在地上，被楚建衡一群人拳打腳踢後的狼狽模樣時，她真的很想立刻衝下樓大聲叫他們住手。

但她始終鼓不起勇氣，她害怕下一個倒在那裡的會是自己。

內心掙扎著卻又無能為力，最後只能選擇視而不見，任由這樣的霸凌事件日復一日持續在校園裡發生。

看著鄭宇鈞緩緩從櫃子裡爬出來，佟可玫深吸一口氣，決定還是別蹚這灘渾水了，而且她已經離開教室太久，現在快點趕回去還可以隨便編個理由應付老師，再拖下去就可能被記曠課了。

她無法想像曠課通知單寄到家裡時，自己的下場會有多慘烈。

佟可玫走到黑板旁的講桌，打開抽屜卻沒看見半根粉筆，有些欲哭無淚的她對著鄭宇鈞說：「我先走了，你自求多福。」

就算幫得了他這一次，那下次呢?佟可玫決定收起同情心，轉身準備離開。

「喂，等等！」

身後的呼喚，讓佟可玫停下腳步。

「謝謝。」一句低啞的道謝清楚地傳到佟可玫耳裡。

「不會，我只是做我應該做的。」

沒等鄭宇鈞回應，佟可玫就走出了教室，反正以後她也不會再幫鄭宇鈞了。一個加強班的好學生和一個被霸凌的少年，最好還是不要有任何瓜葛。

好不容易在另一間空教室裡找到粉筆，佟可玫便快步朝自己的教室走去，途中還看到楚建衡一群人在另外一邊的走廊上尋找鄭宇鈞。

不知道為什麼，佟可玫覺得在回教室的這段路上，她的步伐輕盈了許多，就連心情也跟著輕鬆了起來。

她思忖到教室門口後才在得出了答案：或許是因為剛剛做了一件好事的關係吧！

❄

隔天，佟可玫進教室的時候，發現全班都用奇怪的眼光盯著自己，嚇得她一度以為自己是不是衣服穿反了。

「妳來啦！」

一道宏亮的嗓音，讓佟可玫心跳漏了一拍，她循著聲音看去，發現鄭宇鈞竟然坐在她的位子上，還用那貼著ＯＫ繃的俊臉對她笑著。

驚訝地盯著那制服整齊、模樣俊俏的少年，佟可玫有股衝動想轉身逃離教室。

她一點都不想跟鄭宇鈞扯上關係啊！

班上同學紛紛低聲竊語，探究的目光不斷在鄭宇鈞和自己身上打轉，畢竟鄭宇鈞在女生圈也小有名氣，他那張俊逸的臉孔，就連校花也為之瘋狂。

佟可玫低著頭走到自己的座位，無視鄭宇鈞還坐在那裡，把書包往桌上一放就逕自朝打掃用具櫃走去。

「喂！」

見她沒理自己，鄭宇鈞突然起身追了上去，讓原本站在打掃用具櫃旁的同學都自動閃到一邊去。

佟可玫裝作沒聽到，自顧自地要打開櫃門，突然一隻手拍在門板上，砰的一聲讓她肩膀也縮了一下。

她這才轉過身，冷冷地看著鄭宇鈞說道：「有事嗎？」

「也沒什麼事啦，只是我們教室隔得很遠，平常沒機會遇到妳，所以想過來跟妳說聲早安！」不被她的淡漠影響，只見鄭宇鈞笑得非常燦爛，讓佟可玫一瞬間失了神。

佟可玫別開頭不想理他，她不懂他為什麼要特地跑過來打招呼，因為他們根本談不上認識。

「喂喂，妳好歹也理我一下，我還沒七點就在教室裡等妳了耶！」

佟可玫扭過頭驚愕地看著他，七點！她才剛出家門而已，鄭宇鈞就已經到學校了？

看她的反應，鄭宇鈞得意地仰起頭，「嘿嘿，很早吧！」

「不要再這麼做了，我跟你又不認識。」

「我認識妳呀！」鄭宇鈞湊近她身邊，「妳叫佟可玫，三年忠班，座號二十四號，三年級段考總成績第二名。妳的位子是靠窗第三個，上課無聊時喜歡看著窗外發呆，讀書讀到煩時還會拔頭髮……」

「你為什麼知道我會拔頭髮？」

那是她壓力大時下意識會有的壞習慣。記得上個月段考，因為理化考差了被爸媽罵，結果她把自己關在房間裡讀了一整晚的理化，那晚頭髮也不知不覺被自己拔掉好幾根。

在學校她偶爾也會有這種舉動，不過她已經盡力克制了，為什麼還會被鄭宇鈞發現？

「我在中庭花園常看到妳往下看呀！」

聞言佟可玫倒吸口氣，沒想到他被楚建衡等人追打，還有閒情逸致觀察二樓教室裡的人。

鄭宇鈞看她不回應，正要繼續開口，早自修的鐘聲這時候響了起來。

「打鐘了，快點回你班上去。」佟可玫拿過離她最近的一個男同學手裡的掃把，不再理鄭宇鈞，直接就往走廊盡頭的樓梯間走去。那是她負責打掃的區域，待會如果老師來了發現她還沒開始掃地，一定會挨罵的。

當她低頭掃了幾下，一道黑影突然擋住她的視線，抬頭一看又是鄭宇鈞，令她不禁有些氣憤道：「你到底想幹嘛？」

「我第二節下課可以過來找妳嗎？」

佟可玫怔了怔，隨後搖頭：「不可以。」

她一點都不想跟他扯上關係，而且第二節下課的時間比較長，有二十分鐘，足夠她背好十個注釋了。

似乎早料到她的回答，鄭宇鈞笑著點頭說：「沒關係，反正我還是會來，不過是禮貌上跟妳說一聲而已。」

「你……」佟可玫忍不住想拿掃帚打他，掩在長髮下的臉透出一股惱怒。

「喂！早自修時間你們在那邊做什麼？還不快回教室！」

樓下傳來老師的叫喊聲，佟可玫像是受驚的兔子，立刻拿著掃把急忙跑向教室。

「佟可玫！」

鄭宇鈞突然喚她，讓她忍不住停下腳步回頭疑惑地望著他。

「等會見。」

這次他不等佟可玫回答就走掉了，佟可玫還沒回過神，就聽見老師的嗓音：「鄭宇鈞，你到加強班的樓層來幹嘛？」

佟可玫隨即拉過神智，帶著掃把跑回教室，鄭宇鈞的話語仍然在她腦中迴盪。

剛回到座位坐下，班導正好來了，佟可玫趕緊拿出書包裡的社會課本，隨意翻了幾頁，翻著翻著突然想起昨天放學前已經把今天要交的作業放在抽屜，她伸手去拿，卻發現裡面多了一樣東西。

她皺眉拿起來一看，居然是一個豆莢狀的小吊飾，上面還夾著一張字跡歪扭的小紙條。

一直拔頭髮會變禿頭喔！這個給妳，聽說是可以紓壓的小玩具。——鄭宇鈞

佟可玫手指一施力，豌豆莢立刻冒出一顆黃色的小豆子，豆子上還畫著可愛的表情符號。

台上的班導正在批改著考卷，周遭同學繃緊神經專注在他們面前的課本上。

佟可玫也盯著自己的課本，右手握著螢光筆在上面劃重點，桌子下的左手卻始終握著紓壓的豆莢吊飾，有一下沒一下地壓著。

第二節課結束時，佟可玫透過窗戶，看到鄭宇鈞又出現在花圃，身後依舊是楚建衡等人，不過鄭宇鈞今天跑得比較快，沒一會兒就消失在中庭。

佟可玫看了一眼黑板上方的掛鐘，下課時間只剩十三分鐘，鄭宇鈞應該是不會來教室找她了。

她拿出書包裡的國文課本，準備複習待會國文課老師會抽考的注釋，當她看到第三個注釋的時候，又看了一眼掛鐘，還有七分鐘……

她嘆口氣，闔上課本，打算去廁所洗把臉把煩躁的情緒洗掉。才一踏出教室，就和神色慌張的鄭宇鈞面對面。

「咦，你怎麼過來了？」

「先別問了，妳跟我來！」鄭宇鈞拉著她，一把將她帶離教室。

「喂喂，快上課了，你要帶我去哪裡？」

感覺到走廊上學生們好奇的目光，佟可玫羞憤地想甩開鄭宇鈞的手，但他握得很緊，又跑得很快，佟可玫只好邁開腳步跟上。

兩個人穿過各班的走廊，吸引不少同學探出頭來看，其中還包括校花吳曉曉。

一路上女同學的目光幾乎都停在鄭宇鈞身上，讓佟可玫當下有個衝動想把他那張帥氣的臉給遮起來！

聽到他們身後不遠處傳來騷動聲，她轉頭看去，居然是楚建衡和他的一干小弟！

看他們凶神惡煞的表情，佟可玫立刻加快腳步，不忘朝前頭的少年怒吼：「你自己被追就算了，幹嘛連我都要陪你跑啊？」

「這樣才熱鬧啊！」鄭宇鈞頭也不回地應道。

會熱鬧才怪！佟可玫氣得想踹他一腳，無奈身後還有追兵，她也只得繼續跑下去。

當他們跑到一年級教學大樓的頂樓，才成功甩掉楚建衡等人。

上課鐘聲不知道什麼時候已經響過了，鮮少運動的佟可玫撫著自己劇烈起伏的胸膛，長髮散在腦後露出清秀的小臉，紅噗噗的臉頰發著燙。

她好不容易緩過氣來，轉頭就看見鄭宇鈞緊盯著自己。發現兩人的手還緊握著，她像是被熱鐵燙到般迅速把手縮回來。

她看鄭宇鈞不像自己跑得快喘不過氣的樣子，忍不住問：「你跑這麼遠不累嗎？」

「如果妳每天被追，就會像我一樣跑這麼遠也不會累了。」

佟可玫抽抽嘴角不予置評，轉身就想回教室，鄭宇鈞再一次拉住她。

「幹嘛——」

「噓，來這邊！」他表情變得緊張，拉著佟可玫往頂樓的水塔後方躲。

佟可玫才剛蹲下身，就聽到樓梯口那兒傳來聲音，「老大，那個小子不在頂樓！」

「靠，又被他給跑了！」

直到他們的腳步聲遠去，佟可玫才跟著鄭宇鈞從水塔後面走出來。

「哼哼，怎麼可能每次被你們抓到！」鄭宇鈞看起來心情不錯，說完還哼起歌來。

看著他這模樣，佟可玫感覺很無奈，就算今天躲過了，那明天、後天，甚至是以後的每一天呢？

「鄭宇鈞，」她第一次喊他的名字，「你幹嘛不轉學？」

鄭宇鈞聽到她的話，嘴裡哼的歌也停了下來。他望著學校門口的方向，眼神變得有些憂傷。「我媽媽在市區裡的醫院接受治療，市區醫療資源比較完善，總不能因為我的關係讓她回到鄉下的醫院去。」

想到鄭宇鈞每天被拳打腳踢的狼狽樣，佟可玫皺起眉說：「可是這樣下去……」

「佟可玫。」鄭宇鈞突然轉過頭，神情嚴肅地看著她。

「幹嘛？」被他看得背脊發麻，佟可玫顫聲回道。

「妳很關心我對不對？」

「啊？」佟可玫張大眼，不敢置信地瞪著他，「你、你神經病啊！我以前從來沒跟你說過話，怎麼可能關心你？」

「不是沒說過話喔，」鄭宇鈞鼓起腮幫子，糾正道：「我轉學過來的第一天，就看到妳在辦公室裡面，一個人搬一疊作業。我那時候想，天氣這麼熱這個女生幹嘛不把頭髮綁起來，還把整張臉遮住，像個女鬼一樣，照鏡子不會被自己嚇到嗎？我都想拿剪刀去幫妳把頭髮剪掉了！」

佟可玫聽他這麼說，低頭看了看披散在胸前的長髮。真的有這麼誇張嗎？

鄭宇鈞走到她身邊，大水塔遮住越來越毒辣的陽光，留給他們兩人一塊大小適當的陰涼處。

「後來我要去新班級的時候，妳突然追上來，拿了一疊資料給我，說是老師剛剛忘記交給我的。」

佟可玫歪頭想了一下，似乎真有這麼一回事。

「那你哪裡覺得我是在關心你？」

「因為那時候妳跟我說：『同學，歡迎你來到誠中！』妳是我到新環境後，第一個對我釋出善意的人。」

「我只是做我應該做的。」

「不是每一個人都像妳這樣。」鄭宇鈞認真地看著她的雙眼，「妳也曾經在下課時看到我在花圃被追打，然後跑去通報教官吧？」

那天她正好要送資料到訓導處，一出教室就聽見楚建衡等人的嬉鬧聲，她就和教官說了下，結果讓楚建衡他們被罰留校察看。事後她還擔心被楚建衡知道，好幾次看到那群人都刻意躲得遠遠的。

佟可玫以為那件事不會有人知道，沒想到被鄭宇鈞看見了。

「為什麼？」見她沉默半晌，鄭宇鈞突然問道。

佟可玫不理解他的疑惑，「什麼為什麼？」

「為什麼妳要幫我？」他這話問得有些飄忽，佟可玫暗自慶幸自己聽力還不錯。

「沒有為什麼，我只是……」

「做妳應該做的？」鄭宇鈞接過話，原本憂鬱的神情突然轉為燦爛的笑容，「還好妳不是只對我好，不然我會以為妳喜歡上我了呢！」

「什、什麼？！」

「妳上上個月底是不是有去醫院？」

佟可玫回想了一下，點了點頭，「我舅媽住院，所以去醫院探望她。」

「那妳還記得，妳在醫院有遇到一位迷路的老婆婆嗎？」

聽他這麼說，佟可玫隱約想起那天探望完舅媽後，媽媽因為忘了拿手機所以返回病房去拿，當她在一樓大廳等媽媽的時候，突然有人拍了一下她的肩膀。

「妹妹呀，妳知道加護病房要往哪邊走嗎？我媳婦住院了，我從鄉下搭車過來，人生地不熟，沒想到這間醫院這麼大，居然迷路了。我們家宇鈞又還在公車上，等等才會過來。」

一個駝著背的婆婆提著兩包看起來很重的袋子，雙手微微發顫，表情卻十分和藹地問她。

「這個……我不太清楚……」

她不常來醫院，平時親戚生病爸媽也不太讓她跟來探病，畢竟她是考生，如果生病就會影響課業。但這次住院的舅媽從小就很疼她，在她百般央求下，好不容易媽媽才同意讓她跟來。

婆婆點了點頭，對佟可玫笑道：「沒關係、沒關係，我再去問問，不好意思打擾妳了啊。」

看她轉身緩步離去，佟可玫望著那背影，牙一咬就急步上前，輕拍婆婆的肩，說：「我媽媽還沒來，這樣好了，我陪婆婆您去問問看好不好？」

婆婆眨眨眼，笑了開來，「謝謝妳呀！如果我們家宇鈞有妳這麼乖就好了！」

佟可玫回以一笑並搖搖頭，沒留意到婆婆剛剛說的名字。她伸手拿過婆婆手上的提袋，裡面似乎裝了不少東西，拿起來真的挺重的。

她們先走到服務台，問了加護病房的樓層，佟可玫再陪婆婆搭電梯到三樓。

當他們到了加護病房外，佟可玫便把東西放在等候區的椅子上，請婆婆坐下來休息。

「剛剛服務台的護士小姐說，加護病房最近一次的會客時間是兩點，現在還有十分鐘，婆婆您先在這裡稍坐一下，從鄉下搭車過來，還提這麼多東西應該很累吧！」

說完她從口袋裡拿出一包面紙遞給婆婆，讓她可以擦擦臉。

「小妹妹，真的很謝謝妳呢！」婆婆從其中一個提袋裡拿出兩顆芭樂，塞到佟可玫手上，「如果妳不介意的話，這是我自己種的，沒有噴農藥，很甜很好吃呦！」

看著手裡兩顆翠綠的芭樂，佟可玫有些為難。「婆婆您太客氣了，這應該是要給您媳婦吃的吧？」

「是要給我孫子的，妳拿去沒關係，婆婆這邊還有好幾顆，夠我們家宇鈞吃了！」

看婆婆這麼堅持，佟可玟只好收下兩顆芭樂，點頭致謝道：「謝謝婆婆！」

「好好好，回去也可以給妳家人吃吃看。妳叫什麼名字呀？」

「我叫佟可玟。」

「真好聽，妳國中畢業了嗎？」

鮮少被人誇讚的佟可玟害羞地低下頭，悄聲回應：「我、我現在三年級……」

「三年級？跟我孫子一樣呢！」婆婆驚訝地看著她，「我們家宇鈞前陣子剛轉學過來，說不定和妳念同一個學校喔。」

佟可玟回以淺淺一笑，低頭看了看錶，突然臉色一變，不好意思地對婆婆說：「婆婆，我媽媽可能已經到了，怕她看不到我會擔心，我就先下樓去了，您一個人在這裡等可以嗎？」

「可以、可以，我們家宇鈞應該等一下就過來了。妳回去也要注意安全，今天真的很謝謝妳呀！」

「不會，我只是做我應該做的。」

佟可玟和婆婆道別後，快步回到一樓大廳，果然看到媽媽焦急地在找她，媽媽一看到她出現，劈頭就開罵。回家後兩顆芭樂也被氣頭上的媽媽扔進垃圾桶裡，還邊罵她是不是讀書讀傻了，竟然連陌生人給的東西也敢拿，哪天被人騙走了還傻傻地幫人數鈔票。

聽媽媽這樣念，佟可玟在心底悄悄回道：被婆婆騙走應該不是數鈔票，而是數芭樂！

當然她沒膽子頂嘴。

幾天後媽媽氣消了，時間一久她也把這件事忘了，如果鄭宇鈞今天沒提起，她絕對不會想起來。

「所以……你就是那位婆婆的孫子？」那個婆婆總掛在嘴邊的，我們家的宇鈞？

佟可玫看著鄭宇鈞，最後理出這個結論。上課時間已經過了一半，這次她居然沒有想趕快衝回教室的念頭，反而是想和鄭宇鈞多聊一些。這樣的自己，讓她感到很陌生，卻也很新鮮。

「那天我以為我阿嬤不見了，她身上又沒有手機，只在出門前跟我說要過來看我和我媽，我急到差點去警察局備案，還好最後她平安到了醫院。後來我阿嬤一直跟我說有個女孩心地很好，帶她去加護病房外面，還幫她提東西。我問她這個女生長什麼樣子，她只說頭髮很長，我還以為是醫院裡的阿飄幫她帶路的。」

佟可玫癟起嘴，「哪有這麼誇張。」

「我敢保證小孩子看到妳會被嚇哭！」鄭宇鈞伸手撩起她一綹長髮，柔順的髮絲一下子就從他指縫間滑過。

「有這麼可怕嗎？」

「當然！」鄭宇鈞再次舉起手，把遮住她臉蛋的長髮往兩耳後撥，一張清秀的小臉立刻出現在他眼前。

佟可玫想轉頭避開他的目光，但鄭宇鈞抓住她的肩膀，讓她動彈不得。

「我阿嬤還叫我去學校找找看有沒有人叫『佟可玫』，當時我並沒有放在心上，直到後來在布告欄的成績排行榜上看到妳的名字。」鄭宇鈞露齒一笑，「我打電話跟我阿嬤說妳成績很好，是很用功的好學生，妳知道她跟我說什麼嗎？」

佟可玫盯著近在咫尺的俊臉，不解地眨了眨眼，「她說什麼？」

「她說人家可玫會念書，我們家宇鈞都不會，叫我好好跟妳學習！」說完鄭宇鈞放開她，還對天翻了個白眼，喊著：「我又不喜歡念書，幹嘛跟妳學習啊？」

聽他這麼說，佟可玫哭笑不得，回道：「我也不喜歡讀書啊。」

鄭宇鈞好奇地扭過頭，「既然不喜歡，妳這麼用功幹嘛？」

「因為……除了念書，我也不知道自己會什麼。」

鄭宇鈞用古怪的眼神看著她，「妳難道都沒有什麼夢想嗎？」

夢想？

佟可玫覺得這個詞有點陌生。從小她就被灌輸「不努力念書以後會餓死」的觀念，久而久之她的生活除了讀書，好像也沒有其他目標了。

看她茫然的表情，鄭宇鈞嘆口氣道：「我的夢想是當氣象主播喔。」

「你？當主播？」佟可玫瞪大眼，想像著鄭宇鈞出現在新聞台上的模樣，她忍不住嘴角上揚。

「喂喂，有什麼好笑的？放尊重一點！」鄭宇鈞不悅地撇撇嘴，「我阿嬤最喜歡看T視晚間新聞的那位氣象男主播，一直誇讚人家很帥，所以我跟自己說，以後一定要當上主播給我阿嬤看看！

「怎麼樣？我的夢想很酷吧！」鄭宇鈞站上頂樓一處凸起的水泥塊，佯裝氣象主播說道：「今日受到大陸冷氣團的影響，全國各地氣溫都會下降到攝氏十八度……」

「鄭主播，現在是十月天，大太陽的，溫度都超過二十八度了吧！」佟可玫笑著反駁他，「不夠專業喔。」

鄭宇鈞冷哼一聲，「有人像我一樣，還沒訓練過就播報得這麼有模有樣嗎？」

「未來的鄭主播，那你最好現在開始多念一點書，才能考上大氣科學系！」

「可是念書很累耶！」一想到要念書，鄭宇鈞就像洩了氣的皮球，整個人倚在水泥塊上。

「不會比你被人追打來得累啦。」佟可玫語重心長地說：「成績變好了，老師也不會再放任他們欺負你。楚建衡他們雖然囂張，還是會怕教官和老師的。」

所以用功學習不全然是沒好處的，佟可玫在心底悄悄安慰自己。

「但距離大考已經很近了耶，我轉學前在學校超混的，來到這裡也都沒有好好翻過書。」

「有志者事竟成。我聽過以前有一個學長，原本都不念書，在倒數六十天的時候突然發憤圖強，結果考上第一志願，跌破老師們的眼鏡。」佟可玫不斷勸說著。她告訴鄭宇鈞，其實讀書不會很悶的，尤其是念自己喜歡的科目，考到高分時那樣的成就感，十分難忘。

「好，我試試看！」鄭宇鈞突然跳起來對著天空吼道，嘹亮的嗓音讓佟可玫心頭一震。「我一定要考上大氣系！」

聽他立下目標，佟可玫笑著點點頭，附和道：「現在開始努力，一定可以的。」

「佟可玫，謝謝妳！」鄭宇鈞轉過身來握住她的雙手，眼底鬥志滿滿，「妳真的很關心我耶！」

被他真摯的雙眼盯著，她尷尬地別開頭，「才、才不是……我該回教室了。」

想到自己回去一定會被老師罵一頓，佟可玫的心跳就忍不住加快起來，因為這是她第一次翹課。

「需要我送妳回教室嗎？」見她臉色有些蒼白，鄭宇鈞關心地問道。

她搖了搖頭，如果被老師看到她和鄭宇鈞在一起，肯定會被罵得更慘。

佟可玫往樓梯那邊走去，感覺身後靜悄悄的，她回頭一看，發現鄭宇鈞居然躺在水塔旁的陰影處，雙手枕在頭後面，一副很舒服的樣子。

「鄭宇鈞，你在幹嘛？」

「看雲啊！」某人回答得很理所當然。

佟可玫按下怒氣，盡可能心平氣和地問：「你不回教室嗎？」

「老師上課我又聽不懂。」

她大步走向鄭宇鈞，彎腰瞪著他，垂落的長髮正好擋住鄭宇鈞的視線。

「剛剛是誰說要試試看、要努力的？」

鄭宇鈞一臉愁苦，「我真的想努力啊，但課本上面寫的東西這麼複雜……」

「藉口！」佟可玫伸手揪住他的耳朵，怒道：「你連試都沒試就放棄，難道剛剛說的那些話都是假的嗎？」

「啊、啊……好痛、好痛！放放放開我！」

「不放！除非你跟我下樓回教室去！」佟可玫手勁加大，痛得鄭宇鈞哇哇叫。

「好好好！我去、我馬上回去！」

佟可玫這才放過他。

一脫離她的利爪，鄭宇鈞不斷用手揉著耳朵，整張臉脹紅得像煮熟的蝦子。

「哪有女生力氣像妳這麼大啊？」鄭宇鈞邊抽氣邊說道，還不忘揉揉他紅燙的耳垂。

「你走還是不走？」

第二章

佟可玫再次朝他伸出手，鄭宇鈞就像受驚的兔子般，跳離她兩大步遠。「妳走前面，我跟在妳後面。」見佟可玫一臉不相信自己的樣子，鄭宇鈞舉起左手發誓：「我如果沒回教室，耳朵被妳捏到爛掉！」

看他表情誠懇，佟可玫也沒糾正他發誓時應該要用右手，就轉身往樓梯走去。

鄭宇鈞不敢落後，趕緊跟上去。當他們一前一後走下樓梯時他突然開口：「佟可玫，不如妳來幫我補習吧！」

佟可玫停下腳步，轉頭驚訝地看著鄭宇鈞帶著笑容的俊臉。

「為什麼是我？」

「妳成績好呀！」鄭宇鈞笑得很欠揍，「看在我們是朋友的份上，妳平常又這麼關心我，就好人做到底嘛！」

誰跟你是朋友了！而且她哪裡關心鄭宇鈞了？

看佟可玫不願意的樣子，鄭宇鈞原本上揚的嘴角立刻下垂。

「拜託啦！我這一生就這一個請求，佟大美女、佟女神，求求妳——」

「噓、噓，你是想讓全校都知道我要幫你補習是不是？」說完佟可玫嘆了口氣，面對鄭宇鈞她總有一種無力感。

「這麼說妳是答應囉！」

「……我又沒說。」

眼看鄭宇鈞張嘴又要開始鬧騰，「佟大美——」

「好啦，你不要再喊了！」佟可玫伸手摀住他的嘴，用眼神威脅他閉嘴。

「嗚嗚……搜丁了噢！」她勉強聽得出來鄭宇鈞的意思是：說定了喔！

佟可玫深吸口氣，收回手後說道：「放學後到圖書館二樓來，我要先回教室了，你也趕快回去，如果讓我知道你又跑去別的地方……」

她還沒說完，鄭宇鈞趕緊用雙手護住自己的耳朵，驚恐地搖搖頭，「我會乖乖回教室的！」

她滿意地點點頭，兩人在二樓教學大樓的連接橋前分開，鄭宇鈞的教室在一樓，佟可玫則是在二樓。

「放學見。」鄭宇鈞開心地朝她揮揮手，佟可玫點點頭，表情有些緊繃。

走回教室的路上，她的心跳不斷加快，眼看教室就在前方，她吞了吞口水，深吸口氣跨出步伐。

噹噹噹噹——

下課鐘聲正好響起，也讓她的心幾乎沉到了胃底，泡在胃酸裡有說不出的酸澀。

當老師走出教室時看到她，臉色驀地一沉。

「佟可玫，來辦公室一趟。」

預料之中的話，背著教室裡其他同學的目光，她垂著頭跟老師一起離開。

❄

拿著一張家長通知書，佟可玫回到教室時，裡面空無一人。

她記得這堂是體育課，把那張通知書胡亂塞進書包裡，提著水壺趕到操場時，班上同學已經在跑步了。

「之後來的，跟上！」體育老師要求他們跑完五圈操場，說他們這群考生整天坐在教室裡缺乏運動，需要好好鍛鍊。

佟可玫因為比較晚到，當大家已經在樹蔭下休息的時候，只有她還在操場上頂著大太陽跑著。

剛剛和鄭宇鈞跑了一趟已經讓她疲憊不堪，現在又在烈日下跑步，她覺得全身的水分都快流乾，肺裡的空氣彷彿也快不足了。

就在她好不容易跑完五圈，氣喘吁吁來到樹蔭下，連一口水都還沒來得及喝，就聽到體育老師的哨聲。

「集合！」

周圍響起此起彼落的哀嚎，佟可玫也只好拖著沉重的腳步去排隊，站在她身旁的是與她比較有話聊的季伊婷。

體育老師正在講解今天要做的運動，佟可玫趁機慢慢調節自己的呼吸，這時候季伊婷朝她湊過來，悄聲地問道：「可玫，妳還好嗎？如果不舒服，我可以幫妳舉手跟老師說。」

「我沒事，謝謝妳。」佟可玫微笑地說。

「那就好，妳臉色蒼白得像是隨時會昏倒。妳頭髮不綁起來嗎？很熱耶！」季伊婷把手腕上的黑色橡皮圈拿下來，「這個借妳綁。」

「謝謝。」她剛剛匆匆忙忙趕過來上課，把髮圈忘在教室裡了。

「不客氣啦。」

「那邊兩個，專心聽講！」體育老師往她們看過來，厲聲大喊，嚇得兩個女生趕緊站好。

老師講解之後，體育股長隨即發下排球給同學們。為了下禮拜的排球考試，季伊婷邀佟可玫一組，兩人走到一旁去練習傳球。

「可玫，妳上禮拜的數學考得還好嗎？」

佟可玫接過她拋過來的球，回道：「還可以，怎麼了嗎？」

「我考不及格，明天要留下來補考。妳能不能教我呀？」

想起放學後她也要留下來幫鄭宇鈞補習，佟可玫把球打回去給季伊婷，點點頭說：「好呀。」

「萬歲！有妳幫忙，我補考一定會通過的！」季伊婷開心地喊道，太興奮的結果就是手的力道沒控制好，球的方向失準，直接飛越過佟可玫頭頂，一路滾到禮堂後面。

「可玫對不起，我打太大力了！」

「沒關係，妳在這邊等我，我去撿就好。」她朝季伊婷擺擺手，往禮堂後面跑去。

看到排球停在矮牆邊，她彎腰撿起，還沒站直身體，就聽到矮牆後方傳來幾個男生的說話聲——

「今天絕對不能讓那個小子溜掉！」

佟可玫認得這個聲音，沒想到楚建衡那群人會出現在這裡，她縮起肩膀，想趕快拿球離開。

「大哥，那你打算怎麼整鄭宇鈞？」

聽到鄭宇鈞的名字從牆後傳來，這三個字就像定身咒，讓正要離開的她定在原地。

「今天放學把他拖去河堤，扒光他推下去！」

楚建衡的聲音帶著一點幸災樂禍，他周圍的少年也紛紛起鬨說道：「推下去之前拍個裸照啦！」、「拍照發給全校看，看他還敢不敢來學校！」

佟可玫緊抓著排球，腦裡浮現鄭宇鈞帶傷的臉，她抿緊唇，決定待會下課就去警告鄭宇鈞，下課別留下來念書了，還是趕緊回家比較安全！

「等一放學，我們就在校門口堵他，然後……」楚建衡後面的話說得比較小聲，佟可玫貼近牆想聽個仔細，肩膀突然被人從後面一拍。

「可玫，妳在幹嘛呀？」

佟可玫驚魂未定地轉過頭，一看是季伊婷，她才鬆了口氣。矮牆那頭倏地也沒了聲音，她暗叫糟糕，一手抱著球，另一手拉著季伊婷，趕緊往操場跑。

果然在她混入人群的下一刻，就看見楚建衡等人翻牆過來，一臉凶惡地想找出剛剛的偷聽者。

季伊婷也看見那群人，驚恐萬分地望著佟可玫，語調發顫：「可玫，他們……」

「別看他們，我們來練習排球。」見楚建衡一群人似乎往這邊看過來了，她趕緊捧起球，朝季伊婷發去，就像周遭同樣在練習的同學一樣。

感覺一股凌厲的目光從身上掃過，佟可玫雙掌冒汗，盡可能表現出若無其事的模樣。

直到楚建衡等人離開操場，她和季伊婷才鬆了口氣。

「可玫，剛剛那群人不是學校的毒瘤嗎？」

佟可玫沒有點頭也沒有搖頭，只是拿著球看著他們離開的方向。

還好，他們不是往鄭宇鈞教室……

「可玫？」

佟可玫回過神來，她轉頭看著一臉擔憂的季伊婷，安撫道：「別擔心，他們不會對妳怎麼樣的。」

「我不是擔心我，是擔心妳啊！」季伊婷哭喪著臉，「我剛剛那麼大聲喊妳的名字，那群人一定聽到了，可玫妳要小心點！」

佟可玫這下也開始擔心了，之前她幫鄭宇鈞躲過那幫人的追趕，這回又偷聽到他們想把鄭宇鈞推下河堤……自從認識鄭宇鈞後，她似乎一直碰上一些倒楣事。

不過倒楣歸倒楣，她還是不能放任楚建衡他們做出這麼過分的事！

「伊婷，待會下課妳先回教室。」

「妳想幹嘛？」季伊婷緊張地拉住她的手，就怕她被楚建衡一群人逮到。

「沒事，我上課前會回教室的，放學也會教妳數學。」

季伊婷知道自己攔不住她，只好放開手，柔聲道：「我知道了……妳自己小心一點。」

佟可玫笑著點點頭，原來被關心的感覺，這麼美好。

❄

體育課一結束，佟可玫就提著水壺往鄭宇鈞的教室跑去。

遠遠地她就看見鄭宇鈞臉色淡漠地走出教室，似乎要去廁所，周遭的人經過時都會刻意避開他，深怕和他扯上關係。

佟可玫左顧右盼，確定沒看見楚建衡那群人的身影，便悄悄走到男廁旁去等鄭宇鈞。

過了三分鐘，開始緊張自己上課又要遲到的佟可玫終於看見鄭宇鈞走出男廁，她急忙走上前，喊道：「鄭宇鈞！」

這一喊，不只是鄭宇鈞，四周的男同學也都往她這裡看過來，讓她尷尬得想找洞鑽。

鄭宇鈞看見佟可玫，原本冷漠的表情立刻轉為燦爛的笑容。

「妳怎麼跑來了？」他看見佟可玫垂在腦後的馬尾，滿意地評論道：「頭髮綁起來好看多了。」

佟可玫微怔，隨即回過神說明來意，「今天放學你別到圖書館來了。」

「為什麼？」以為她不願替自己補習，鄭宇鈞皺起眉道。

佟可玫正要解釋，眼角卻瞄到一個時常跟在楚建衡身邊的小弟正往這邊走來，她臉色一變，急道：「反正就是別來了，你一放學就趕快回家！」

說完她也不管鄭宇鈞的反應，轉身就往樓梯快步離開。她是好人沒錯，但不想做一個惹禍上身的好人啊！

彷彿身後有猛獸在追趕般，佟可玫是拚命跑著回教室的。

見她平安回教室，季伊婷立刻迎上來，看她除了有點喘之外，並沒有任何被欺負的跡象，才鬆了口氣。

「妳是去找鄭宇鈞嗎？」

佟可玫點了點頭，正要跟季伊婷解釋，老師已經踏進教室。

「妳們兩個還站在門口幹嘛?上課了，趕快回座位！」

兩人紛紛低著頭回到座位上，佟可玫對季伊停使了個眼色，示意她下課再說。

季伊婷是今天的值日生，下課後要負責把作業簿搬去辦公室，佟可玫就在教室等著季伊婷回來。她坐在座位上整理今天上課的筆記，卻心不在焉地不時用筆尖戳著筆記本，一手撫著頭髮，將柔細的髮絲纏上指頭，稍稍一用力——

一根頭髮就這麼纏在手上。她怔怔地盯著自己的斷髮，再抬頭看一眼講台上的掛鐘，放學時間都已經過了將近半個小時，鄭宇鈞應該回家了吧？

不知道有沒有被楚建衡他們堵到？一想到如果鄭宇鈞被推下河堤，她就……

一根頭髮又被扯落，而那不斷落下的筆尖忽地一停，佟可玫望著滿是小洞的筆記本，和飄到紙頁上的髮絲。

為什麼看到鄭宇鈞被欺負，她會有憤怒、難過的情緒？

難不成就像鄭宇鈞說的，她其實很關心他？

隨著思緒越來越雜亂，佟可玫纏在手指上的頭髮也越來越多根、越來越緊，一圈、兩圈……然後用力一扯——

「可玫，讓妳久等了！」

季伊婷突然奔進教室大喊，佟可玫嚇了一跳，還沒完全從方才的思緒回過神來，她怔愣地看著季伊婷走進教室，身後還跟著一個人。

「……你為什麼還在這裡？」

「妳答應要幫我補習的啊！」鄭宇鈞一臉無辜委屈，像是被人遺棄的小狗。

季伊婷雖然不認識鄭宇鈞，但他畢竟是老師們口中的「毒瘤」，剛剛她搬著班上的作業要去辦公室的路上，看見鄭宇鈞朝她走來，嚇得雙手發軟，手中的作業簿散落一地，還害怕得直打哆嗦。

不過鄭宇鈞卻幫她撿起所有的作業簿，很有禮貌地問她：「妳是可玫的同學吧？我看過妳跟她走在一起。」

沒有老師形容的那種凶惡恐怖，鄭宇鈞還和善地陪她一起把作業簿拿到辦公室，沿途聊天後季伊婷才知道，原來他也拜託佟可玫幫自己補習。

看到佟可玫這麼驚訝的表情，季伊婷趕緊解釋道：「我和鄭同學在走廊遇到，剛好他要來找妳，所以我們就一起過來了。」

鄭宇鈞也笑著附和道：「對啊，多一點人念書比較不無聊嘛！而且如果妳有不會的地方，伊婷也可以教我其他科目，聽說她歷史很強的！」

那聲「伊婷」彷彿一根針扎進佟可玫的心裡，有股陌生的酸意悄悄地蔓延開來，但她選擇忽略心底異樣的感覺。

「回去！」佟可玫揚聲對鄭宇鈞大喊：「立刻離開學校！」

她不曉得楚建衡那群人走了沒，但只要鄭宇鈞沒回家，她就無法放心。現在，她只想要他平安！

第一次看見佟可玫這麼生氣，季伊婷有些擔憂地道：「可玫，發生什麼事了嗎？」

「好，我會回去。」原本沉默的鄭宇鈞突然出聲，淡漠地看著佟可玫。她對上他投來的視線，即使有點緊張，仍挺直腰桿，等著他離開。

沒錯，他一定要趕快離開！

不過當她看見鄭宇鈞下一秒卻朝自己走來，佟可玫再度變了臉色，怒斥：「你不是要回去嗎？」

「妳不用這麼急著趕人，我等等就走，不過在回家之前……」

鄭宇鈞停在佟可玫面前，突然抓起她的左手，舉到兩人眼前，只見她白皙的指頭上纏了好幾根頭髮。

「我不是有給妳那個豆子嗎？」

佟可玫眨眨眼，他給的紓壓小物被她遺忘在抽屜裡了。

瞧她一臉茫然樣，鄭宇鈞皺起眉，舉起右手，佟可玫害怕地閉上眼，一旁的季伊婷更是大喊：「可玫，小心！」

沒有預期中的疼痛，佟可玫緩緩睜開眼，原本遮住她一半視線的長髮突然不見了，而鄭宇鈞伸著手，不知道在她頭上弄些什麼。

「鄭宇鈞，你在幹嘛？」他的動作很輕，一點都沒有扯痛她。

「哼，看這樣妳要怎麼拔！」

鄭宇鈞一副大功告成的樣子，笑得十分開心。佟可玫轉過頭，看著窗戶反射出的身影，竟覺得有點陌生。

過腰的長髮被綁成高高的馬尾，這樣的佟可玫看起來，似乎多了份朝氣。

「可玫，妳皮膚好好喲！」

季伊婷湊過來，近距離觀察佟可玫的臉，「我一直以為妳用頭髮遮臉是為了遮痘痘，現在這樣很漂亮呀，幹嘛把自己弄得跟貞子一樣？」

「我也覺得她之前超像貞子的，給她一台電視就會從裡頭爬出來。」

兩人你一言我一語，聽得佟可玫臉頰發熱，伸手就想把頭上的橡皮圈拿下來。

「喂喂，不准拿掉！」

鄭宇鈞上前一把握住佟可玫的手腕，低聲斥道：「妳是要把自己的頭髮拔光嗎？」

佟可玫搖了搖頭，鄭宇鈞繼續說道：「再拔就要變禿頭了，會很醜喔！」

「我知道了啦！你、你趕快放開我！」兩個人太過貼近的距離，讓佟可玫都能聞到他身上的淡淡皂香。

鄭宇鈞放開她後，就直接往教室外頭走去。

「鄭同學，你要去哪？」季伊婷看他往門口走，連忙出聲問道。

「回家。」他的語氣聽不出是喜是怒。

看著消失在門口的背影，佟可玫想也不想便追了上去，對著走廊上大喊：「鄭宇鈞，等等！」

鄭宇鈞停下腳步，回過頭來一臉疑惑地看著她，那表情彷彿是在說：「妳在耍我嗎？」

「抱歉，今天真的沒辦法幫你補習。」佟可玫抿了抿唇，「明天……明天我一定教你！」

原本總被頭髮遮住，看不清表情的小臉浮現躊躇的神情，鄭宇鈞望著她，緊皺的眉頭緩緩鬆開來。

「那說定了喔，妳明天一定要幫我補習。我還想當氣象主播呢！」鄭宇鈞朝她揮了揮手，準備轉身離開。

「鄭宇鈞，」佟可玫再度開口，「回家路上小心點。」

鄭宇鈞點點頭，朝她揚起笑容，「妳真的很關心我耶！」

「少、少囉嗦，你快回家啦！」

佟可玫看著鄭宇鈞的背影漸漸消失在走廊盡頭，她才感覺真正鬆了一口氣。

回身一踏進教室，她就對上季伊婷好奇的目光。

「可玫，妳跟鄭同學在交往嗎？」

被季伊婷突如其來的問題嚇了一跳，佟可玫一臉驚愕，結巴道：「妳、妳哪裡覺得……我們在交往？」

她跟鄭宇鈞才剛認識啊！

「感覺你們認識很久的樣子，而且一般男同學會幫女同學綁頭髮嗎？」全班男生這麼多，也沒見過佟可玫跟誰有親近過。

「那也不代表他喜歡我啊，況且我也不喜……」

「妳不喜歡他喔？」

佟可玫深吸口氣，表情嚴肅道：「季伊婷，妳再問下去，我要回家了！」

見佟可玫真的開始收拾東西，季伊婷趕緊湊上前去。「不要這樣嘛！我明天數學補考就靠妳了，妳可是我的救世主，千萬不能放生我！」

說著說著還拉住佟可玫的手，撒嬌似的蹭了蹭。

「好了、好了！妳這樣子拉著我，我們怎麼去圖書館？」

季伊婷聽了立刻放開她，連忙跑到自己的座位拿書包。佟可玫才剛背起書包，季伊婷已經在門口等她了。

「快快快，天都快黑了！」

佟可玫露出無奈的笑容，兩個人並肩離開教室，在夕陽餘暉下，朝圖書館的方向走去。

隔天放學後，佟可玫依約開始幫鄭宇鈞補習，不過她還是很擔心那天在禮堂後方偷聽到的事，因為害怕鄭宇鈞被楚建衡逮到，所以要求他一下課就得去圖書館，如果遲到就再也不幫他補習。

鄭宇鈞果真每天都準時出現在圖書館，而且說也奇怪，最近似乎也很少看見楚建衡一群人。

這天幫鄭宇鈞檢查數學作業時，佟可玫忍不住悄聲問：「楚建衡沒去找你麻煩嗎？」

「沒有，他最近可忙了。」

佟可玫狐疑地抬起頭來，「忙什麼？」

「吳曉曉和他復合了呀！」

當初就是因為吳曉曉喜歡上鄭宇鈞，楚建衡才會找他麻煩，現在前女友都回心轉意了，自然就不會再去找鄭宇鈞的碴。

佟可玫點了點頭，表情明顯鬆了一口氣。看見她的反應，鄭宇鈞瞇著眼睛笑著說：「妳又在關心我了？」

「誰關心你了！」佟可玫朝他低喝，立刻引來圖書館阿姨的側目，兩個人連忙低下頭，將目光放在面前的課本上。

她把作業推向對面的鄭宇鈞，指了指她用鉛筆圈起來的地方，以眼神示意他訂正。

鄭宇鈞重重地嘆了口氣，無奈地把筆記本拉到自己面前，準備重新計算。

看他乖巧的模樣，佟可玫眼底染上笑意，低頭繼續念她的理化。

「呼呼……可玫、鄭宇鈞！」季伊婷一路跑了過來，還一邊喊道。

「這位同學，圖書館嚴禁奔跑、大聲喧嘩！」圖書館阿姨走過來，用氣音嚴厲地警告季伊婷。

「對不起，我下次會注意的！」季伊婷尷尬地笑了笑，隨後躡手躡腳地走到佟可玫和鄭宇鈞這桌來。

她把書包放在椅子上，屁股都還沒坐穩就拉著佟可玫的手臂說：「你們看過模擬考成績了沒？」

佟可玫搖搖頭，她都忘記今天是成績公布的日子。

「我考進前二十了耶！」季伊婷情緒激動，忍不住揚聲說道，但下一秒就感受到圖書館阿姨凶狠的目光，嚇得她趕緊縮起脖子，悄聲道：「我媽知道了一定超開心！」

佟可玫正要開口恭喜季伊婷，卻看見對面的鄭宇鈞突然皺起眉頭。

「可玫我幫妳看了，妳一樣是第二名。」季伊婷無奈嘆道：「我等等還得去補習班，好羨慕妳，不用補習成績就這麼好。」

佟可玫嘴邊的笑容微僵，她雖然沒去補習班，但在家裡也同樣在念書啊！不管有沒有補習，為了達成家人的期望，她現在最重要的事也就是讀書而已。

「別抱怨了，這裡還有一個連百名榜都勾不到邊的人耶！」鄭宇鈞自嘲道。

季伊婷立刻對他投以同情的眼神，安慰道：「鄭同學你也別灰心，你肯認真念書已經是『毒瘤』中的『良性瘤』了。」

「什麼毒瘤？」鄭宇鈞疑惑地看著季伊婷。

「就是……」

「伊婷，妳不是還要去補習班嗎？」佟可玫趕忙打斷她的話，「快五點了，妳這樣時間來得及嗎？」

季伊婷連忙看了一下手錶，雖然六點才要補習，但她還得先去吃晚餐。

「那我先回去了，你們念書加油喔！」

季伊婷離開後，佟可玫暗自鬆了口氣，轉過頭就對上鄭宇鈞審視的目光。

「你、你幹嘛這樣看我？」

鄭宇鈞不說話，只是點點頭然後把筆記本遞給她。

「都訂正完了？」佟可玫低頭看了看，發現他的確都修正好了。說要幫鄭宇鈞補習，其實佟可玫也只是幫了一點忙，一點就通的他，其實只是懶得念書罷了。

「很好，都做對了。」佟可玫把筆記本還給他。她搞不懂鄭宇鈞為什麼要浪費他這顆聰明的腦袋這麼多年，如果能早點奮發上進，說不定考進百名榜前十名都不是問題。

做完固定份量的題目後，佟可玫就讓鄭宇鈞看自己想讀的科目，通常他都是念英文和理化，今天卻讀起了歷史課本。

一直到圖書館要熄燈了，他們才收拾書包離開。

鄭宇鈞每天都要去醫院看他媽媽，所以會和佟可玫一起走到公車站牌。一路上他總是會聊一些很多有趣的事，每次都逗得佟可玫笑彎眼。

「在我之前待的學校，有一天歷史老師問了班上同學一個問題。他說：『我知道你們不喜歡老師，但每個人一定都會有一、兩項優點，所以請你們認真想想，然後把喜歡老師哪一點寫在紙上，五分鐘後交給我。』」

好奇怪的老師！佟可玫在心底咕噥，可還是忍不住開口問鄭宇鈞：「那你寫了什麼？」

「我寫：**老師，我最喜歡你離我遠一點**。」鄭宇鈞驕傲地仰起頭說著。

「你真的這樣寫啊？！」佟可玫驚訝地望著他。

「對呀！從那之後每次上課他都會點我起來回答問題，如果不會就罰寫，所以我超討厭上歷史課！」

「活該！」難怪這傢伙的歷史會念得這麼糟糕，佟可玫邊笑邊罵道。

聊著聊著很快就來到公車站牌，因為佟可玫回家的路線和鄭宇鈞要去醫院的方向不同，所以兩人搭的公車也不相同。

通常都是鄭宇鈞的車先來，今天也不例外，目送鄭宇鈞上車後，佟可玫便靠在一旁的欄杆上等著公車。

身後傳來一道陌生的嗓音，佟可玫先是一怔，隨後轉過身看去，對上了一雙晶亮、水汪汪的大眼。

「妳是……佟可玫嗎？」

吳曉曉，全校公認的校花，成績雖然沒有佟可玫好，但不管是面對好學生還是不良少年，她兩邊關係都不錯。

「我是。」佟可玫回應的同時左右看了下，確定沒看見楚建衡才稍稍鬆口氣。

吳曉曉立刻露出溫和親切的笑容，走上前拉近兩人的距離。

「我是吳曉曉，妳好！」

見她朝自己伸出手，佟可玫遲疑了一下，隨後也伸出手回握。「妳好，我是忠班的佟可玫。」

「可玫和鄭同學很好嗎？」

吳曉曉收回手後突然問道，讓佟可玫一愣，她記得……吳曉曉之前是喜歡鄭宇鈞的吧？

她不是和楚建衡復合了嗎？

見佟可玫沒回答，吳曉曉唇邊的笑容微斂，「最近常看你們走在一起，連放學也沒有馬上回家，你們在交往嗎？」

佟可玫想也不想就搖頭，「沒有，我只是留下來幫他補習而已。」

「那就好，我還以為你們在交往呢！」吳曉曉再度笑開來，她挽住佟可玫的手臂，柔聲說道：「是鄭宇鈞拜託妳幫他補習的嗎？」

對於才剛打過招呼，就動作這麼親近的吳曉曉，佟可玫忍著她身上飄過來的香水味，皺眉說道：「是或不是和妳有什麼關係嗎？」

吳曉曉臉色一變，「怎麼會沒關係！我……」

「曉曉！」

佟可玫循聲回頭，竟然看見楚建衡朝她們跑來，急著馬上把頭轉回來。

佟可玫抬眼看向吳曉曉，只見她先是翻了個白眼，隨後便放開佟可玫，露出甜美可人的笑容，轉過身去迎接楚建衡。

還來不及感嘆吳曉曉的變臉速度，佟可玫一見公車靠近，便不管身後那兩人的反應，連忙拔腿朝公車奔去。

直到公車門在她身後關上，佟可玫腦中仍不斷迴響著吳曉曉的話——你們在交往嗎？

她撫著自己起伏的胸口，挑了個靠窗的單人座坐下。

她可以很肯定地告訴吳曉曉，她和鄭宇鈞沒有在交往，卻無法回答她為什麼要答應幫鄭宇鈞補習。

一直到走進家門，她仍然沒能理出一個答案。

將皮鞋放進鞋櫃後，她走過客廳，卻發現母親單獨坐在沙發上，電視正播著晚間新聞。

「我回來了。」她輕聲道。

「妳先去放書包，等等下來客廳，我有話跟妳說。」母親的語調雖一如往常，卻讓佟可玫背脊一涼。

當她回到客廳時，見母親沉著一張臉，鋼琴烤漆的桌面上則放了一張紙，上頭似乎寫著「曠課單」三個大字。

「這是怎麼回事？」媽媽拎起那張紙，冷聲質問：「我打電話去學校，老師說上個月就發了通知單，妳為什麼沒有拿給我？」

佟可玫這才想起那張被她胡亂塞進書包裡的通知單，原本打算過幾天再拿出來，後來竟然給忘了。

媽媽的怒罵聲迴盪在客廳，佟可玫只是睜著眼，面無表情地盯著那張通知單，心裡想著這時候如果能有一把火將那張紙燒掉就好了。

「別說媽媽沒給妳解釋的機會，到底為什麼要曠課？把理由給我說清楚！」

佟可玫垂下眼，低聲道：「我沒有理由可說。」

媽媽深吸口氣，強壓著怒氣。「那天曠課妳跑去哪裡？跟誰在一起？」

「……」

「佟可玫！妳不講話是什麼意思？」媽媽重重地拍了下桌子。「妳不好好念書居然翹課，還讓老師寄通知單到家裡來，妳是不是交了什麼壞朋友？」

「才沒有！」鄭宇鈞才不是什麼壞人。

「待會妳爸回來我會跟他說這件事。妳現在立刻去洗澡，洗好就待在房間看書。」

佟可玫默默點頭正準備離開客廳時，電視裡正播著氣象預報，她看著螢幕上的英俊主播，有些出神。

「還站在那幹嘛？」

身後傳來母親的低斥，她趕緊收回目光，跑上樓去。

佟可玫洗完澡坐到書桌前，怔愣地盯著面前的課本，手指輕撫亂髮，然後無意識地旋轉、繞圈……

這時鄭宇鈞的話倏地閃過她的腦海——妳是要把自己頭髮拔光嗎？她急忙鬆開手，拿起掛在筆袋上的豌豆吊飾，開始胡亂按壓。

壓了近五分鐘後，她像是突然想起什麼似的抓起了椅側的書包，從裡面翻出那張皺皺的曠課通知單。看了一眼上面的日期、班級、座號和姓名，佟可玫輕吐口氣，然後毫不猶豫地將它從中間撕成兩半。但這樣似乎還不夠解氣，於是她對折又撕、對折又撕……直到通知單變成片片碎紙花，她才終於甘願停手。

「可玫，爸爸叫妳下樓。」門外傳來媽媽的聲音，她嘆了口氣，知道該來的還是躲不掉。

隔天到了學校，季伊婷被她眼下的黑影嚇了一跳。

「可玫，妳臉色不太好耶。」

佟可玫對季伊婷勉強擠出一個笑容，道一句沒事後，便拿著掃地用具去樓梯間打掃。

低頭掃著樓梯上的塵屑，雖然昨晚那場家庭革命讓佟可玫仍頭痛欲裂，但還好媽媽沒有收回讓她放學後留校念書的承諾。

想到可以繼續幫鄭宇鈞補習，佟可玫的心情似乎好了一點。

早自習的鐘聲這時響起，她趕忙走上樓梯要回教室，不知是精神不濟還是思緒不清，竟一個沒踩穩，眼看就要跌倒——

第三章

「小心！」

突然有個人拉住了她的手，佟可玫驚魂未定地看著面前的樓梯防滑痕，幾秒後才回過神。

「謝謝你！」她抬起頭看著眼前這位救了自己的人。

「不客氣，這防滑痕有些脫落了，走路要注意一點。」

對方高了自己快兩顆頭，是個陽光少年！

佟可玫發現他身上穿了別間學校的制服，不免露出疑惑的表情。

似乎看出她的疑問，少年放開她的同時朝她點了點頭，「我叫穆羽皓，是去年畢業的學生，今天特地回來找老師的。」

這個名字非常耳熟，佟可玫知道他。

穆羽皓，一年級就是籃球隊的先發球員，二、三年級都當上籃球隊隊長，是學校裡的風雲人物，就算已經畢業了，他的名聲還是傳遍校園。

「我是三年忠班的佟可玫，學長你好。」

穆羽皓對她笑得燦爛，「快考試了吧？加油、加油！」

「謝謝學長。」

佟可玟回到班上時，大家已經開始早自習了，班導也嚴肅地催促她趕緊整理好回座位。

距離大考只剩七十四天，老師每天都會耳提面命，提醒他們一定要做好萬全的準備。佟可玟總是希望時間能夠過得快一點，爸媽每天這麼緊迫盯人，她都快喘不過氣了。

第二節下課時，她正盯著上節課的理化考卷出神。

「佟可玟，外找喔！」

耳邊突然傳來同學的呼喚，佟可玟抬起頭朝教室外面看去，是鄭宇鈞。

她起身走了出去，看見鄭宇鈞手上拿著一張紙，以為他有不懂的題目要問，於是朝他伸出手。

鄭宇鈞也沒說話，就把手裡的那張紙交給她，佟可玟攤開一看，是張一百分的數學考卷。

「嘿嘿，這是昨天考的喔，我很厲害吧！」

見佟可玟盯著那張考卷遲遲沒回應，鄭宇鈞湊到她身旁，拍拍她的肩笑道：「妳是感動到不知道要說什麼嗎？」

「不是，我是在找老師有沒有改錯的地方。」

鄭宇鈞聞言瞪了她一眼，伸手搶回考卷，對教室裡的季伊婷喊道：「伊婷，我數學考一百分耶！」

「真的假的？」季伊婷跑出教室，看著鄭宇鈞手上的考卷，驚呼道：「哇！你太厲害了！」

「沒錯！我有把握大考一定沒問題！」鄭宇鈞揚起嘴角，滿臉得意。

「那你歷史也得先考好才行。」佟可玟冷冷地說道。

「妳今天是吃了炸藥嗎？」鄭宇鈞沉下臉，「我難得考一百分耶！妳就不能說一聲恭喜，或是替我高興之類的話嗎？」

聽他這麼說，原本心情就不太好的佟可玫頓時像被踩到尾巴的貓，豎起毛來反擊，「這些題目沒什麼難度，考一百分是應該的，不要因為這樣就沾沾自喜，大考又不是只有考數學而已。」

「可玫，鄭宇鈞已經很努力了……」見他倆之間氣氛不對，季伊婷趕緊上前打圓場。

「不好意思，我不像妳們這麼優秀，每次考試都可以拿高分，因為我只是個『毒瘤』！」鄭宇鈞話說完轉身就走，留下呆怔在門口的佟可玫和季伊婷。

「可玫……」

「我去一下廁所，妳先進教室吧。」佟可玫說完，也不等季伊婷回應，就朝廁所的方向走去。

站在洗手台前，佟可玫用手捧水朝臉上潑去，冰涼的感覺讓她頓時清醒了些。

她怎麼會對鄭宇鈞說出那種話呢？她明明是想恭喜他的……

「唉！」眼看上課時間就快到了，佟可玫只好先回教室，打算待會下課或是放學後再去跟鄭宇鈞說聲抱歉。

「佟可玫！」

走出廁所後沒幾步，身後就傳來一聲嬌喝。佟可玫轉過頭，看見吳曉曉站在不遠處，私自改短的制服裙露出她修長白皙的美腿，精緻的五官讓走廊上路過的同學都忍不住停下來多看幾眼。

吳曉曉隨即走上前，有些不滿地看著佟可玫，「昨天我的話還沒說完，妳居然就走了！」

錯過那班公車要多等半個小時，況且當時還有楚建衡在場，佟可玫又不是傻子，她怎麼可能繼續待在那裡給自己找麻煩。

「妳還有什麼話要說嗎？等等要上課了。」佟可玫低頭看了下手錶，彷彿吳曉曉在浪費自己的時間一樣。

「妳不要再幫鄭宇鈞補習了！」覺得有些難堪的吳曉曉也不再囉嗦，直接說出來意。

「為什麼！」佟可玫眨了眨眼，大聲地回應。

「為什麼？」吳曉曉惡狠狠地瞪著她。「妳又不是他的誰，而且妳難道沒有書要念嗎？百名榜第二名如果最後沒考上第一志願，不就成了最大的笑話。」

佟可玫目光微沉，想起昨天爸媽說的話──

每次都考第二名，妳就不能認真一點，拚到第一名嗎？

妳這次模擬考比上一次低了三分，這樣子要怎麼上第一志願！

吳曉曉見她不反駁，繼續說道：「與其去教鄭宇鈞功課，不如多花點時間在妳自己身上，否則到時候成績公布了，想後悔都來不及！」

「吳學妹這麼久不見，嘴巴還是這麼利呀！」

感覺有人站到自己身旁，佟可玫轉頭一看，竟然是穆羽皓！

穆羽皓的出現讓吳曉曉有些不知所措，顫聲道：「你、你為什麼會在這裡？」

「這裡是我的母校，難道回來還要徵求學妹的同意嗎？」

吳曉曉聽完冷哼一聲，瞪了佟可玫一眼後便轉身離開。

「謝謝學長。」吳曉曉離開後，佟可玫向穆羽皓致謝。才短短一個早上，穆羽皓竟然已經幫了她兩次。

「吳曉曉就是那樣，自尊心很強，但人並不壞。」

「學長跟吳同學以前認識？」

「她以前是籃球隊經理，但在我拒絕她的告白後就退社了，現在看到我都躲得遠遠的，我有這麼可怕嗎？」

看著一臉苦惱的穆羽皓，佟可玫扯扯嘴角。面對告白失敗的對象，總會有些尷尬的呀！

上課鐘聲響起，佟可玫再次向穆羽皓道別：「學長，那我先回教室了。」說完便急匆匆地往教室方向跑去。

「學妹！」身後傳來穆羽皓的喊聲，她停下腳步轉過頭。

「問妳自己的心，妳真正想要的是什麼。」

剛上課的走廊仍有從教室裡透出來的嘈雜聲，但穆羽皓的話仍清楚地傳進佟可玫耳裡。

穆羽皓朝她揮揮手後就轉身離開了，佟可玫怔怔地望著他高大挺拔的背影，好一會兒才回過神快步跑回教室。

❄

下課後佟可玫來到鄭宇鈞的班上，卻沒看見他在教室裡，問了一下才知道他已經被老師記了兩節的曠課。

佟可玫像是想到了什麼便往樓梯的方向走去，每一步都踩得很用力，一副要把樓梯踩崩的氣勢。

當她來到頂樓，左右環視了一圈，果真看到水塔旁露出的一小截衣角。

「鄭宇鈞！」

突來的大喊讓那衣角輕顫了一下，鄭宇鈞連忙翻身站起，臉上似乎還掛著剛睡醒的茫然神情。

看他這副模樣，佟可玫的怒火燒得更旺，大步向前，插腰瞪著還在揉眼的少年。

「我還以為是教官，原來是妳呀！」

「你還會怕教官啊？」佟可玫重重呼出口氣，喝道：「為什麼不去上課？」

沒想到鄭宇鈞直接背過身去，又躺回水塔旁。感覺自己被無視，佟可玫生氣地低身一把揪住鄭宇鈞的右耳。

「啊！佟可玫妳幹嘛！」鄭宇鈞痛得發出一聲慘叫，忍不住求饒：「我馬上回去上課，妳快放開啊——」

佟可玫一放開手，鄭宇鈞抬起頭正要開罵，卻對上她憂傷的目光。

「妳……」

「對不起……你考高分我應該替你高興的，結果卻對你說了那些話。比起你我一點都不優秀，我只知道讀書，但你有遠大的夢想，知道自己要做什麼，還有……你不是毒瘤。」佟可玫越說頭垂得越低。

看著知道自己「要什麼」、一天天努力朝目標前進的鄭宇鈞，她開始對未來感到有些茫然。

「佟可玫。」鄭宇鈞的輕喚讓她抬起頭。

「妳很優秀，這點我很確定。」鄭宇鈞笑開來，「所以妳不用著急，照妳自己的心意去做就好。」

佟可玫怔怔地看著他，腦海裡閃過穆羽皓的話——

問妳自己的心，妳真正想要的是什麼。

鄭宇鈞起身往樓梯的方向走，走沒幾步便回頭看著還在發愣的佟可玫。

「喂，快點回去上課了，我可不想被記三節曠課啊！」

佟可玫連忙回過神跟上，看著鄭宇鈞悠哉的背影，她突然想起吳曉曉的要求，便開口道：「你放學後還要補習嗎？」

「當然要啊！還是說優秀的佟大天才不想幫我補習了？」鄭宇鈞戲謔地看著她，那副痞樣惹得佟可玫忍不住露出笑容。

「想呀！不然到時候鄭大主播沒考上不就可惜了？」

「喂喂，妳說誰沒考上？」

佟可玫聳聳肩，越過他朝樓梯走去。「誰答腔就是誰囉。」

鄭宇鈞立刻閉上嘴，一直到兩個人要分開走了，他才不甘願地開口：「放學後再麻煩妳了。」

看佟可玫一臉驚訝，鄭宇鈞皺起眉：「妳這什麼表情啊？」

「沒、沒事……」上課鐘聲這時候響起，「打鐘了，我先回教室了。」

佟可玫說完也不等鄭宇鈞開口，便轉身離開。

放學後，佟可玫依舊到圖書館教鄭宇鈞功課，但幾天後，原本的一對一教學，變成了一對二教學。

「吳曉曉，妳來這裡幹嘛？」

看著自動坐到自己身邊的校花，鄭宇鈞的臉色黑得像塊木炭。

「來圖書館念書呀，不然要幹嘛？」

吳曉曉說完轉向還捧著書的佟可玫，對她甜甜一笑，「佟同學應該不介意我加入你們吧？」

看出吳曉曉眼中的得意，佟可玫聳了聳肩，便找了位置坐下。「隨便，別吵到我們就好。」

「喂，妳不介意，我介意——」

「那就這麼辦吧！」吳曉曉將椅子刻意挪近鄭宇鈞，整個人幾乎就要黏到他身上去。

鄭宇鈞一邊閃躲，一邊用責怪的眼神看向佟可玫，但她就像沒感覺般，始終專注在眼前的課本上。

「妳幹嘛離我這麼近啦？」

「圖書館冷氣好強，人家會冷呀！」吳曉曉嗲聲嗲氣地說道。

「會冷就穿外套啊！」

「人家說男生體溫比較高，你就借我靠一下嘛！」

「不借啦，妳離我遠一點！」

……

沒多久他們就被圖書館阿姨請了出去。

佟可玫扯扯嘴角，自己從頭到尾都沒說話，為什麼也被趕出來？

看著一旁還在吵鬧的兩個人，佟可玫重重呼出口氣，背著書包就往校門口走去。

「佟可玫妳要去哪裡？吳曉曉妳快點放開我啦！」

佟可玫才不管身後的人怎麼喊，腳步越來越快，直到聽不見他們的喧鬧聲，她才發現自己已經走到公車站牌了。

輕撫自己起伏的胸口，有種莫名的刺痛讓她感覺難受。

吳曉曉這麼黏著鄭宇鈞，如果被楚建衡知道，他不就又要遭殃了？

佟可玫其實很想叫吳曉曉離開，但只要觸及她眼底的妒忌，自己就什麼話也說不出來了……肩膀突然被人拍了下，佟可玫嚇了一跳，警戒地轉過頭，卻發現是鄭宇鈞。

「妳臉色幹嘛這麼難看？」

佟可玫呆愣地看著眼前的少年，指著剛剛公車離開的方向。

「本來想追上妳一起離開學校的，但突然想到有個東西沒拿，所以折回教室去了。」鄭宇鈞解釋道。

「什麼東西？」

鄭宇鈞嘴角帶著笑，從書包裡拿出一束紅色的玫瑰。

「這個給妳。」他遞了其中一朵給佟可玫。

佟可玫伸手接過，發現玫瑰是用紙摺成的，下面則用花藝鐵絲支撐著，看起來就像真的一樣。

「這是……」

「是我摺的喔。」鄭宇鈞邀功似的說：「一朵給妳，其他是要送給我媽的。」

「謝謝。」佟可玫伸手輕撫過紙玫瑰的花瓣，笑道：「看不出來你的手這麼巧。」

「什麼話！」鄭宇鈞佯裝生氣地瞪著她，下一秒想到什麼似的，燦笑著問：「難得我們這麼早就離開圖書館，要不要陪我一起去醫院看我媽媽？」

佟可玫手裡握著紙玫瑰，望著眼前滿臉笑容、在夕陽餘暉下閃閃發亮的少年，良久後輕輕點了點頭。

走進市中心的醫院，裡面的冷氣強得讓佟可玫忍不住摸了摸手臂。她隨著鄭宇鈞走進電梯，一路上他們沒什麼交談，一直到病房門口。

鄭宇鈞以眼神示意後便先進去，佟可玫則站在病房外等著。

沒多久病房的門被打開了，鄭宇鈞從門後探出頭，「進來吧。」

佟可玫點了點頭，這時身後一位護士走過，停下腳步和鄭宇鈞打招呼。

「來看你媽媽呀？」

鄭宇鈞露出笑容，點頭說：「對呀，看她有沒有乖。」

「任姊姊很乖的，哪像你這麼調皮。」護士輕聲斥道，側過頭看向站在一旁的佟可玫，然後朝鄭宇鈞曖昧一笑，「今天帶小女朋友來啊！」

聽到「女朋友」三個字，佟可玫忍不住紅著臉反駁：「我、我不是……」

她害羞得一時說不出話，卻看見鄭宇鈞一副想笑的表情，氣得想衝上前去擰他的耳朵。

「年輕真好！」護士小姐向他們笑道：「我先去忙了，晚點再過來幫任姊姊量體溫。」

「好。」鄭宇鈞乖巧地應答，然後對著臉紅得像隻熟蝦的佟可玫說道：「進來吧。」

佟可玫紅著臉走進病房，當她看見病床上熟睡的婦人時，微微一愣，神情有些複雜。

戴著呼吸器下的病容，輕闔的雙眼和蒼白的臉色，鄭媽媽寧靜的睡顏讓她想起外婆以前住院時的模樣。

這是一間四人病房，但只住了鄭媽媽和一位老伯伯。

病房裡靜悄悄的，佟可玫跟著鄭宇鈞來到鄭媽媽身邊，她看到床頭上的病患姓名，發現鄭媽媽的名字是任玫柔，和她一樣有個「玫」字。

她目光移了下，看見病床旁的櫃子上，除了有鄭宇鈞帶來的那束紅色玫瑰，還有著各種不同顏色的紙玫瑰。

察覺到她的目光，鄭宇鈞露出笑容：「我摺的比較醜，我媽摺的好看多了。」

他伸手拿起一朵粉色玫瑰，看起來的確摺得比較美。

「都很漂亮。」佟可玫由衷讚美道，覺得因為這些玫瑰的存在似乎讓病房的氣氛不那麼沉重了。她把視線重新移回鄭媽媽身上，悄聲問鄭宇鈞：「我們這樣會打擾到她嗎？」

看佟可玫小心翼翼的模樣，鄭宇鈞搖搖頭，「她剛動完手術，麻藥還沒退，晚點才會醒過來。」

佟可玫點了點頭，看鄭宇鈞低頭，對熟睡中的鄭媽媽小聲地說：「媽，我考進百名榜了，是第七十六名，妳兒子從來沒考過這麼好的名次耶！」

佟可玫聽了忍不住笑了出來，鄭宇鈞突然抬頭，對上她含笑的雙眼，嘴角也輕輕揚起。

「還有我今天帶了一個人來看妳，她是我們學校的資優生，每次都考全年級第二名，我的功課都是她教的喔。雖然她這個人有點雞婆，但真的很關心別人……」

佟可玫在背後賞了他一記白眼，如果不是在鄭媽媽面前，她保證絕對會給鄭宇鈞一點顏色瞧瞧！

「大考快到了，妳要好好養病，醫生叔叔和護士姐姐都說妳很乖，所以要快點好起來，看妳兒子當主播。」

佟可玫在一旁聽著他的低語，腦海裡想起許多年前她也像鄭宇鈞這般陪伴在生病的外婆身邊。外婆過世後，媽媽就像變了一個人，開始嚴格要求她的課業和成績。

如果外婆還在就好了，或許媽媽就不會變成現在這樣……

「量體溫囉！」護士推著護理工作車進來，走到鄭媽媽床邊，然後拿出血壓計和耳溫槍。

鄭宇鈞和佟可玫退到一旁，看著護士小姐工作。

「醫生有說什麼時候可以拿掉呼吸器嗎？」等護士在病床尾端的紀錄表上簽好字，鄭宇鈞才開口問道。

「沒有。任姊姊這次手術範圍比較大，晚上有可能會發燒，如果覺得有任何不對勁的地方，請馬上按鈴通知我們。」

鄭宇鈞強打起精神應了一聲，佟可玫注意到他的臉色有些發白。

她看向病床上的鄭媽媽，憔悴的面容和瘦弱的四肢，看起來生病已經有段時間了。

直到護士離開，佟可玫才對著站在病床旁發怔的鄭宇鈞開口：「時間不早了，我該回家了。」

鄭宇鈞回過神，朝佟可玫露出一笑，「我送妳去坐公車吧。」

兩人沉默著進電梯，走出醫院時佟可玫才出聲：「鄭宇鈞……你其他的家人呢？」

除了之前遇過的婆婆和臥病在床的媽媽，她幾乎沒聽鄭宇鈞提過別的親人。

「……」

鄭宇鈞抿唇不答，臉色有些不自在，佟可玫也就不好再多問下去。

公車緩緩駛來，佟可玫拿出公車卡準備上車時，鄭宇鈞突然抓住她的手腕，嚇得她差點把卡片甩到地上。

「下次模擬考我一定會更努力，考得更好。」

她望著眼前一臉認真的鄭宇鈞，點了點頭。「你一定沒問題的。」

大考前的最後一次模擬考，也等於是考生們最後衝刺的機會。

鄭宇鈞盯著佟可玫的雙眼，誠懇又真摯地說：「等大考結束後，我、妳，還有季伊婷一起去咖啡店吃點心，妳們要吃多少，都我請客！」

「好，就這麼說定了。」鄭宇鈞放開手，看著佟可玫走上公車。

佟可玫上車後選了個能看到鄭宇鈞的靠窗位子坐下，她朝他揮了揮手，發現鄭宇鈞張口對她說了一句話。

雖然隔著窗戶她聽不見他說了什麼，但從他的嘴型看出的一句話，卻讓佟可玫一直到回家後都還處於失神狀態。

因為他說——

我喜歡妳。

第四章

隔天佟可玫到學校時，遠遠就看見鄭宇鈞走在前頭。平常她會走上前去拍他的肩，和他打招呼，今天她卻刻意放慢腳步，直到確定鄭宇鈞往一樓教室的方向走，她才恢復原來的速度。

晨間打掃時，她有一下沒一下地在樓梯間打掃著，腦中不斷迴盪鄭宇鈞那句無聲的話……那句讓她失眠一整晚的話。

「可玫，妳昨天又熬夜念書了嗎？臉色看起來好差。」當她回到教室時，季伊婷走上前關心地問道。

「……伊婷，妳被人告白過嗎？」

季伊婷愣了下，正好上課鐘聲響起，佟可玫趕緊道：「沒事，我隨口問問，妳別放在心上。」

季伊婷有些疑惑地點了點頭，便和佟可玫一起回到座位上。早自習開始後，佟可玫桌上擺著課本和參考書，目光卻始終落在窗外的一樓花圃。

她實在不知道放學後該用什麼樣的心情面對鄭宇鈞……

到了放學時間，佟可玫還躊躇著是不是該去圖書館，眼看到了他們約定的時間，她才收拾書包往圖書館的方向走去。

她走得很慢，每一步都像是灌了水泥般沉重，越是接近圖書館她的心跳得越快，終於她在圖書館門口看見了鄭宇鈞，還有……吳曉曉？

「為什麼你不喜歡我？」吳曉曉張著無辜大眼望著少年，佟可玫似乎可以看見她眼眶裡就快流出的淚水。

「沒有為什麼，妳都有男朋友了，請不要一直黏著我，之前我被妳男朋友整得還不夠嗎？」鄭宇鈞臉上盡是不耐，眼看就要轉頭往佟可玫這邊看過來，嚇得她像受驚的兔子急忙躲到旁邊的柱子後面去。

鄭宇鈞還在煩悶著佟可玫怎麼還沒來，吳曉曉突然一把抱住他，哭喊道：「我有什麼地方做得不好讓你不喜歡，我可以改！」

被吳曉曉突如其來的舉動嚇了一跳，鄭宇鈞用力推開她，「妳有什麼毛病啊？我已經有喜歡的人了，當然不會喜歡妳！」

聽到鄭宇鈞這麼嚷嚷，縮在柱子後方的佟可玫怔了怔，想起昨天他隔著車窗對自己說的那句無聲話語。

被推倒在地的吳曉曉惱羞成怒地朝鄭宇鈞質問道：「是佟可玫嗎？她到底哪一點比我好，老是披頭散髮活像個貞子，整天只知道讀書，根本是個書呆子！」

聽到別人對自己的評語，佟可玫只是扯扯嘴角，想著自己真的有這麼糟糕嗎？

鄭宇鈞無奈地嘆口氣，「就算我接受妳的告白，妳會願意跟一個心思不在妳身上的人交往嗎？」

他見吳曉曉不答話，續道：「強求來的感情不會幸福，還有，我喜歡的人……並不是佟可玫。」

他的話一字不漏地傳進佟可玫耳裡，她感覺周遭的空氣突然變得有點稀薄，自己似乎就快要無法呼吸。

鄭宇鈞喜歡的人……不是她，那昨天他隔著車窗對她說的那句話又是怎麼一回事？

「那你喜歡的人是誰？」吳曉曉抓住他的手臂追問道，同樣問出佟可玫心裡想知道的答案。

「是誰並不重要，」鄭宇鈞抽回被吳曉曉抓住的手臂，「重要的是妳別再來煩我了！」

吳曉曉抬手抹去臉上的淚水，精緻的臉蛋上是倔傲的神情。

「鄭宇鈞，你給我聽好了。」她揚起臉，像是高高在上的女王般。「總有一天你會後悔當初沒接受本小姐的告白！」

「好好好，我一定會後悔的。」鄭宇鈞撇撇嘴道。

看他那吊兒郎當的模樣，吳曉曉冷哼一聲，便背著書包轉身離去。

見吳曉曉往自己這個方向走來，佟可玫趕緊躲到柱子的另一邊，直到她離開都沒發現自己才鬆了口氣。

因為不想走出去被鄭宇鈞看見，佟可玫只好背著書包繞到圖書館旁的廁所。她打開水龍頭，掬起水便往臉上潑，彷彿這麼做就能把一整天的胡思亂想洗去。

「原來妳在這裡呀！」

肩膀突然被人從後面一拍，佟可玫嚇得尖叫出聲，她回過頭一看，見鄭宇鈞笑嘻嘻地站在她身後，自己頓時有種做壞事被逮到的心虛感。

「都這麼晚了，我還以為妳在教室睡著了呢！我們趕快進去吧，我有很多題數學不會算，今天沒教會我可不讓妳回家喔。」

鄭宇鈞邊說邊往圖書館的入口方向走去。佟可玫看著他俊秀的臉龐，忍不住開口：「昨天晚上……」

「昨天晚上怎麼了？」鄭宇鈞疑惑地看著她。

我喜歡的人並不是佟可玫。

他的話突然竄進腦海，佟可玫立刻把想說的話全吞回肚裡，尷尬地笑道：「沒什麼，只是昨天晚上看到有個氣象主播跟你長得很像。」

「真的嗎？是哪一台啊？我回家也要看看。」鄭宇鈞像是看見糖的孩子般，雙眼閃閃發亮。

「我忘了。」佟可玫拿出手帕擦了擦臉上的水珠，背著書包就往圖書館走。

「那是幾點看到的？……欸、欸，妳先別走，講清楚啦！」

安靜的圖書館角落，佟可玫撐著頭看著前方埋頭苦算數學的少年。

你喜歡的人是我嗎？

這句話像是魚刺般哽在她喉間，吐不出來也嚥不下去，只能盯著鄭宇鈞的頭頂出神。

「算好了，妳幫我看一下……可玫？」

「嗯？」

佟可玫回過神時，發現鄭宇鈞皺著眉看著她，「妳身體不舒服嗎？」

「沒有呀。」她佯裝沒事般伸手接過鄭宇鈞遞來的參考書，低頭幫他批改著，好掩飾她脹紅的臉頰。

「妳最近怪怪的耶！」

當她把參考書還給鄭宇鈞時，他這麼對她說。

「有、有嗎？」她結巴道：「可能是考試快到了，壓力有點大。」

「噗！妳會有壓力？」鄭宇鈞發出誇張的笑聲，「妳是佟可玫耶！」

佟可玫賞了他一記白眼，然後用原子筆在他的參考書上寫下：**你笑夠了沒？**

鄭宇鈞摀著嘴搖頭，嘴角明顯的笑意讓佟可玫無奈地嘆口氣，這時圖書館門口突然傳來陣陣喧嘩——

「鄭宇鈞，給老子出來！」

「出來！」

「鄭宇鈞，踹共！」

……

佟可玫瞠大眼，看對面的鄭宇鈞臉色驀地沉下，他對佟可玫比了一個噤聲的手勢，然後默默地鑽到桌子下去。

「鄭宇鈞，是男人就出來講清楚！」楚建衡的聲音傳遍整座圖書館，佟可玫抿緊唇，握筆的手微微顫抖。

「同學，這裡是圖書館，請安靜！」

圖書館阿姨的聲音從隔壁走道傳來。隨著他們腳步聲越來越近，佟可玫的心跳也越來越快。她忍不住看向桌底，想著還好有桌巾擋著，鄭宇鈞應該不會被發現。

「鄭宇鈞，快點出來！」

楚建衡走到他們這裡時，看到佟可玫一人坐在位子上，眨了眨眼。

「妳不是……」

「同學，你打擾到我念書了。」佟可玫拿起桌上的課本，搶先楚建衡一步開口。

「真是抱歉啊！」楚建衡摸摸鼻子便離開，佟可玫才剛鬆口氣，他竟又兜了回來，這次還直接走到她旁邊，嚇得佟可玫臉色發白。

「妳對面坐誰？」楚建衡指著她對面桌上那些鄭宇鈞來不及收走的參考書，佟可玫感覺自己的心快沉到胃底了。

「我、我的同班同學！」

楚建衡半信半疑地看著她，伸手打算去拿參考書。

看見他的舉動，佟可玫想起鄭宇鈞有在參考書上面寫名字，眼看就要被發現時，她眼角瞥見季伊婷正好走進圖書館。

「伊婷！」她朝季伊婷大喊，伸手搶過就要被楚建衡拿走的參考書，緊緊護在懷裡，朝好友揮了揮手。

季伊婷看到楚建衡也在時，整張臉瞬間刷白，她本來就是要來找佟可玫的，看好友揮手揮得這麼賣力，自己也就硬著頭皮走過去。

楚建衡看了龜速踱過來的少女一眼，隨後就轉身朝下一條通道走去，邊走邊喊著鄭宇鈞的名字。

確認他們離開圖書館後，佟可玫癱倒在椅子上，季伊婷見狀趕緊上前關心，「怎麼回事？鄭宇鈞人呢？」

「我在這。」桌巾被掀起一角，鄭宇鈞從下面鑽出來。「可玫，謝啦。」

佟可玫無力回應他，只是趴在桌上點了點頭，剛剛她以為自己的心臟就要從喉嚨跳出來了！

「你居然把可玫推到浪尖，鄭宇鈞，你還是不是男人啊！」季伊婷輕輕拍了拍佟可玫的背，一臉責怪地瞪向鄭宇鈞。

「我……」

「沒關係，我沒事。」佟可玫直起身，開始收拾桌面上的參考書和文具。她抬頭對上鄭宇鈞歉疚的神情，皺眉道：「他們怎麼又開始找你麻煩？」

「我怎麼知道。」鄭宇鈞也開始收東西準備回家，他可不想被楚建衡逮到，再經歷一次從前的噩夢。

佟可玫沉默地把參考書還給他，腦裡浮現吳曉曉的話——

總有一天你會後悔當初沒接受本小姐的告白！

她看著鄭宇鈞困擾的神情，輕嘆口氣。

三人來到圖書館門口，鄭宇鈞示意要他們先離開。

「待會要是被他們逮到，妳們也會受牽連的。」

季伊婷仍是驚魂未定，拉著佟可玫的手道：「我們趕快離開學校吧！」

佟可玫點了點頭，看著不知道在書包裡翻找什麼的鄭宇鈞，輕聲道：「我們先回去了，你自己小心一點。」

「好，明天見。」鄭宇鈞抬起頭來朝她們笑著擺了擺手，看他這副模樣佟可玫才稍稍放下心，和季伊婷一塊離開這看似平靜卻不安寧的校園。

「可玫，妳臉色很差，是因為擔心鄭宇鈞嗎？」

「……」

總不能說因為她碰巧聽到鄭宇鈞和吳曉曉的對話而在難過吧！

「妳今天問我的那個問題，」季伊婷皺起眉，「我沒被人告白過，不過如果可玫妳被告白的話……」

「我沒有被告白。」佟可玫打斷她，嘴角扯出笑容，「那只是我隨口問問的，就快大考了，我哪有心思想這些。」

季伊婷遲疑了一下後點了點頭，見時間不早了，便跟佟可玫道別去補習班。

當公車緩緩駛來，佟可玫挑了個靠窗的位子坐下時，剛好看見鄭宇鈞從校門口走出來。

原本想對他揮揮手，不過他的目光在手機上，似乎正在撥電話。佟可玫低頭拿出書包裡的手機，螢幕卻是暗的。

可能是打給他喜歡的人吧！她忍不住這麼想。

當公車駛過校門，佟可玫刻意別過頭不想看鄭宇鈞臉上的表情。她壓下心底那股酸澀，拿出英文單字卡開始背起來。

雖然拿著單字卡，她的視線卻落在書包外的那朵紅色紙玫瑰上。

或許那句無聲的唇語根本不是那個意思，一切都是她多想了！

❄

楚建衡又開始找鄭宇鈞的麻煩。

看在花圃間逃竄的熟悉身影和他身後一群不良少年，佟可玫猜測又是和吳曉曉有關，於是一下課她就跑進訓導處，向教官反應鄭宇鈞被霸凌的事。

「不過是打打鬧鬧，沒這麼嚴重啦！」

教官的說詞讓佟可玫不能接受，沒多久前她還親眼看見楚建衡拿斷掉的椅腳砸向鄭宇鈞，如果不是他躲得快，很有可能被砸傷的。

「學校是讓學生安心念書的地方，如果教官任由一群學生欺負另一個學生，這不是縱容暴力嗎？」

聽到她的話，教官的表情驀地變得嚴肅。「佟同學，妳這是在質疑我嗎？」

佟可玫雖然怕得腳都快軟了，還是鼓起勇氣說：「眼睜睜看學生被霸凌還不勸阻，我不是質疑教官，是在提醒您該做的事！」

「妳……」

「好了、好了！」一旁的訓導主任見氣氛不對趕緊出聲打圓場，「教官你就去管束一下那群學生吧。快要上課了，同學妳先回教室去吧。」

教官離開訓導處時還刻意看了佟可玫一眼，嚇得她縮了縮肩膀，向訓導主任道謝後就趕緊回教室。回到座位後果然看見教官出現在楚建衡等人面前，沒多久他們就立刻散去，鄭宇鈞也被教官趕回教室去。

因為擔心他的傷勢，佟可玫忍不住皺起眉，鄭宇鈞這時正好抬起頭和她對上眼。他抬起手朝她揮了兩下，露出燦爛的笑容，佟可玫也向他擺了擺手，示意他趕緊回教室。

放學後，因為怕楚建衡等人來找麻煩，佟可玫和鄭宇鈞只好移到頂樓去念書。

漸漸入秋的天氣，讓傍晚的頂樓不這麼悶熱，佟可玫靠在水塔邊背英文單字，鄭宇鈞則是趴在高台旁練習理化題目。

「鄭宇鈞，手伸出來。」佟可玫突然對他說道。

鄭宇鈞連頭都沒抬就把手伸過去。

看著橫在自己面前的手臂，上頭布滿了大小不一的傷痕，佟可玫目光微沉。

「妳要幹嘛啊，手很痠欸……啊！」傷口突然傳來痛意，鄭宇鈞想縮回手卻被她緊緊抓住。

「別動，傷口不消毒萬一發炎怎麼辦？」

「妳哪裡拿來那些東西啊？輕一點輕一點，嘶……很痛！」

佟可玫手裡拿著消毒藥水和優碘幫鄭宇鈞處理傷口，「當然是跟保健室阿姨要的，你不要一直叫啦，超娘的。」

「就真的很痛啊！嘶……喂喂，妳是故意壓那一下的對不對！」

終於把他手上的傷口都包紮好，佟可玫示意他把腳也伸出來，但鄭宇鈞死也不肯。

「優碘和紗布給我，我自己包。」

佟可玫也不拒絕，把從保健室要來的藥品遞給他。

看他消毒時眉頭緊皺的模樣，佟可玫嘴角輕揚，便拿起英文小卡背單字。

「都包好了，謝啦！」鄭宇鈞把用剩的紗布還給她，佟可玫搖搖頭要他自己收著。

「晚上洗澡別碰水，碰到了也要擦乾。早晚要換藥，如果你不想留疤就買美容膠帶來貼……」

「知道了、知道了，妳比我阿嬤還嘮叨耶！」

她伸出手作勢要去捏鄭宇鈞的耳朵，他立刻閉上嘴。

兩人沉默了半晌，鄭宇鈞忽然開口道：「是妳去通報教官的吧？」

握著單字小卡的手頓了下，佟可玫點點頭，「但教官似乎不是很想管這件事。」

「算了啦！妳以後也別這樣做了，萬一被楚建衡他們知道，妳也不會好過。」

感覺到楚建衡最近似乎特別關注佟可玫，有好幾次帶著小弟們從佟可玫的教室經過，還直接朝她的座位方向看。

鄭宇鈞擔心再這麼下去連她都會被霸凌，且距離大考也沒剩多少時間了，不希望她因此被連累。

他看著攤在他倆身邊的參考書，半晌後道：「不如……」

「我不要。」

鄭宇鈞瞠大眼，「我什麼都還沒說……」

「想也知道你要說什麼。」佟可玫淡淡地瞥他一眼。「你的成績有進步，代表放學後留下來念書的確對你有幫助。」

所以休想趕她走，佟可玫在心裡悄悄添上這句。

被鄭宇鈞盯著臉看著，佟可玫不自在地別開頭，努力把注意力放在手裡的單字小卡上。

「……唉，敗給妳了。」

佟可玫抬起頭，注視著眼前站在夕陽餘暉下的少年，橘黃色的光芒讓他看起來格外耀眼。

「為了我氣象主播的夢想，只好委屈一下，繼續讓佟大女神荼毒了。」

「鄭宇鈞！」佟可玫把單字小卡扔到一旁，起身衝上前要揪他的耳朵。

「還跑，給我過來！」

「哇！女神饒命呀！」

兩人在頂樓嬉鬧追逐，夕陽餘暉灑在他們青春的臉龐上，佟可玫忍不住想，如果大考能夠趕快結束就好了，她一定會笑得比現在更加燦爛、更加快樂。

❄

最後一次模擬考結束了，距離大考只剩下不到一個月，全三年級都進入了備戰狀態，氣氛十分沉重。

「咦？我這題算錯了！」

因為下雨天無法去頂樓念書，佟可玫和鄭宇鈞還是來到圖書館，討論今天模擬考題的答案。

「可玫，妳確定這答案是對的嗎？」

鄭宇鈞盯著幾乎被他算式占滿的考卷，再看佟可玫從老師那裡拿來的正確解答，搔著頭皮想不透這道題目的算法。

「拿來，我看看。」佟可玫對完自己的歷史考卷後，伸手把鄭宇鈞的考卷拿過來，認真檢視他的算式。數分鐘後——

「你這行的負號寫成正的了。」

「怎麼可能！」鄭宇鈞把考卷搶回來，仔細看了看自己的算式，果真看到他算到倒數第三行時忘記把負數記號寫上去了。

「飲、恨、啊——」他抱頭低呼道。

看他這副模樣，佟可玫拍拍他的肩，道：「大考時謹慎一點就好。不過你進步很多呢，這次的模擬考分數應該會很不錯。」

「妳對我這麼有信心喔？」鄭宇鈞抬起頭看著她。

佟可玫笑瞇了眼，「那是當然囉，鄭主播。」

聽她這麼說，鄭宇鈞也笑了開來，這時窗外劃過一道閃電，隨後便傳來轟隆震耳的雷響。

佟可玫皺眉看向窗外，她並不怕打雷，只是如果雨下大了，回家就會變得比較麻煩。

似乎看穿她的想法，鄭宇鈞開始收拾桌上的書本和文具。「今天才剛考完試，不如我們提早回去吧。」

「想偷懶就直說，不用兜圈子找理由。」佟可玟雖這樣說，也開始動手收拾東西。

「哼哼，那妳就留在這裡，我要先回去了！」

看鄭宇鈞真的背起書包往外走，佟可玟趕緊把東西收好然後跟上去。「等等我呀！」

一走出圖書館，外頭已是磅礡大雨。

「這雨還真不是普通的大。」鄭宇鈞喃喃道。當兩人正苦惱著該怎麼回家時，圖書館阿姨突然跑出來，喊了佟可玟的名字。

「佟同學，我有樣東西要給妳的班導，可以麻煩妳幫我轉交嗎？」

佟可玟猶豫了下，「可是班導應該已經回家了，我也沒有要過去辦公室那邊……」

「沒關係，妳明天上學再幫我交給她就好，因為我明天休假，只好拜託妳了。」

見圖書館阿姨這麼真誠的拜託，佟可玟也不好意思再拒絕。而阿姨說東西放在圖書館二樓，所以要她一起上去拿。

「我在這裡等妳。」鄭宇鈞對她這麼說後，便拿出英文單字卡認真地背著。

佟可玟看他如此上進不禁有些感動，便趕緊轉身跟著阿姨一起進圖書館。

來到二樓工作人員休息室後，阿姨把一本用牛皮紙袋包住的書交給她。

「外面下大雨，我拿個塑膠袋包著，這樣就不怕淋濕了。」

見阿姨轉身去找袋子，佟可玟抬頭看向氣窗，從外面傳進來的雨聲又大又響，還伴隨著隆隆雷聲。

「好了、好了！」阿姨把包好的書再次交給她，也抬眼看了下外頭的天色，「看來這雨沒這麼快停，你們回家要注意安全喔。」

「好，謝謝阿姨。」

「我才要謝謝妳，明天再麻煩妳交給老師了。」阿姨朝著她笑道：「妳和那個男生在交往嗎？」

佟可玫怔了怔，感覺有股熱氣突地爬上臉頰，隨後用力搖搖頭。

「難道我猜錯了嗎？」阿姨露出驚訝的表情，「你們每天都一起念書念到這麼晚，我還以為你們在交往呢！」

「沒有……我們只是朋友。」佟可玫頭都快埋進胸口了。

「我真搞不懂你們年輕人，不是說愛就要大聲說出來嗎？瞧你們彆扭的，明明就是兩情相悅呀！」

佟可玫覺得自己的臉頰已經燙得可以煎蛋了，趕緊說道：「他、他還在樓下等，我……我先回去了。」

和阿姨揮手道別，佟可玫幾乎是用逃的逃出圖書館，不過鄭宇鈞卻不在門口。

她左顧右盼了下，見他的傘還放在傘桶裡，雨勢這麼大，他會跑到哪裡去？

等了近十分鐘，還是不見鄭宇鈞的人影，就算是回教室去拿東西也太久了吧！

佟可玫嘆口氣，拿出手機準備撥給鄭宇鈞，卻看見一封來自他的未讀訊息，她立刻點開來看——

趕快離開。

短短四個字，讓佟可玫怔愣了幾秒，突然想起之前體育課時碰巧聽見楚建衡等人的對話……

今天放學把他帶去河堤，扒光他推下去！

推下去之前拍個裸照啦！

拍照發給全校看，看他還敢不敢來學校！

……

不祥的預感像是一塊大石壓在心上，佟可玟撐開傘就往校門口奔去。

她用這輩子跑得最快的速度，一路往河堤的方向跑，邊跑邊在心底祈禱，希望老天不要讓她的預感成真。

跑過濕漉漉的馬路，佟可玟就算撐著傘還是濕了大半身，制服裙幾乎都黏在她的腿上，頭髮也被雨水打濕，整個人看起來非常狼狽。但她不以為意，腳步不敢停下，終於跑到了河堤邊。

大雨影響了她的視線，她站在橋上左顧右盼，沒看見楚建衡等人和鄭宇鈞的身影，才稍稍鬆口氣。

當她要拿出手機再撥給鄭宇鈞時，橋下傳來了喧鬧聲——

「哈哈哈哈……」

「你們幹什麼！放開我！」

「來來來，笑一個，這樣拍照才上相啊！」

……

熟悉的聲音讓她握著手機的手頓了頓，佟可玟站上橋緣向下看去，果真看見鄭宇鈞被兩名少年抓住手腳，另一個少年正在脫他的衣服，而楚建衡就站在旁邊拿手機拍照。

只見鄭宇鈞不斷扭動身體掙扎，似乎是從學校一路淋著雨過來，他全身的制服都濕透了。

脫了他的襯衫，少年們還嫌不夠，打算去扒他的褲子。鄭宇鈞抬腳踹向朝他伸手的少年，卻被輕鬆躲開。

「敢踢老子?等等就把你下面切掉！」少年威脅完繼續伸手要去脫褲子，鄭宇鈞仍然強烈反抗，這時楚建衡忽然上前，狠狠地揍了他的右臉。

看到這一幕，站在橋上的佟可玫心一緊，她左右張望，除了來往的車輛，路上根本沒有半個行人，她該找誰幫忙？

「啊！」

橋下傳來一聲慘叫，佟可玫心跳登時漏了一拍，她趕緊又攀上橋緣向下看，只見鄭宇鈞已經被脫到全身只剩條內褲，正惡狠狠地瞪著在他面前悠閒拍照的楚建衡。

「老大，待會把這些照片傳到學校社團，看這小子還敢不敢來上學！」

楚建衡點了點頭，看向右臉紅腫的鄭宇鈞，笑道：「你們會不會做事，還有一件沒脫呢！」

「楚建衡！」

鄭宇鈞朝他大吼，一副誰敢把動手他就跟誰拚命的怒容。

其他少年見他激烈反抗更加興奮，紛紛上前要去脫他最後一件蔽體的衣物。

佟可玫暗自叫糟，如果鄭宇鈞的裸照真的被傳到網路上，那他的名聲就毀了！

她深吸口氣，轉身往橋尾的方向奔去。

「誰叫你搶了老子的女人，活該！」楚建衡拎著手裡的內褲，一臉嫌棄地將內褲扔進湍急的河水裡。

鄭宇鈞氣憤得全身泛紅，俊秀的面容扭曲猙獰。眼看楚建衡就要拿起手機對他拍照，他咬牙沉聲道：

「那種隨便的女人只有你才看得上！」

楚建衡凶惡的臉驀地一沉，原本架著鄭宇鈞的兩名少年見老大生氣了，嚇得退到一旁。

鄭宇鈞摀著下體，見楚建衡放下手機朝自己走來，還沒來得及出聲嚇阻，肚子就挨了一拳。

「你再說一次看看！」楚建衡朝他吼道。

抱著肚子，鄭宇鈞半跪在地，可他仍抬頭瞪著楚建衡，一字一句清楚地說：「我說，吳曉曉那種隨便的女人，只有你這種人渣看得上！」

「操！」

楚建衡伸手揪住他的頭髮，氣紅眼地將鄭宇鈞拖向高漲的河流。

「老大、老大！」

「老大你冷靜一點！」

……

腹部疼得無力抵抗，鄭宇鈞只來得及深吸口氣，隨即就被楚建衡推進河裡。

噗通一聲，也讓楚建衡瞬間清醒過來，意識到自己做了什麼事，他原本扭曲的臉瞬間變得蒼白。

他轉頭看向同樣不知所措的同夥，臉色發白地喊：「發什麼呆，還不快跑！」

幾個少年就這麼飛快地奔離橋下，正好跟衝下河堤的佟可玫擦身而過。

佟可玫見他們神色匆忙地離開，趕忙跑到剛剛他們站的地方去看，卻不見鄭宇鈞的蹤影。

她看著散落在地的書包和衣物，正感到疑惑時，水面突然傳來呼救聲——

「救……有沒有人，救、救命！」

佟可玫聞聲轉頭，看見鄭宇鈞正攀在橋墩上，湍急的河水沖擊著他，狀況岌岌可危，讓她的心瞬間沉到胃底去。

「鄭宇鈞！」

佟可玫朝他大喊，鄭宇鈞緊緊抓著橋墩，抬眼看到佟可玫時他先是一愣，見她要跳過來，急忙大吼：

「太危險了，別過來！」

河水因為下雨變得濁黃，急流沖擊著鄭宇鈞的身體，他臉色慘白緊抓著橋墩。看見他這副模樣，佟可玫咬牙心一橫，在他的勸阻下往後退。

見她向後，鄭宇鈞稍稍鬆口氣，下一秒卻見她助跑衝刺往橋墩奔來——

佟可玫跌坐在橋墩的平台上，腳踝似乎扭傷了，只見她深吸口氣後，便忍著痛朝鄭宇鈞的方向挪去。

「抓住這個！」她拿出雨傘朝他伸去。鄭宇鈞雖然很氣她的衝動行事，但事已至此，他也只能伸出手緊緊握住傘尾。

在湍急的河水不斷衝擊下，即使佟可玫使勁全力，仍然無法將鄭宇鈞從水裡拉上來。

「妳……去找人！」鄭宇鈞臉色發白，但眼神卻十分晶亮，他盯著佟可玫因為出力而有些扭曲的臉蛋，對她說道。

水流太強，再這麼下去如果連橋墩都被淹沒，她也會被沖走的。

佟可玫當然也知道這點，但如果她放手了……

「我不能丟下你！」她不敢想下去，大聲朝鄭宇鈞喊道。

鄭宇鈞正想開口勸她，河水這時突然沖來不知何物，硬生生撞上他的腰際，鄭宇鈞悶哼一聲，手跟著一鬆，差點就被河水沖走。

「鄭宇鈞！」佟可玫急得眼淚都流出來，「你抓好啊！」

鄭宇鈞死命抓著傘尾，但又一個大水花打來，嗆得他不斷咳嗽，手又鬆了一些。

見他被水嗆得眼神渙散，佟可玫心一緊，朝橋上大喊：「有沒有人？有沒有人在？快來人啊——」

她喊了許久，喊到聲音都啞了，但雨下得很大，幾乎蓋過她的呼喊。

「救命呀！有沒有人……有沒有……」

「可玫……別喊了，咳咳！留點力氣……」鄭宇鈞幾乎只抓住雨傘的末端，他全身發冷，嘴唇從蒼白變成青紫色。

「我要救你，我一定要救你！」佟可玫臉上布滿了不知道是淚水還是打上橋墩的河水，眼見河面漸漸上升，已經漫過她的腳踝。「你不可以放手，絕對不能放！」

「可玫，我……」

鄭宇鈞話說到一半，遠遠就看見一根浮木正朝他們這處漂來，佟可玫循著他的目光看過去，心一沉。

如果鄭宇鈞被那根木頭打到，一定會被河水沖走的！

佟可玫用僅剩的力氣奮力拉著雨傘，不過已經淹到她小腿的河水阻礙著她的腳步，加上一塊被沖過來的小木頭不偏不倚擊上了她的腿骨，她痛得整個人跪下去，但手裡還是緊抓著傘柄。

「佟可玫，放手！」鄭宇鈞見她連站都站不起來了，心碎吼道：「妳會摔下來的！」

「不……不放……」佟可玫咬牙，眼淚落入河水中，顫聲說道：「不要離開我……算我求你……鄭宇鈞，你不要放手……不要放手好不好？」

她說完立刻揚起頭，嘶聲力竭地喊著救命。鄭宇鈞盯著她堅毅的臉龐，眼看那根浮木就要漂過來，心想再這麼下去，連佟可玫也會落水的。

望著那張布滿水珠的小臉，濕漉頭髮貼在她的額上和脖頸，脹紅的臉色看得出她喊得多麼用力。

他不忍心讓她這麼辛苦。

「可玫。」

聽到他的輕喚，佟可玫低下頭，當她對上那雙澄淨的黑瞳時，有股不安的感覺淌過她的心尖。

「找出妳的夢想，還有……不要再拔頭髮了。」鄭宇鈞笑著說道，抓著傘尾的手指也慢慢地鬆開。

「不！不要……鄭宇鈞，你別放手！求求你不要放！」佟可玫搖著頭哭喊：「求你……不要……」

「能認識妳……我很開心。」

看那和自己一樣布滿汙濘河水的臉上漾出笑容，佟可玫眼淚落得更凶。

不要！

「喂！那邊的人，撐著點！」

橋頭突然傳來一道厲聲大喝，佟可玫扭頭看去，只見一個撐著傘的高大少年往他們這處奔來。

她急忙轉頭朝鄭宇鈞大喊：「有人來了！鄭宇鈞你聽到沒有？有人來了，所以你不准放手！」

鄭宇鈞點了點頭，可浮木越靠越近，那個人跑得再快也沒水流快。

眼看浮木就要撞上他，佟可玫覺得自己緊張得都快窒息了，只能緊緊握住傘柄，祈禱那個人能再跑快一點。

「撐住啊！」那人奮力助跑著，一個跳躍過來，踏上浮木後，借力上了橋墩，也因為這樣，改變了浮木漂流的方向。

感覺樹枝劃過肩膀，鄭宇鈞吃痛地皺起眉頭，但這已經比被整棵木頭撞上好多了。

佟可玫抬起頭要道謝，在看見對方的臉時怔愣了下，驚呼道：「學長！」

剛剛在雨中看不清楚，現在定睛一看才發現這個人竟是穆羽皓。

「怪不得我覺得剛剛的聲音好耳熟，待會再說，先救人。」穆羽皓不再多話，伸手拉住傘柄，轉頭對鄭宇鈞說：「你自己也試著出點力，這樣我們才能合力把你拉上來。」

聞言鄭宇鈞點了點頭，穆羽皓的出現讓原本體力有些透支的他也打起精神，聽著指令握緊傘尾施力。

「學妹，要拉了喔！一、二、拉——」

鄭宇鈞用盡全力爬了上來，三人同時跌坐在淹至小腿肚的橋墩上。

鄭宇鈞半跪在地嗆咳著，兩眼昏花還沒來得及開口道謝，一抹身影就撞進他懷裡。

「太好了、太好了！」佟可玫緊緊抱住他的脖子，聲音裡透著哽咽。

穆羽皓趕緊脫下外套蓋在鄭宇鈞身上，並拿出手機。

「喂，一一九嗎？這邊有兩個人，其中一個剛剛掉進水裡現在已經救起來，但不知道泡在水裡多久了……嗯，兩個人全身都濕透，可能有失溫的危險，麻煩派救護車過來……」

身邊傳來穆羽皓的嗓音，佟可玫想直起身，卻發現她抱在懷裡的鄭宇鈞全身冰冷。

「鄭宇鈞，你怎麼了？」她焦急地退身查看，發現他身上除了外套蓋著的部位，露在外面的皮膚上滿是大大小小在河水裡被漂流物割劃的傷口。

血沾上了她的衣服，佟可玫見鄭宇鈞雙眼緊閉，焦急地對穆羽皓大喊：「學長！」

穆羽皓一看情況不對，掛上電話後蹲下身來查看，見鄭宇鈞臉色慘白、嘴唇發紫，便立刻脫下自己的上衣想替他保暖。

「現在的水位要帶你們跳過去太危險，救護車就快來了，妳抱住他避免他失溫太嚴重。」

佟可玫點了點頭，緊緊摟住鄭宇鈞的身體。不久後救護車的聲音由遠而近傳來，穆羽皓急忙站起來對橋上的救護人員揮手呼喊。

看他們抬著擔架冒雨跑來，佟可玫抱著鄭宇鈞，低泣道：「沒事了……已經沒事了。」

「……我會永遠陪在妳身邊。」

懷裡傳來低沉且虛弱的聲音，佟可玫低頭見鄭宇鈞朝她露出安撫的笑容，想起剛剛在危急時脫口而出的話，淚水落得更凶，但臉上終於有了淡淡的笑意。

救護人員來到橋墩後，先將鄭宇鈞用擔架送回橋上，腳扭傷的佟可玫則是由穆羽皓背著，和另一位救護人員一起離開橋墩。

不久後警察也來了，他們原本想詢問佟可玫事情的經過，但鑒於她現在的狀況十分虛弱，便決定等到醫院檢查完再做筆錄。

被穆羽皓背上救護車，佟可玫隨即被救護人員用毛毯裹住，她感動地望著光著上身的穆羽皓，真誠地道：「學長，真的很謝謝你！」

「還好我剛好出來幫我弟買吃的。」穆羽皓伸手揉了揉她額前的亂髮，「別擔心，沒事了，那小子應該沒有生命危險，其他的事就等你們好些再跟警察們說清楚吧！」

當救護人員問完她的基本資料後，終於放心的佟可玫便因為體力不支而昏過去。

在失去意識前，她仍想著鄭宇鈞最後對她說的話——

我會永遠陪在妳身邊。

第五章

接過護士遞來的溫開水，佟可玫安靜地坐在急診室的椅子上。

除了腳踝扭傷，身上有些微的擦傷之外，她並沒有什麼大礙。反倒是鄭宇鈞，剛剛聽護士說他肩膀和腰部都被河水裡的漂流物劃傷，至於是否有內傷，要等詳細檢查後才能確定狀況。

聽到「沒有生命危險」幾個字，她才放下心來，有一口、沒一口地啜著手裡的溫開水，目光停在眼前忙碌的醫護人員和一個個神情不佳的病患上。

剛剛警察已經通知她的家人，想必爸媽也在趕來的路上，一想到要面對他們，佟可玫的身體又忍不住一陣顫慄。

「嘿，感覺好多了嗎？」

頭頂傳來熟悉的嗓音，她抬頭看見穆羽皓和她一樣披了個大浴巾。

「腳扭到而已，不嚴重。」她伸出一根手指比向裹著紗布的腳踝，扯扯嘴角說道。

「但妳臉上的表情看起來很嚴重耶！」穆羽皓坐到她身旁，手裡同樣端著護士給的溫開水，像是隨口般問道：「是怕等一下家人來會罵妳嗎？」

被看穿心事的佟可玫神色一僵，紅著臉低下頭。

見她的模樣，穆羽皓的笑容微斂，沉聲說：「妳後悔救那個男生嗎？」

佟可玫立刻用力地搖頭，她一點都不後悔救鄭宇鈞！

他在水裡載浮載沉的樣子還清晰地浮現在腦海裡，只要想到一條生命或許會在她眼前消逝，且這個人還是鄭宇鈞，她就難受得心都揪在一塊。

「妳做了一件好事。」

她抬起頭，對上穆羽皓那雙咖啡色的澄淨瞳仁。

「不管之後家人怎麼罵妳，妳都要知道，妳今天救了一個人、一條生命……」穆羽皓語氣堅定地說：「學妹，妳很勇敢。」

佟可玫怔怔地望著他真摯的雙眼，一股酸澀湧上心尖，她抬手抹去眼角的淚珠。

「謝謝學長，如果當時你沒有即時出現……」

「我不相信世界上有所謂的『如果』，我只相信這一切代表那學弟命不該絕，他未來一定會有更好的前途。」穆羽皓露齒一笑，目光突然移向佟可玫身後的方向，原本燦爛的笑容變得柔和。

「我的家人來了。」他站起來到一旁的櫃台拿了紙筆，寫下一串數字後遞給佟可玫。「這是我的手機，以後有什麼事……雖然沒辦法像今天這麼剛好趕到，不過如果有什麼事是我幫得上忙的，就打過來吧。」

佟可玫攥著手裡的紙張，怔愣地點了下頭。

穆羽皓伸出手輕拍她的頭，隨後向她揮揮手。「回去就別多想了，好好休息，學弟不會有事的。考試要好好加油，還有別忘記我說的話。」

「學長，謝謝你！」

穆羽皓只是擺擺手跟她道別，隨後佟可玫看見一個年紀比穆羽皓小、身高卻和他差不多的少年氣呼呼地走上前。少年看起來像是一路從停車場跑過來的，身上都被雨淋濕了，氣都還沒緩過來就對穆羽皓開罵。

不過穆羽皓臉上始終掛著笑容，少年拿他沒轍，嘆口氣後就拉著穆羽皓一起離開急診室了。

直到看不見那兩抹背影後，佟可玫才收回視線，轉頭就看見鄭宇鈞躺在病床上，雙眼緊閉，被護士推了出來。

她急忙追了上去，對護士喊道：「護士小姐！他怎麼樣了？」

護士腳步沒停，「弟弟他腰部的傷比較嚴重，需要開刀處理，其餘的狀況得等檢查報告出來後才知道。」

佟可玫點了點頭，看床上還昏迷著的鄭宇鈞，心驀然縮緊。

登的一聲，電梯門打開了，護士將鄭宇鈞推進電梯，對站在外頭的佟可玫說道：「弟弟很堅強的，妳不用太擔心，交給我們吧。」

抬頭對上護士給她的淡淡笑容，佟可玫點了點頭，隨後稍微彎下腰，向護士鞠了個躬。

「拜託你們了。」然後悄悄在心裡說道：鄭宇鈞，你要加油！

電梯門在她面前緩緩闔上，佟可玫深吸口氣，此時她身後傳來一道熟悉的呼喚——

「可玫！」

❄

鄭宇鈞差點溺死的事大大驚動了學校，甚至還登上了新聞版面，接連好幾天都能看見記者輪流在校門口站崗，隨機詢問學生關於這次的事件。

學校開始正視「霸凌」的嚴重性，連警方也介入調查，據說楚建衡等人被罰停學處分。

佟可玫自然是關心這些事的，不過她卻只能藉由季伊婷的轉述得知。

因為這次的事情不只驚動學校，也驚動了佟家父母。

那天佟可玫被家人接回家，才一進門，無情的巴掌和怒罵聲，讓她原本冰涼的身子更冷了幾分。

「我真不該聽妳說什麼放學後要留下來自修，結果居然修到河裡面去！」佟媽媽氣得臉色發白，壓抑許久的怒氣似乎一次爆發，抓著佟可玫的肩膀直吼：「妳到底要給我們丟多少臉才甘心？妳是想毀了妳的未來、妳的前途嗎？」

佟可玫搖了搖頭，臉頰的疼痛沁入身體，她緊咬著下唇不讓眼淚奪眶而出。

「不想！那妳說妳都做了些什麼？上次模擬考退步了四分，妳說是因為題目刁鑽，我看妳是玩野了吧！」佟媽媽聲音拔尖，「我聽老師說那個鄭宇鈞也不是什麼好東西，妳怎麼會跟這種人混在一起？」

「我成績退步和鄭宇鈞沒關係。」佟可玫壯起膽子回道。

「妳還找藉口！」又是一個響亮的巴掌。

站在一旁的佟爸爸忍不住沉聲開口：「吵夠了沒？」

佟媽媽銳氣一減，扭頭瞪向丈夫，「你就是這麼溺愛她，才把她慣壞！」

被怒氣掃到的佟爸爸臉色一沉，「妳沒看到孩子也受了不小的驚嚇嗎？可玫，先回房間換衣服。」

聽到爸爸出聲解圍，佟可玫不敢再待在客廳，便往樓上快步離開，身後仍然傳來佟媽媽的怒喊：「我這是在教育她，免得以後她誤入歧途，你後悔都來不及！」

「可玫自己會有取捨，妳不要老是把她逼得這麼緊。」

「她的取捨就是交了一堆五四三的爛朋友！」

……

關上房門隔絕樓下的爭吵聲，佟可玫靠著門板跌坐在地，雙手輕顫著抱住自己的膝蓋。

雙頰的疼痛她已經麻痺了，而她眼眶乾澀，淚水彷彿早已蒸發。

不知道過了多久，她似乎聽到有人開車出門的聲音。這時身後的門板傳來輕敲，她猛地顫了一下，以為是媽媽上樓來，咬著牙起身開門。

「可玫。」

開門看到是爸爸，佟可玫稍稍鬆了一口氣，但神情仍然緊繃。

「媽媽出門幫妳報名衝刺班，以後放學妳都去補習班上課，地點離家不遠，就在妳放學的路上。」佟爸爸將一張補習班的宣傳單遞給她，「考試快到了，就別再分心。妳別太責怪妳媽，她……也是為了妳好。」

佟可玫接過宣傳單，看都沒看就對折起來，對爸爸點頭，「謝謝爸，我知道了。」

聽那不帶情緒的回應，佟爸爸一時之間似乎也找不到話題，尷尬地摸摸鼻子就轉身離開。

再次將房門關上，佟可玫一甩手將宣傳單扔到書桌上，目光落到桌旁插在筆筒裡的紙玫瑰。

不知道鄭宇鈞有沒有好一點？

她換下布滿泥濘的制服，看著鏡子裡臉頰紅腫的自己，腦中浮現穆羽皓在急診室對她說的話——

不管之後家人怎麼罵妳，妳都要知道，妳今天救了一個人、一條生命……學妹，妳很勇敢。

淚珠一滴滴落在宣傳單上，暈出了一圈圈的濕痕。

佟可玫輕掩著臉，不讓哭聲傳出房間。

她真的救了一個人……

她救了鄭宇鈞呀！

隔天佟可玫依舊正常去學校上課，出門前佟媽媽自然沒給她好臉色，並不斷叮囑她放學一定要去補習班，別亂耍花樣，同時也警告她別再跟鄭宇鈞扯上關係。佟可玫只能乖巧地應下。

搭車到學校門口，看見記者幾乎將大門的出入口都包圍住，她便低著頭往側門的方向走。

到教室時大家果然都注視著她，季伊婷更是直朝她撲來，心疼地大喊：「可玫，妳沒事吧？」

「我沒事。」她去打掃儲物櫃拿出掃把，不想在眾目睽睽下解釋這件事，便將季伊婷拉到樓梯間。

「沒事就好……」季伊婷拍拍胸口，一副驚魂未定的模樣。「我早上來聽到消息都嚇死了，楚建衡他們這次真的做得太過分！希望他們可以被退學，這樣學校也可以安靜些。」

佟可玫低頭掃著樓梯不答話，季伊婷繼續說道：「這麼一來，鄭宇鈞以後應該不會再被欺負了吧？……可玫？」

見佟可玫始終沒回應，季伊婷低頭查看她的臉部表情，卻看見她略微紅腫的雙頰。

「妳的臉……」

「快上課了，我們回教室吧。」

避開季伊婷的目光，也不等她反應，佟可玫拿著掃把轉身就往教室快步離去。

距離大考越近，班上的氣氛也越來越嚴肅，鄭宇鈞的事情很快就被讀書的壓力淹沒過去。

每天在學校神經緊繃，到了衝刺班更是快讓人窒息。台上老師飛快地複習著考試重點，台下來自不同學校的學生們就唰唰地抄著筆記，不敢鬆懈。

佟可玫看著自己手肘下壓著的「數學公式大全」，無聲地嘆了口氣。沒握筆的那隻手始終捏著豌豆造型的紓壓小物，仔細看就會發現上頭的色漆已經被她捏到褪了顏色。

「那個綁馬尾的同學，麻煩妳起來回答一下這題的答案。」

抬起頭發現老師正盯著自己，佟可玫左右看了一下。

「就是妳，請起立。」

這區塊綁馬尾的人的確只有她一人，佟可玫在全班的注目下起身，看了看黑板上的題目——

假設三位數 n 與 72 的最大公因數為 36，試求所有可能的 n 值之總和。

佟可玫低頭看了下自己的筆記和講義，猶豫了一會才答道：「七千零二十。」

老師沉默了幾秒，看了看自己手裡的參考書，點頭道：「沒錯，請坐。上課專心一點，其他人也是，爸媽花錢讓你們來補習就是希望你們能考得好，等將來上了好學校，要怎麼玩、怎麼混都隨便你們！」

這句話她不曉得從學校老師口中聽過多少次了，就算考上了好高中，還不是得繼續努力考上好大學……只要一天沒脫離「學生」的身分，就必須一直念書念下去。

原子筆的筆尖在講義上戳下一個深深的小洞，佟可玫無聲嘆了口氣。

補習班下課後，佟可玫來到公車站牌等車。

這時候口袋傳來輕微的震動聲響，她掏出手機，螢幕上顯示有兩封未讀訊息，最新的一封發訊人是鄭宇鈞，另一封則是穆羽皓。

想也不想就點開鄭宇鈞的那封訊息，裡面寫著他明天就可以出院，放學後要麻煩佟可玫繼續幫他補習，把這幾天沒念的份全部補回來。

公車緩緩向車站駛來，她上車挑了個靠窗的位子坐下。佟可玫把頭靠在窗上，雙眼望著一路的車水馬龍與夜色燈景。

她抿了抿唇，手指飛快地在手機上移動，然後將回覆的訊息寄出，按下關機鍵。

手機螢幕暗下的同時她也闔上雙眼，隔絕所有一切光亮，任由自己沉浸在黑暗中。

隔天一早到學校，佟可玫不意外地在教室門口看到熟悉的身影。

「妳昨天傳的那個訊息是什麼意思？」鄭宇鈞拿著手機，臉上、手臂都還貼著紗布和ＯＫ繃。

佟可玫壓下想關心他的衝動，越過他往教室裡面走。

「喂，把話說清楚！」鄭宇鈞追了上去，班上同學看見他走進教室，紛紛鼓譟了起來，甚至有女同學主動上前關心鄭宇鈞的傷勢。

佟可玫看在眼底下意識別開頭。這陣子因為楚建衡等人沒來學校，不時有人來問她有關鄭宇鈞的事，聽季伊婷說，還有女生偷偷把情書塞進鄭宇鈞的抽屜裡。

點頭謝過那位女同學的關心，鄭宇鈞逕自走向佟可玫，拉住她的手腕問道：「為什麼以後都不留下來補習了？」

佟可玫掙不開他的手，又怕拉扯到他身上的傷口，只好任由鄭宇鈞抓著。

「我媽幫我報名最後衝刺班，錢已經付清了，放學當然沒辦法幫你補習。」

「但妳明明答應我……」

「和你一起念書後，我的成績反而開始退步。」佟可玫深吸口氣，「大考對我很重要，我不想因為這個原因影響了我的志願，所以……抱歉，以後你就自己念吧。」

「那我以後有不會的題目，可以拿來問妳嗎？」鄭宇鈞還在掙扎，看著他眼中透著懇求的光芒，佟可玫用力抽回手，語氣冷淡地道：「鄭同學有心要念書，相信老師們會很樂意幫你解惑，應該不需要我來幫忙。」

鄭宇鈞眉頭皺緊，「可玫……」

「如果沒有別的事，我要準備早自習了。」佟可玫拿出書包裡的講義放到桌上，直接對鄭宇鈞下逐客令，「鄭同學也快回去吧，大考就快到了，別耽誤自己寶貴的讀書時間。」

鄭宇鈞失落地看著眼前翻著書的佟可玫，重重嘆口氣後就轉身離開。

直到他走後，季伊婷才湊上前來，拍拍佟可玫的肩膀說：「妳……算了，加油。」佟可玫抬頭給了她一個淡到快看不見的笑容。

早自習的鐘聲這時響起，季伊婷忍不住嘆了口氣，聳聳肩回到自己的座位上。

佟可玫則是側過臉看向一樓的花圃，想起鄭宇鈞被追趕的情景……

以後不會再有人欺負他了吧！

❄

佟可玫望著一樓無人的花圃出神。

楚建衡等人被停學後，佟可玫發現花圃除了下課時間會有學生走過，上課時間幾乎沒有任何人影出沒。鄭宇鈞還是經常跑到她的教室門口，不過除了上廁所，她一次也沒出去過。

就算半路被他堵到了，佟可玫仍然把他當空氣，久而久之鄭宇鈞也減少來找她的次數。

她安慰自己這是好現象，畢竟若是她的成績再下滑，除了媽媽那邊她難以解釋，還有可能會連累鄭宇鈞。

只要撐到大考結束就好！她不斷對自己這麼說道。

隨著大考日子越來越近，補習班的課也越來越晚結束。這天她從補習班離開後，搭上了返家的公車，下車後從公車站要走回家時，發現身後似乎有人跟著……

她說服自己或許只是同路的人，不過離家越來越近，那人始終跟在她身後。平常家裡附近晚上就沒什麼人，今天她又比較晚回來，想起前幾天在電視新聞上看到的變態跟蹤狼，她忍不住吞了吞口水，開始加快腳步。

她走得快，後面的人似乎也加緊腳步跟上，佟可玫心一驚，拔腿狂奔起來。

背著一堆參考書，她跑得十分賣力，氣喘吁吁地望著近在眼前的家門，就快到了！

「啊！」

一個不小心，佟可玫被路上的石子絆倒，整個人撲跌在馬路上，她吃痛地爬起身，低頭看著自己擦破皮的手掌和膝蓋。

聽見身後的腳步聲離自己越來越近，她深吸口氣準備大叫救命時，眼前卻出現一雙熟悉的白色球鞋。

「喂，妳沒摔傷吧？」

她抬頭一看，忘了手腳傳來的疼痛，怔愣道：「鄭、鄭宇鈞，你怎麼會……」

「妳一個女孩子這麼晚才回家，很危險的！聽說那個變態跟蹤狂還沒抓到，如果遇到他怎麼辦？」

「所以……你一直跟在我後面？」鄭宇鈞的叨念讓她稍稍回過神來，反問道。

鄭宇鈞別開頭，尷尬地搔搔臉頰，「也、也只有這幾天而已啦！」

佟可玫忍住嘴角的笑意，從地上爬起來，鄭宇鈞還適時拉了她一把。

「謝謝。」

鄭宇鈞點了點頭，瞥見她手掌和膝蓋上的傷口滲著血，揚聲道：「妳受傷了！」

「小擦傷而已，沒事的。」佟可玫把手縮回背後，對鄭宇鈞說：「你之後別再跟著我了，這麼晚了，你回家也不安全。」

「我又不是女孩子。」鄭宇鈞賞她一記白眼。

「與其跟著我回家，這段時間你可以看很多書了。」

「……」鄭宇鈞不答話，只是瞠大眼盯著她。佟可玫皺起眉，難道她說錯了什麼嗎？

見他沉默，她續道：「你的傷……好多了嗎？」

她視線落在他的腰間，當時在病床上的他臉色慘白得嚇人，到現在佟可玫還心有餘悸。

「沒事了。」

佟可玫點了點頭，見時間不早了，再不回家，待會媽媽跑出來找人，被她發現自己和鄭宇鈞待在外面，會被罵死的。

「我要進去了，你回家小心一點，以後別再跟著我了。」說完她對鄭宇鈞揮了揮手，轉身就要往家的方向走，不過她腳步還沒踏出去，就被鄭宇鈞拉住手，下一秒就被緊緊擁住。

「鄭……」她驚訝地瞠大雙眼，一時間忘了要推開他。

擁抱短暫停留了三秒，鄭宇鈞抓著她的雙肩，拉開了兩人過近的距離。

「充電完畢！」鄭宇鈞臉上掛著燦爛的笑容，讓佟可玫心頭猛然一震。

「這個給妳！」他把一個罐狀小物塞進佟可玫手裡，「女孩子要懂得保護自己，這是防狼噴霧，遇到變態就噴下去，別手軟。」

低頭看著手裡的小型噴劑，佟可玫感動得眼眶一熱。

「我會好好念書，準備考試。這段時間，妳別又開始拔頭髮喲！」鄭宇鈞伸手揉了揉她頭頂的髮絲，「趕快回家吧，讓妳家人擔心就不好了。」

佟可玫點點頭，轉身朝家的方向走，到了家門口，她回頭看見鄭宇鈞還站在原地，似乎要看著她進去。

鄭宇鈞對她揮了揮手，臉上的笑容在黑夜裡格外耀眼。

佟可玫握著防狼噴霧對他擺擺手後走進家門，和父母打過招呼後就上樓回到房間。

從房間的窗戶看出去，已經不見鄭宇鈞的身影。她洗完澡後，把鄭宇鈞送的防狼噴霧放進書包裡，然後拿出參考書坐到桌前。

翻開寫滿筆記的講義，她的目光卻落在筆筒裡插著的紙玫瑰上，端詳著那一片片重疊的花瓣。

這一夜，她腦中想的全是鄭宇鈞的笑容，和那突如其來的擁抱。

時間來到大考前一週，楚建衡等人也在今天回到學校上課。

經過這次的事件，他們顯然安分許多，每堂下課教官也會在校園內加強巡視。佟可玫多半時間都待在教室裡看書，在壓力大得近乎要讓她窒息時，她就會在下課時間走出教室，到廁所洗把臉。

「可玫，妳的黑眼圈深得都快變成熊貓了。」季伊婷捧著英文單字卡，指著她眼下的陰影。「妳昨天是熬夜到幾點呀？」

佟可玫頭也沒抬，只比出兩根手指，雙眼仍緊盯著歷史課本。

「兩點！」季伊婷驚得大叫，惹來其他正在念書的同學不悅地瞪視，她摀起嘴小聲地對佟可玫說：「妳早上不是還沒六點就起床了嗎？」

「嗯呀。」

「這樣根本睡不到四個小時，怪不得妳黑眼圈超重！」季伊婷心疼地說：「我知道妳很認真，但再這樣下去，還沒大考妳身體就會先撐不住的。」

見佟可玫不回應自己，季伊婷繼續說：「妳真的打算上第一志願嗎？」

握著螢光筆的手微頓，佟可玫抬起頭看向好友，皺起眉回道：「當然。」

腦中這時突然響起鄭宇鈞在橋墩時對她說的話——

找出妳的夢想。

「這張調查表要在大考後三天內交回來，記得給家長簽名。」

佟可玟目不轉睛地盯著桌上那張空白的志願調查表，握著筆的指尖用力得泛白。

班導師繼續在講台上說道：「明天就是大考的日子了，你們努力這麼久就是為了這次考試，大家好好加油，老師相信你們一定都可以考上心目中的理想學校。」

說完班導師交代了學藝股長這件事，然後就開始上課。

佟可玟把調查表對折再對折，放進書包最前面的夾層。她深吸口氣，拿出參考書和講義，聽著老師做最後的重點複習。

眼前的課本和密密麻麻的筆記內容，佟可玟早已熟記在心，她指尖撫過那一行行陪她走過三年歲月的筆跡。

終於……就是明天了。

當下課鐘響起，班導師放下粉筆，對著全班同學說：「回家後早點休息，不要熬夜了。老師在這邊祝福大家，勤學有成，金榜題名！」

「謝謝老師！」

佟可玟收拾好書包要走出教室時，卻被季伊婷攔了下來。

「可玟，妳今天要去補習班嗎？」

佟可玟搖了搖頭，「課程昨天就結束了，想說回家再加強一下理化。」

「哎呀！都考前最後一天了，妳再念下去當心頭腦炸開！」季伊婷揚起手中的書本說：「陪我去圖書館還個書好不好？楚建衡他們現在回學校了，我好怕會遇上他們。」

「可是……」

「拜託啦！就一下子而已，還書完我陪妳去搭公車。」

面對季伊婷的請求，佟可玫無奈地呼了口氣，「真拿妳沒辦法，走吧。」

和季伊婷有說有笑地往圖書館的方向走去，當她們經過花圃時，季伊婷卻突然停下腳步。

「怎麼了嗎？」佟可玫轉過頭去看她。

「我突然想到鉛筆盒沒拿。」季伊婷一臉愁苦。「這樣明天考試沒辦法畫卡，妳在這裡等我一下好嗎？」

佟可玫點了點頭，「沒關係，我等妳，妳慢慢來。」

季伊婷對她露出一記個大大的笑容後，就往來時的方向快步離去。

明天就要大考了，沒太多學生在學校逗留。想想似乎也許多天沒看到楚建衡那群人，該不會突然奮發圖強想臨時抱佛腳吧？

望著被夕陽映照成橘紅色的花圃，佟可玫抿了抿唇。這陣子她忙著讀書，連訊息都很少回鄭宇鈞。

儘管不再刻意避開他，但兩人的教室樓層不同，碰面的機會不多。就算巧遇，他們也是匆匆打過招呼就各自回教室了。

鄭宇鈞似乎是怕打擾到她，自從前幾天傳了一次「早點睡」的訊息給她後就沒消息了。佟可玫拿出口袋裡的手機，按下開機鍵。

看著沒有半封未讀訊息的螢幕，她輕嘆了口氣。手指停在鄭宇鈞的號碼上方，猶豫著要不要按下撥出鍵。

打給他要說些什麼呢？

這幾天過得如何？科目都準備好了嗎？考試加油？

……

佟可玫癟起嘴，彷彿生悶氣般把手機塞回口袋。她望著逐漸西下的夕陽，不知道鄭宇鈞回家了沒，還是又去醫院看他媽媽了呢？

正當她納悶著季伊婷怎麼去了這麼久時，忽然有個東西從天而降落在她頭頂上。

佟可玫嚇了一跳，還沒看清楚那東西是什麼，隨後一個、兩個……她睜大眼望著從天而降的紙玫瑰，五顏六色散落在她身邊。

「生日快樂！」

她抬頭朝聲音的來處看去，對上那熟悉又耀眼的笑容。

「鄭……宇鈞？」趴在窗框上的少年，朝著佟可玫撒下一朵朵紙玫瑰。任由玫瑰雨落在自己身上的她，在五彩繽紛的紙玫瑰和花圃裡的花朵相映之下更加動人。

「站在那別動喔！」鄭宇鈞從窗台處對她喊道，然後一溜煙地就不見人影。

佟可玫怔怔地看著無人的二樓窗台，彎腰撿起地上一朵用白底粉點色紙摺出來的紙玫瑰，拈在手中細細打量。

「嘿，有沒有嚇一跳？」鄭宇鈞帶著微喘開心問道。

她抬頭對上鄭宇鈞晶亮澄淨的雙瞳，笑著點了點頭。

她都忘了今天是自己的生日。

以往生日這天，媽媽都會買蛋糕回去，但自從外婆過世後，家裡就不再慶生，久而久之她也不特別去記日子了。最近因為專心準備大考，就連今天是自己的生日都忘得一乾二淨。

「謝謝。」她再度彎腰撿起一朵藍白條紋的紙玫瑰，將兩朵紙玫瑰捧在掌中，疑惑地望著他。「你怎麼知道今天是我的生日？」

她沒有跟任何人提過，就連季伊婷也不知道她生日是哪一天呀！

「我叫伊婷去問的，還拜託她今天無論如何都要把妳留下來。」鄭宇鈞伸手拿過她手上那朵藍白條紋的玫瑰，「妳別罵我喔！我摺了一個禮拜，當然也有好好念書，因為邊念邊摺，所以很多都摺醜了。」

佟可玫又撿起兩朵紙玫瑰，仔細一看果然形狀有些奇怪。

「為什麼？」

「嗯？」鄭宇鈞把目光從玫瑰轉向她，臉上的笑容在觸及佟可玫認真的表情時微微一僵。

「為什麼要對我這麼好？」明明喜歡的人不是她，為什麼還要這麼費心，為她摺這麼多紙玫瑰？

鄭宇鈞盯著目光灼灼的她，重重嘆了口氣。「妳知道紙玫瑰的花語嗎？」

佟可玫搖了搖頭。

「不同顏色的玫瑰代表著不同的意義，但紙玫瑰……」鄭宇鈞一邊說，一邊把散落在地的紙玫瑰通通撿起來，然後捧到佟可玫面前。

「它不會枯萎，不會凋謝，是永恆的祝福，而且會永遠陪在妳身邊。」

佟可玫伸手接過那一大束紙玫瑰，忍著不讓眼眶裡的淚湧出來。

她深吸口氣，在心底悄悄地做了個決定。

「你說等考完試後，要請我跟伊婷吃甜點對吧？」

鄭宇鈞點了點頭，臉上閃過一絲窘迫。「今天之後，我覺得她應該會再敲我一頓竹槓。」

「那吃完甜點後，你可以留給我五……三分鐘的時間嗎？」

她決定，不管鄭宇鈞喜歡的人是誰，都要告訴他自己的心意。

鄭宇鈞看她幾乎縮到玫瑰花束後的臉，挑起眉問：「三分鐘的話，現在就可以說啊！」

「現在還不行！」佟可玫揚聲喊，意識到自己的失態，她連忙改口，「就、就當是驚喜，回報你今天幫我慶生。」

「好啦，反正也才差兩天又三分鐘，這樣算起來就是……兩千八百八十三分鐘，我就委屈一點，勉強等妳一下。」

「謝謝你的委屈喔。」佟可玫忍不住笑出來，兩個人似乎又回到了以往打鬧的相處模式。

「時間不早了，明天還要考試，我們快去搭公車吧。」

「好。」說完她指著手裡的紙玫瑰，「真的，很謝謝你。」

「三八。」

兩人一起走到公車站牌，鄭宇鈞幫她捧著那束玫瑰，還好現在路上沒什麼人，否則被人盯著看，她真不曉得要擺出什麼表情。

「伊婷呢？」她這才想起剛剛說要回班上拿鉛筆盒的「好同學」。

「早就回家啦！」鄭宇鈞笑呵呵地答道，說他這陣子超怕季伊婷走漏風聲，還警告她如果破壞驚喜，就不請她吃甜點了。

「人家幫你，你還威脅她。」

鄭宇鈞笑而不語，沒多久他平常搭的那班公車緩緩自遠方駛來。

「從醫院回去後早點休息，明天考試的用品要準備好才能睡覺，鬧鐘多設幾個才不會睡過頭遲到，還有……」

「妳真的很關心我耶！」鄭宇鈞笑容燦爛地望著她。

「我才沒——」

「先上車了，妳回家路上小心，考試加油啊！」鄭宇鈞將紙玫瑰花束交到她手上，對她擺擺手。「考試的時候不能拔頭髮喔！」

「知道啦！你也是，考試加油。」佟可玫回以他同樣燦爛的笑容，鄭宇鈞點了點頭後就轉身上了公車。

一直等公車開走後，她才將視線收回來。捧著那束色彩繽紛的紙玫瑰，唇畔忍不住揚起。

隔天，佟可玫站在考場門口，原本一點緊張感都沒有的她，突然在這時候心跳加快，快得彷彿要跳出喉嚨。

她不禁抬起冒著汗的手，捲了一小束頭髮，一圈、兩圈……

忽然佟可玫像是驚醒般地立刻將手放下，蔥白的纖指上沒有半根細髮，她趕緊拿出口袋裡的豌豆吊飾和一朵紅色的紙玫瑰，緊緊攥在手裡，不斷告訴自己要冷靜下來。

這時口袋裡的手機傳來震動聲響，佟可玫身體微僵，拿出手機，看見一封未讀訊息。

寄件者來自「穆學長」，裡面只有短短幾句話，要她不要緊張、考試加油等等。

正當佟可玫嘴角勾起笑容時，預備鐘聲在這時候響起，她急忙將手上的東西都放回包包裡。

她挺直腰桿，手中拿著准考證和考試文具，做了三次深呼吸……

在心底大聲地對自己說聲「加油」後，便抬頭挺胸走進考場。

第六章

誠中的氣氛今天格外不一樣。

這是佟可玫踏進校門口時的第一個想法，一直到她走進教室，高分貝的吵鬧嬉笑聲不但沒讓她感到刺耳不耐，反而令她忍不住漾開笑容。

「可玫——」

季伊婷尾音還沒拉完，人已經先撲進佟可玫懷裡，激動地抱住好同窗。

「早安呀！」佟可玫輕拍季伊婷的背，非常能夠明白她之所以這麼激動的原因。

努力了三年，準備了這麼久的大考，終於在昨天結束了！

「我好怕自已考不好，到時候一定會被我媽念的啦！」

佟可玫拉起好友的手，安撫道：「才剛考完，就先別想成績了，想想我們放學要吃什麼蛋糕吧！」

昨天考完試，媽媽親自開車來接她，一路上問她考試題目簡不簡單、有沒有不會寫等等這類問題，她都含糊帶過。

回到家後，媽媽準備了一桌豐盛的晚餐，雖然餐桌上交談不多，卻是她這幾年來吃得最輕鬆的一頓飯。

「哎呀！妳不說我都忘了！」季伊婷像隻兔子般跳離佟可玫的懷抱，笑嘻嘻地比劃著蛋糕的樣式說道：「我要吃草莓蛋糕、巧克力黑森林，還有起司乳酪蛋糕，可玫妳呢，想吃什麼？反正是鄭同學請客，又是這麼值得慶祝的日子，一定要吃垮他！」

佟可玫忍不住開始同情起鄭宇鈞，依照季伊婷的個性，今天不把他的荷包榨乾是不會善罷干休的。她忍不住摸摸自己制服外套的口袋，裡頭的小錢包也放了些錢，應該多少能替鄭宇鈞出一些些。

「等等一下課我們就去一樓堵他，以免他逃跑。」季伊婷氣勢高漲，想吃到免錢蛋糕的欲望，讓她的雙眼閃閃發亮，佟可玫在一旁看得是既好氣又好笑。

「妳什麼時候變得跟楚建衡他們一樣，這麼惡霸了？」

季伊婷聞言哼了聲，驕傲地仰起頭，「我跟他們才不一樣，是鄭宇鈞自己說要請客的！」

「好好好，我們下課再去找他。」

早自習的鐘聲響起，學生們雖然都回到座位，卻還是難掩浮躁的情緒，一直到班導走進教室才稍稍安靜下來。

「恭喜大家考完了這次的大考，雖然老師這麼說有些煞風景，不過這次考試只是你們人生的其中一個里程碑，老師期許各位能夠考上好志願，為校爭光。」

班導之後說了什麼，佟可玫幾乎沒聽進耳裡。她拿出抽屜裡的色紙，回想昨天在網路上查到的紙玫瑰摺法，輕輕地將紅色的色紙對摺、再對摺……

當早自習結束的鐘聲響起，班導也為她的長篇大論作了結尾，「志願表三天後請學藝股長收到辦公室來。考完試開心歸開心，各位同學還是要遵守校規，如果被我發現有人帶撲克牌或是其他違反校規的東西到學校來，一律記過處分，聽清楚了嗎？」

「清楚了！」

班導師滿意地點了點頭後就走出教室。還在埋頭摺著紙玫瑰的佟可玫突然被人從後面拍了下肩膀，她像是受驚的小鳥般，只差沒從椅子上跳起來。

「走吧！我們去找鄭……哎，妳這是在摺紙玫瑰嗎？」

佟可玫立刻把摺到一半的紙玫瑰和色紙塞回抽屜裡。看她耳根子泛紅發窘的樣子，季伊婷露出曖昧的笑容。

「讓鄭宇鈞摺給妳不就好了。為了在妳生日那天給妳驚喜，他摺得超認真的！還是說妳想要回禮，需不需要我去幫妳打聽鄭宇鈞的生日啊？」

「不用！我、我只是……」佟可玫手足無措地皺起眉，乾脆起身往教室門口走去。

「妳別走啊！我們還要去一樓找鄭宇鈞，等等我！」

想起自己在考試前和鄭宇鈞約好，在吃完甜點後給她三分鐘的時間……佟可玫垂在身側的手握得緊緊的，也不管季伊婷在身後不斷喊她。

「可玫、可玫，妳走這麼快幹嘛啦！」季伊婷見她終於停下腳步，疑惑地上前拍拍她的肩膀。「怎麼了？我們不是要去找鄭宇鈞嗎？」

「我……」有種比面對大考更令人窒息的緊張感頓時淹沒了她，佟可玫抬眼對季伊婷笑說：「妳先去找他吧，反正放學後就見得到面，我突然想起來還有點事，先回教室去了。」

說完也不理會季伊婷的呼喚，頭也不回地就往樓上走。

佟可玫，妳真是宇宙超級無敵膽小鬼。

回到座位後，她在心底這麼對自己說道。拿出抽屜裡摺到一半的紙玫瑰，她扯了扯嘴角，露出淺淺的笑容，繼續未完的步驟。

「吼！他一定是覺得會被我吃垮才請假的！」季伊婷洩恨似的插起一塊蛋糕塞進嘴裡，用含糊的語調說著：「枯玫，這塊好好粗呦！」

佟可玫勉強聽得出來她的意思是：可玫，這塊好好吃呦。

於是她也拿起叉子，把季伊婷事先切了一半，好讓兩個人都能享用到的草莓蛋糕放進口中。濃郁的草莓味和酸甜適中的口感，讓她忍不住瞇起眼，真的好好吃！

「鄭宇鈞沒來實在太可惜了，哼哼，我明天一定要去他面前炫耀，我們今天吃了這麼多好吃的蛋糕。」

聽著季伊婷憤慨的話，佟可玫拿起擱在桌面上的手機按下開關，她眸光一黯，透著光的螢幕沒有顯示任何未讀訊息。

「是鄭宇鈞打來的嗎？」

佟可玫搖了搖頭，「沒有，打給他都關機。」

嚥下嘴裡的蛋糕，季伊婷皺起眉道：「是喔……問他們班上的人也沒人知道他今天為什麼請假，只好明天遇見他再說囉！」

兩人把桌上的蛋糕一個個吃進肚子裡，直到天色暗下來，她們才分道揚鑣。和季伊婷道別後，佟可玫獨自一人來到公車亭等車，看見鄭宇鈞平常搭的那輛公車在自己面前停下，隨後又緩緩駛離。

這時口袋忽地傳來震動聲響，佟可玫心中湧起一陣喜悅，連忙從口袋裡撈出手機，當她看見螢幕上的來電顯示時，唇畔的笑容一僵。

「喂。」

電話那頭傳來媽媽的質問聲，令她呼吸一滯。

「我正在等車，馬上就回家了。」

「……」

「跟同學，女生。」她耐心地解釋。

直到掛上電話，佟可玫才如釋重負般呼出口氣，她平常搭的公車此時也剛好進站。

坐上習慣的靠窗座位，她望著窗外移動中的街景。原本以為考完試就可以緩口氣的……佟可玫從書包裡拿出鄭宇鈞送她的豌豆紓壓小物，有一下沒一下地按壓著。

口袋再度傳來震動聲響，佟可玫雙肩輕顫，抱著一半期待、一半怕受傷害的心情，緊張地拿出手機。

看見螢幕上的來電顯示，她想也不想就接起來——

「嘿，打算念哪所學校呀？」

那頭傳來爽朗的笑語，佟可玫先是微微一怔，隨後笑道：「學長，不是應該先問我考得怎樣嗎？」

成績都還沒下來，而且她要念的學校……一直都只有那一間。

「妳成績這麼好，除非失常啦！」穆羽皓說完立刻倒吸口氣，緊張兮兮問道：「該不會真的失常吧？」

「謝謝學長關心，考試的題目我都會寫，應該是沒有失常的機會了。」

那頭又傳來穆羽皓的笑聲，混雜著籃球落地的運球聲。佟可玫忍不住問道：「學長在打球嗎？」

「對呀，等等要鬥牛了，妳要不要過來看？」

「可能沒辦法。」腦海裡想像著穆羽皓在球場上馳騁的模樣，佟可玫扯扯嘴角，覺得看不到有點可惜。

「好吧！所以妳決定好要念哪間學校了嗎？」

「我媽跟老師都覺得一高應該考得上。」一高是他們這地區的第一志願，也是媽媽希望她去念的明星學校。

「我不是問妳家人和老師的決定，而是問妳。」穆羽皓的聲音雖然混著球聲和四周的雜音，可他說的話卻清晰地傳入佟可玫耳裡，「這是妳的未來，不該由別人替妳決定。」

「……」

「妳還有時間可以好好想想，人生就這麼一次，不要讓自己將來感到後悔……」

話筒那頭傳來其他人的聲音，似乎在吆喝著籃球比賽要開始了。

「我先掛電話了，改天再聊吧。」

「學長加油。」佟可玫淡淡地道。

「嘿，別這麼無精打采，剛考完試要開心點。對了，上次那個男生還好吧？」

「他已經沒事了，那次真的多虧學長幫忙。」想起那天鄭宇鈞落水的驚魂記，佟可玫到現在還心有餘悸。

「哦，那就好！」穆羽皓笑著說：「那就改天再聊了，掰掰。」

「學長掰掰。」

掛上電話後，佟可玫握著有些發燙的手機，望著另一隻手中的豌豆吊飾出神。

回到了家，媽媽一直追問成績什麼時候公布、推甄分發的日期等等，直到當佟可玫回到房間，覺得自己像是活生生被剝了一層皮，頭疼得嗡嗡作響。

她走到書桌前，拿出書包裡的志願調查表，明天就要繳交了，上面仍然是一片空白。

佟可玫拿出筆，填上了自己的班級、座號以及姓名，最後筆尖停在寫著「志願一」旁邊的空格上。

這是妳的未來，不該由別人替妳決定。

穆羽皓的話在腦中響起，她握著筆的手輕輕一顫，深吸口氣，看向擱置在桌邊的紙玫瑰。

「我的夢想……」

她低聲輕喃，在志願一的空格上填下一行字後，拿著志願表起身走出房間。

❄

大考後的學生特別放鬆，每節下課嬉鬧喧囂的歡笑聲總是充斥整間教室，就連老師在上課時也和大家閒聊起自己的人生故事。

當英文老師說著自己學生時期的過往時，佟可玫聽得比以往任何一堂英文課還認真。

「……所以，我就撕掉機票，留下來教書。」

聽到老師為了男友而放棄國外高薪工作的這個決定，全班都發出了驚歎與惋惜聲。

「其實夢想不一定要達成才算數，重要的是在追逐夢想的過程中，你得到了什麼。」英文老師嘴角帶著笑容，「我的確放棄了很好的機會，但我也獲得自己從來沒想過的幸福。」

盯著老師無名指上閃閃發亮的戒指，女同學們紛紛沉浸在浪漫的美好氣氛中。

下課鐘響時，英文老師正準備離開，佟可玫連忙起身追上去。

「老師！」

「佟同學，怎麼了嗎？」英文老師對佟可玫印象深刻，成績很好的她，總是用長髮遮住臉蛋，不過最近似乎常綁著馬尾。英文老師笑咪咪地看著面前的少女，見她侷促地攪著手指，似乎欲言又止。

「如果不好意思在這裡說，還是我們去辦公室聊聊？」

佟可玫搖了搖頭，輕抿了下唇開口：「老、老師覺得，夢想是什麼？」

英文老師眨眨眼陷入片刻的怔愣，望著睜大眼瞅著她的學生，隨後微笑道：「或許對很多人來說『夢想』是不切實際的名詞，但如果妳不曾擁有夢想，妳就不會理解夢想的珍貴。」

「可是……」

「我們換個問法，佟同學妳平常除了來學校上課，還喜歡做什麼呢？」

「看書。」她的生活總是脫離不了書本。

「書也是有分很多種的，妳喜歡看哪一類的書？」

聞言佟可玫皺起眉，似乎正在腦海裡努力搜尋著答案。

見她一臉苦惱的模樣，英文老師拍拍她的肩，溫柔地說：「別著急，慢慢想。」

「Renaissance.」

英文老師挑起眉，「文藝復興？妳喜歡西洋史？」

佟可玫點點頭，怯聲道：「嗯，我喜歡那個時代的古典風格。」十五世紀的西洋歷史是她記得最熟的一段。

「離畢業還有將近一個月，妳可以趁這段時間到圖書館看看相關的書籍，既然有一個方向，相信妳很快就能找到自己的興趣。」

佟可玫聽得一愣一怔的，英文老師伸出手搭上佟可玫的雙肩。

「夢想不容易達成沒關係，但一定要是妳自己喜歡的。」

見她用力地點頭，英文老師露出滿意的笑容。「有什麼老師幫得上忙的地方，隨時都可以來辦公室找我喔。」

和老師道過謝後，佟可玫沒有立刻回教室，而是跑到之前和鄭宇鈞一起念書的頂樓。

鄭宇鈞依舊沒有來學校上課。問了他們班的同學，只聽說好像家裡有事，要請假一陣子。

她走到水塔邊，上頭還留有鄭宇鈞讀書煩悶時用立可白在地上畫的塗鴉，有雲朵、有太陽，還有刮風下冰雹的小圖案。

有幾次鄭宇鈞還因為偷懶被佟可玫擰了耳朵，現在看到這些塗鴉讓佟可玫倍感懷念。

「你什麼時候才會來上學呢……」彎下腰輕撫那些白色圖案，她低聲喃喃道。

仰望頭頂的晴空，她抬手捻起自己綁在腦後的長髮，輕輕地轉著圈。

他還欠她三分鐘，但隨著時間一天天過去，她已經不敢保證自己能有說出心意的勇氣。

上課鐘聲響起，佟可玫放開攪弄長髮的手指，指頭上已經不再像從前那樣纏著斷髮。

她站起身，一如來時那般無聲地離開。

❄

半個月後，誠中三年級大樓的某間女廁外。

佟可玫站在洗手台前用雙手掬起水輕潑在臉上。剛剛體育課難得她也下場去打籃球，當下課鐘響起時，她才發現自己的體育服幾乎都被汗水浸濕了。

還好她櫃子裡有一套乾淨的衣服可替換，要是放學後頂著這身難聞的汗臭味上公車，不被賞白眼才怪。

她抬頭看著鏡子裡的自己，因為運動而泛紅的雙頰，還有那被她高高綁在腦後的長髮，她已經不是當初那個長髮覆面，活像個貞子的佟可玫了。

我敢保證小孩子晚上看到妳會被嚇哭！

想起鄭宇鈞說過的話，她忍不住扯扯嘴角，好像真的有這麼誇張……

眼看上課鐘快響了，佟可玫拿出口袋裡的手帕，正要擦拭臉上的水滴時，一聲高呼從走廊的另一端傳來。

「可玫！可玫！……同學不好意思，借過一下！可玫！」

季伊婷邊跑邊喊著佟可玫的名字，一直到她面前才氣喘吁吁地停下來。

「呼……到處都找不到妳，急死我了！」季伊婷伸手拉住她的手臂，「快、快！跟我來！」

見季伊婷著急的模樣，佟可玫皺起眉頭說道：「都快上課了，妳要帶我去哪裡？」

「考完試了上不上課不重要啦！」季伊婷幾乎是拖著她走，「鄭宇鈞來學校了！」

一聽到熟悉的名字，佟可玫便趕緊加快腳步跟在季伊婷身側。

「他來學校了？在哪裡？」

季伊婷腳步不停，相較起佟可玫難掩喜悅的神情，她的表情似乎有些沉重。

「在訓導處。」

半個月沒看到鄭宇鈞，佟可玫覺得他瘦了。

原本身材就不壯碩的他如今雙頰微凹，眼睛下方明顯的兩道青影，看起來似乎好幾天沒睡好覺。他身邊站著一名西裝筆挺的男人，和曾經與佟可玫在醫院碰過面的婆婆。

婆婆不斷對訓導處裡的老師和主任、教官鞠躬道謝，當鄭宇鈞和家人走出訓導處時，原本站在他身旁的西裝男子和鄭宇鈞說了幾句話後，就先往校門口的方向走去。

看見鄭宇鈞旁邊只剩婆婆，佟可玫不等季伊婷反應就直接走上前去。

「鄭……」她才剛開口，婆婆正巧轉過來與她對上眼。

「哎唷！這不是可玫嗎？」

婆婆邁著腳步走過來，給佟可玫一個大大的擁抱。「好久不見，越來越漂亮了！」

佟可玫不好意思地笑著輕拍婆婆的背。「婆婆最近好嗎？」

「最近啊，我媳婦她……」

「阿嬤！」一直站在旁邊的鄭宇鈞突然出聲，臉色有些不自然。「該走了，還有很多手續要辦。」

佟可玫轉頭看向他，鄭宇鈞卻直接別開頭，那漠然的神情讓她心尖莫名一抽。

「什麼手續？」看著他的臉，佟可玫問道。

鄭宇鈞板著臉不說話，婆婆看他們兩人氣氛有些僵，趕忙打圓場：「我媳婦半個月前過世了，宇鈞的爸爸希望他轉學去私立國中，之後直升高中部，將來畢業後就繼承他的事業。所以我們這次來是要幫宇鈞辦轉學的。」

「轉學！」站在後面的季伊婷忍不住發出一聲驚呼。

佟可玫同樣被婆婆的話嚇了一跳，半個月前……難道是大考那個時候？

她望向鄭宇鈞，看他消瘦的臉龐和身形，良久後才開口：「如果你答應轉學，那之前說的，想當氣象主播的夢想該怎麼辦？」

鄭宇鈞皺起眉，什麼話也不說，就拉著婆婆的手往教務處的方向走。

上課鐘聲這時響起，季伊婷看著鄭宇鈞的背影，嘆道：「怎麼就這樣走了？……可玫妳幹嘛？上課了耶！」

佟可玫不理會好友的呼喚快步追了上去，張開雙手擋在鄭宇鈞和婆婆面前。

「把話說清楚。」她胸口上下起伏著，透著紅潤的臉蛋更突顯了鄭宇鈞此刻蒼白的臉色。

「我跟妳沒什麼話好說。」鄭宇鈞拉著婆婆想要越過她，佟可玫像是鐵了心般，怎樣都不肯讓開。

「妳……」鄭宇鈞氣惱地瞪著面前的少女。

「那不是你的夢想嗎？難道你這麼輕易就要放棄它！」佟可玫對他吼道。

當初明明是他要她找出自己的夢想，如今卻這麼輕易放棄！

「可玫，宇鈞他不是……」婆婆趕緊開口想解釋。

「妳懂什麼？」鄭宇鈞聲音低沉，漠然地看著佟可玫。

被他冷冽的眼神盯著，佟可玫覺得自己的心一下子沉到谷底。

「妳是好學生，怎麼會了解像我這種天天被人霸凌到差點死掉的『學校毒瘤』？」

佟可玫錯愕地望著他，似乎不敢相信自己在他眼中竟是這副模樣。

「鄭宇鈞，你怎麼可以說這種話！」季伊婷抱不平地說：「可玫花多少時間努力念書，你難道不知道嗎？」

佟可玫看著眼前態度冷漠的少年，再看向不知所措的婆婆，深深吸了一口氣。

「如果這就是你對待夢想的態度，那麼我們之前的約定，就當沒發生過。」

她充滿失望的語氣，讓鄭宇鈞想起大考前他曾答應給她三分鐘的時間。鄭宇鈞張了張嘴，最後仍是握緊雙拳，把想說的話嚥進肚裡。

「在現實的面前，夢想……」鄭宇鈞像是在極力壓抑般，雙肩輕顫，「都只是個屁！」說完他頭也不回地就往校門口的方向跑去。

「鄭宇鈞！」

佟可玫想上前追，卻被婆婆拉住手。

「可玫，妳就別再刺激我們家宇鈞了。」婆婆雙目含淚，佟可玫見狀全身一僵。

「……婆婆，對不起。」良久，她才怯怯地開口。

「婆婆沒有怪妳，宇鈞也不會怪妳的。」婆婆攬住可玫，哽咽地說：「宇鈞還小時，他爸爸就在外面有別的女人。雖然夫妻倆沒有離婚，但他爸爸整天就只知道工作，還有和那個狐狸精在一塊。我媳婦時常進出醫院，宇鈞都是我在照顧的，直到我媳婦開刀要住院，宇鈞才跟著他媽媽搬過來這裡。」

佟可玫無聲地點了點頭，回想起在醫院時，鄭宇鈞笑著對媽媽說他考進百名榜時的喜悅神情。不管在學校被欺負得多慘，那時候的鄭宇鈞，笑得那麼燦爛，那麼溫暖。

「前陣子我媳婦本來病情穩定了些，但就在你們考試那天下午……」

佟可玫拍拍婆婆的背，怕她因為太激動傷了身體，並和季伊婷交換個眼神，讓她先回教室去。

「我接到醫院的電話，匆忙趕到時，宇鈞已經在手術室外面。我叫他趕快回去考試，他卻怎麼都不肯走。」

聽著婆婆的描述，佟可玫可以想像得到鄭宇鈞當時難過、徬徨、無助的神情。

「之後……我媳婦還是沒有撐過去。」婆婆抬手抹去臉上的淚水，「我兒子在我媳婦過世的那個晚上趕到醫院要宇鈞跟他走，以後繼承他的事業。我原本擔心他們會吵起來，宇鈞卻很冷靜地告訴他爸爸，要他回家可以，但希望他爸爸到他媽媽的靈堂前道歉。

「宇鈞的爸爸原本不願意，但宇鈞說，他媽媽臨終前一直希望能再看看丈夫一眼。我兒子就宇鈞這麼一個孩子，最後還是在靈堂前對我媳婦深深一鞠躬。」

婆婆說，鄭宇鈞在媽媽葬禮結束前都沒有和他爸爸談論有關往後的事，一直到火化那天，鄭宇鈞捧著母親的牌位對自己的父親說：「我跟你回去，不代表我原諒你。媽媽一直希望能離開醫院，跟你手牽著手出去玩，但你始終不曾給她機會。如果不是看在她的份上，就算你哪天在路上被車撞了，我也不會去看你一眼。」

宇鈞的爸爸氣得雙目瞠大，瞪著自己的兒子，正要破口大罵時，又聽到宇鈞寒聲續道：「媽媽病危的前一天晚上，那個女人來過……媽媽是那個女人害死的，而你是縱容那個女人的幫凶，你們都是兇手，殺人兇手！」

聽著婆婆口中轉述的這些話，佟可玫抿緊唇，垂在身側的手攥緊成拳。

只要一想到鄭宇鈞這些日子所承受的痛苦，她幾乎就快喘不過氣，心揪得生疼。

「可玫，婆婆知道妳是擔心我們家宇鈞，」見她臉色蒼白，婆婆忍不住軟聲道：「但心關還是得靠那孩子自己跨過去，說不定換個新環境，對他而言也不全是壞事。」

佟可玫輕輕點頭，腦中盡是鄭宇鈞漠然的背影。

「謝謝妳這段期間這麼照顧我們家宇鈞，婆婆沒什麼東西好給妳……」

見婆婆要向她彎下腰，佟可玫急忙攙住她。「別這麼說！我只是……只是做我該做的。」

婆婆微笑跟她道別，直到婆婆的身影消失在走廊盡頭，佟可玫才拖著沉重的步伐回到教室。

一直到放學鐘聲響起，佟可玫才將停駐在一樓花圃的目光收回來。

「妳還好嗎？」季伊婷背著書包走到佟可玫身邊，看她一副失神的樣子，有點擔心。

「……回家吧。」佟可玫收著桌上的文具，在碰到豌豆吊飾時，指尖明顯一頓。

兩人並肩走出學校，季伊婷一直陪著她，直到公車來了才肯離開。

「可玫，妳要好好的，鄭宇鈞他……一定不會有事的。」

「嗯。」

她很想告訴季伊婷自己沒事，不過話才到嘴邊，就苦得她吐不出來，也嚥不下去。

當公車駛向她們，她強打起精神對季伊婷說：「回家路上小心，明天見。」

「好……可玫妳回家也要注意安全，明天見。」

直到她上了公車，季伊婷依舊賣力地向她揮手，佟可玫撐起笑容點了點頭。

她選了個位子坐下，當公車啟動時，佟可玫嘴角的弧度終於承受不住地垮下。

她拿出口袋裡的手機，撥出鄭宇鈞的號碼，卻只傳來無人回應的答鈴。

一通、兩通、三通……

直到她該下車了，鄭宇鈞依舊沒有接電話。佟可玫深吸口氣，站在家門口，再度按下撥出鍵——

「您撥的電話未開機，請稍後再撥。The number you called is turned off. Please try again later……」

攥緊因為撥打太多通電話而發熱的手機，佟可玫木然聽著那機械式的聲調，在留言的嗶聲響起時，按下結束通話鍵。

獨自站在家門前，一直到門外的路燈亮起，她才緊握沾著淚水的手機進門。

❄

大考成績公布的那天，佟可玫手握成績單，只看了一眼就塞進抽屜。轉頭看向周遭的同學，臉上出現了各式各樣的表情，有人高聲歡呼、有人抱頭哀嚎……

似乎有一道看不見的牆，在鄭宇鈞離開的那天，悄悄地、無聲地築了起來，直接將她與班上的人隔了開來。

「可玫！」

唯一能夠通過這道牆的，只剩季伊婷一人。

「可玫，妳在發什麼呆啊？」季伊婷手上拿著成績單，激動地搖著她的手臂，「老師說我可以上一高耶！是第一志願、第一志願！可玫妳呢，考得怎麼樣？」

佟可玫覺得好友一定是天生少根筋，才沒感受到班上其他考不好的同學們投射過來的恐怖目光。她扯扯嘴角，含糊地說：「還不錯。」

「還不錯的意思就是也會上一高囉！」季伊婷完全無視身後一道道殺氣騰騰的怒視，大聲地歡呼道：「我們又可以當同學了，萬歲！」

佟可玫見狀趕緊拉著季伊婷離開教室，一直到女廁前才停下腳步。

「伊婷，我……」她躊躇半晌，才訥訥地說：「可能不會上一高了。」

聞言，季伊婷像是被雷劈到般，驚愕地望著她。

「妳考得不好嗎？」

面對她同情的目光，佟可玫嘆了口氣，「沒有，我真的考得不錯。」要上一高是絕對沒問題的。

「那為什麼不能上一高？」季伊婷不懂她的邏輯，納悶地看著她。

「因為我的第一志願不是一高。」

季伊婷張大嘴看著她，「那是大家拚命想考進去的第一學府耶！妳為什麼不去念？」

「我知道，但是……」

看她欲言又止的模樣，季伊婷眨了眨眼，「是因為鄭宇鈞嗎？」

佟可玫抬起眼和她平視，沒有搖頭也沒有點頭。

是因為他嗎？是因為鄭宇鈞，所以自己才不想上一高的嗎？

「可玫，妳要想清楚，這關係到妳的未來，不要因為一個人……」季伊婷難得露出嚴肅的表情，「我知道鄭宇鈞對妳來說或許很不一樣，但這真的是很重要的決定，攸關妳的一輩子！」

季伊婷說的，她又何嘗沒想過呢？

穆羽皓的話不斷在她腦海中盤旋——這是妳的未來，不該由別人替妳決定。

半晌後，佟可玫輕聲應道：「我會再想想的。」

※

繳交志願單當天，佟可玫胃痛得幾乎要痙攣——

「伊婷，方便跟妳借一下立可白嗎？」

英文課下課後，佟可玫對好友這麼說。

「當然可以呀，妳的用完了嗎？」季伊婷從筆袋裡拿出立可白和立可帶，「我這邊有立可帶，不用等它乾……」

「立可白就好，謝謝。」不等季伊婷反應，她伸手拿過立可白，彷彿身後有妖怪追殺般迅速回到自己的座位。

她右手揑著立可白，左手從抽屜裡拿出裝著志願單的牛皮紙袋。當她從未封口的牛皮紙袋裡抽出志願單時，手忍不住輕輕顫抖，目光掃過上頭的個人資料，直到停在寫著「第一高級中學」的位置上。

這一盯不知過了多久，當上課鐘一打，佟可玫深吸口氣，拔開立可白的蓋子，往志願單上一塗。

班導這時候走進教室，班長高呼口號，佟可玫乖順地起立、敬禮，但視線始終盯著桌上的志願單。

——立可白還沒乾。

「今天要繳交志願表。」班導銳利的眼神掃過全班同學，沒在佟可玫身上多停留。

佟可玫從筆袋拿出藍筆，緊張得手心冒汗，在還未乾透的志願表上迅速寫下一行字。

當她寫到一半時，就聽到前頭的班導揚聲道：「最後一排的同學，站起來把裝志願單的紙袋往前收過來。」

捏著筆身的手指用力得泛白，佟可玫幾乎能聽到最後一位同學離她越來越近的腳步聲。

她放下藍筆，連筆蓋還來不及蓋，便急忙將志願單塞進牛皮紙袋裡，撕開封口上的雙面膠，然後將紙袋封緊。

「同學？」

看見同學朝自己伸出手，佟可玫像是捧著燙手山芋般，立刻把紙袋遞給他。

班導清點了一下紙袋的數量後，滿意地道：「老師祝福各位都能考上理想的學校。」

直到下課鐘響，佟可玫覺得自己全身的力氣一下子被抽光，臉色蒼白地趴在桌上，但晶亮的雙眼卻直盯著擱在桌角的豌豆吊飾。

❄

放榜日在畢業典禮後，典禮當天全體畢業生打上酒紅色的領帶，穿著整齊劃一的制服。

拍完全體照後，大家準備去禮堂參加典禮。這時候季伊婷一手拿著畢業證書，一手拉著佟可玫的手臂，臉上盡是淚水，那雙向來水汪汪的大眼紅腫得像隻兔子。

「嗚嗚……可玫，我之前超想畢業的，現在不想了！」

佟可玫從口袋拿出手帕替好友擦眼淚，哭笑不得地說：「怎麼啦？」

「因、因為之後下課就不能和妳一起去上廁所、上排球課也沒有人會 cover 我……」

聞言，佟可玫覺得好氣又好笑，季伊婷在乎的點也太特別了吧！

好聲安慰她幾句，佟可玫表示就算畢業了，還是歡迎季伊婷隨時約她出來。她在誠中待了三年，回想起來就只有季伊婷和鄭宇鈞這兩位好朋友了。

「無緣吃到鄭宇鈞請的蛋糕大餐，絕對是我國中三年的一大汙點！」季伊婷接過好友的手帕抹了抹臉，神情悲憤地說道。

想起自從那日之後就沒再見過面的少年，佟可玫雙肩一僵，臉上仍維持淡淡的笑容。

低頭看了一眼手中的畢業證書，不能與鄭宇鈞一起離開誠中，說心中沒有遺憾是騙人的。典禮結束後，臉上還掛著眼淚的季伊婷緊抱住佟可玫，嘴裡嚷嚷著要當一輩子的好朋友。

佟可玫輕拍她的肩，眼眶覆上薄薄的水霧，心裡同樣是滿滿的不捨。

和季伊婷道別後，佟可玫開始尋找爸媽的身影，正打算拿出手機打給媽媽時，肩膀突然被人從後方拍了一下，嚇得佟可玫渾身一僵。

扭過頭看去，對上了一張熟悉的面孔，臉上漾開的笑容像是陽光般燦爛。

「學妹，恭喜妳畢業了。」穆羽皓高大的身材和健康的小麥色皮膚，露出潔白的牙齒，讓他在滿是學生的廣場上特別顯眼。

「謝謝學長。」佟可玫回以一笑，見他手上捧著一束花，疑惑地問道：「學長家中也有人畢業嗎？」

她心裡莫名地生出一個想法：該不會學長是特地來看她的？

但這想法只維持了幾秒，畢竟像穆羽皓這麼優秀的人，怎麼可能因為自己特地跑來參加畢業典禮呢？

穆羽皓語調輕鬆，「不是，我弟明年才畢業，他是今天的在校生代表。」暗自慶幸自己沒有繼續胡思亂想，佟可玫卻突然有點失望。這麼說學長手裡的那束花應該是要給弟弟的，她對剛剛在禮堂致詞的那位學弟印象深刻。

穆羽皓見眼前的小學妹表情，一下開心、一下糾結，眼神不禁柔和起來。

「所以妳打算上一高了嗎？」

看佟可玫的臉色立刻緊繃起來，穆羽皓在心中悄悄嘆息，這妮子把情緒都寫在臉上了呢！沒留意到穆羽皓的細微反應，佟可玫握著畢業證書的手稍稍收緊。

「學長，那個……」在穆羽皓的注視下，她用力吞了吞口水，「我把志願單改了。」

「真的假的？」穆羽皓睜大眼望著她，「妳爸媽知道嗎？」

佟可玫搖了搖頭，雙頰脹紅。這件事她連季伊婷都沒膽子說，可不知道為什麼，她就是想跟穆羽皓坦白，或許因為他總是給她一種很安心的感覺吧！

穆羽皓看著顯然不知所措的學妹，嘴角揚起一抹弧度。

「學妹，妳變了呢。」

佟可玫仰起頭，不解地望著他。

「從第一次遇見妳到現在，妳變得很勇敢。」穆羽皓伸出手，揉了揉她額前的細髮，「看來妳已經知道自己要什麼了，對吧？」

佟可玫猶豫了下，怯怯地道：「其實還不是很確定……」

「未來的事沒人說得準，不知道自己的夢想是什麼也沒關係，或許隨便在路上拉十個人，有九個人都不知道自己真正想要的是什麼。」

的確，她雖然有了方向，仍舊感到迷惘。

「書念得好是一回事，但別讓自己未來的生活留下懊悔。」穆羽皓說完直接把手中的花束塞到她懷裡，「送妳，畢業快樂！」

「咦？這不是要給學長的弟弟……」

「他啊，不差我這一束花啦！」穆羽皓笑著說，弟弟的女人緣可好了。

佟可玫不好意思地低下頭，對穆羽皓微微鞠躬，「謝謝學長。」

「別客氣，不管妳之後考上了哪……」穆羽皓再度露出燦爛的笑容，「我都是妳學長，有什麼事就儘管來找我吧。」

和穆羽皓揮手道別後，佟可玫突然想到她還有些東西放在教室裡。

——包括鄭宇鈞送她的豌豆吊飾。

打電話向爸媽說一聲後，她拿著畢業證書一路往教室走去。

教室和她預料得一樣，空無一人，原本掛著書包、制服外套的桌椅空蕩蕩的，讓佟可玫內心百感交集。

她走到熟悉的靠窗座位，從二樓往下看去，開滿繁花的花圃，有幾位畢業生正站在中央拍紀念照。

口袋的手機傳來震動的聲響，一看是媽媽打來催促的電話，佟可玫趕緊收拾好剩下的東西。當她的手伸進本該空無一物的抽屜確認時，突然摸到一個陌生的東西。

她沒有把東西拿出來，而是彎下腰去看。當她目光觸及那朵粉色的紙玫瑰時，眼眶驀然一紅。

粉色的紙玫瑰下還壓著一張紙，她取出玫瑰和紙條，只見那張紙上寫了四個字——**珍重再見**。

沒有屬名，但這筆跡就算過了十年她也不會忘記。

一手拈著折得十分細緻的紙玫瑰，佟可玫抬起另一隻手抹去臉頰上的淚水。

當熟悉的鐘聲響起，她背起書包、穿著筆挺整潔的制服，手裡握著一朵粉色的紙玫瑰和畢業證書，與其他畢業生一起離開誠中。

第七章

「肚子好餓啊！可玫，中餐要吃什麼好呢？」

中午下課鐘一響，前頭的人便轉過來問道。

低頭寫著筆記的佟可玫停下筆，抬起頭看向同班同學兼室友，陸瑤。

「我早餐吃很飽，而且下午要上兩點的班，妳先去吃吧。」

「妳又不吃了！」陸瑤皺眉瞪著好友，「妳早餐不是才吃一個御飯糰，哪裡吃得很飽了，妳是打算當神仙嗎？」

佟可玫笑著點點頭，惹來陸瑤一記白眼。

「待會回宿舍妳別跟我喊餓，我可是沒零食給妳吃喔。」

「知道了，男友都在門口了，妳別讓人家等太久。」佟可玫指向門口，果然那裡站了個人，探頭探腦的，一直往她和陸瑤這裡張望。

「讓他等！」陸瑤連看都不看，毫不猶豫地說道：「最好站到腳抽筋！」

先是看好友臉上的表情，再望向站在門口不斷朝她使眼色的秦枋彥，佟可玫隨即明白這對情侶八成又吵架了！

這已經是這個月第三次了，佟可玫在心底悄悄嘆口氣。陸瑤和秦枋彥在開學沒多久後就開始交往，眼看快邁入第三年了，雖然三天兩頭吵吵架、鬥鬥嘴，倒也沒見他們哪次鬧到分手。

「好啦，妳沒注意到秦枋彥又瘦了一圈嗎？妳忍心讓他餓肚子？」

聽她這麼說，陸瑤扭頭看一眼教室外的男友，仔細端詳了幾秒。秦枋彥見她看向自己，臉上愁苦的表情立刻變得朝氣滿分，賣力地對著女友揮手。

陸瑤賞他一記白眼，隨後回過頭看著繼續寫筆記的佟可玫，「妳要不要去看眼科啊？秦枋彥看起來哪裡變瘦了！」

佟可玫沒好氣地放下筆，扯開喉嚨朝還佇在門口的秦枋彥大喊：「秦同學，瑤瑤說她肚子快餓扁了，你快帶她去吃飯，不然我怕她會啃了我的筆記本！」

「佟可玫，妳……」陸瑤咬牙瞪著她。

秦枋彥一聽，就像得了特赦令般飛奔過來，拉起陸瑤的手，心疼地道：「寶貝，妳肚子餓了啊？我帶妳去吃妳最愛的控肉飯，別生氣了好嗎？」

「要吃你自己去吃啦！」陸瑤抽回手，正想對出賣她的佟可玫發飆，眼角忽然瞥見一抹身影經過教室門口。

哼哼，看我反將妳一軍！

陸瑤原本猙獰的臉突然變得和藹可親，近距離看她迅速變臉的秦枋彥忍不住吞了吞口水，只有還埋首在筆記中的佟可玫沒察覺到危險正朝她逼近。

「算了、算了，我們去吃飯。」陸瑤把背包扔給男友，大步往門外走，邊走邊大聲地說：「我們家可玫好可憐呀！飯都不吃，整個人瘦一大圈了，如果颱風來了，真怕她會被風吹走……」

佟可玫嘴角抽了兩下，原本不想理會陸瑤，但聽見她接下來的話，差點沒把手裡的原子筆折斷。

「穆同學，好巧啊！你怎麼會過來這裡？」

「午安，我拿東西來給教授。」門口傳來一道颯爽的嗓音，一如她記憶中那般熟悉。「妳剛剛說可玫都沒吃飯嗎？」

陸瑤點頭如搗蒜，「對啊，每次都不吃午飯，我都笑她是吃了仙丹，準備要做神仙啦！」

感覺一道炙熱的視線朝自己這方向射來，佟可玫不好繼續裝沒事，訕訕地起身走到門口。

「學長。」

她先是朝穆羽皓點頭打了招呼，右手肘不著痕跡地狠狠撞了身旁的陸瑤一下。

聽到一旁陸瑤傳來的抽氣聲，佟可玫笑得眼睛都快瞇起來。

國中畢業後，因為佟可玫當時偷偷改了志願單的關係，最後考上了外縣市的高職就讀服裝設計科。回想當年家裡因為這件事鬧得不可開交，媽媽一怒之下把她趕出門，直到現在還不原諒她。無處可去的她在爸爸的安排下到叔叔家借住，一直到念大學後才搬進學校宿舍。

大一下學期時爸爸暗地裡資助自己生活費的事被媽媽發現而遭制止，少了爸爸的幫忙，她開始白天上課、晚上打工的生活。

一邊打工又得兼顧課業拿獎學金真的很辛苦，要是遇到期末評鑑時，佟可玫甚至睡不到兩小時就要去上課或上班。

陸瑤說得沒錯，有好幾次她都差點去當神仙了。

至於會再碰上穆羽皓，是在她大一下學期那年——

那天下著大雨，她剛被媽媽切斷金援，撐著傘在學校附近找打工機會時，看見正好從拉麵店走出來的穆羽皓。

「學長！」佟可玫想也不想便出聲喊他。

被母親趕出來，借住親戚家的那段日子，她時常感到徬徨無助。每當夜深人靜時，看著鄭宇鈞送給她的紙玫瑰，她甚至會懷疑自己當初這麼做是不是錯了？

那時候穆羽皓總會發訊息來關心她、鼓勵她，回想起那段最難熬的時光，陪在她身邊的是一朵朵五彩繽紛的紙玫瑰和穆羽皓爽朗的笑聲。

不過就在佟可玫高二時，突然與穆羽皓失去聯絡。沒有傳來任何訊息，電話變成空號，就像憑空消失了一樣。佟可玫甚至還到他的學校找人，卻只聽說他休學了。

因為這件事，她失眠了半個月，飯也吃不下，讓叔叔和嬸嬸都非常擔心。直到某天她在學校昏倒，睜開雙眼看見叔叔嬸嬸拋下工作來醫院時，她才彷彿大夢初醒。

不想再給他們添麻煩，佟可玫恢復了正常的生活，並開始埋頭念她最不喜歡念的書。當她考上國立大學決定搬出去時，叔叔嬸嬸都非常捨不得她。

在父母以外的人身上得到渴望已久的溫暖，佟可玫離開時雖然不捨，卻也感到滿足了。

她認為當年老天爺既然派鄭宇鈞到她身邊，給了她追逐夢想的勇氣；又讓穆羽皓陪伴她度過無數個徬徨的夜晚，指引她走向不後悔的人生道路，她已經非常幸運了。

不過當穆羽皓出現在她面前時，他那消瘦、白皙的臉龐，與記憶中那彷彿掛著一顆太陽在臉上的學長截然不同時，她有些慌張無措。

「學妹，好久不見了。」

熟悉的嗓音，卻帶著淡淡的疏離感，佟可玫有一瞬間無法將過去她認識的穆羽皓與眼前這個人聯想在一起。

一樣的高大、一樣俊挺的五官，卻像是被掐滅光芒的燈火，在他眼中已看不見當年的神采飛揚。

當他們禮貌地寒暄幾句後，佟可玫才知道他在兩年前拿到運動大學的保送名額，卻在畢業前準備參加一場籃球準決賽時出了意外，當時醫生診斷，是脊椎骨裂……

穆羽皓上大學不到半年便傷勢惡化，被醫生判定無法再繼續打球，或是做任何激烈的運動。

心灰意冷的他休學一年後去美國旅行，回國後進入與佟可玫同一所大學的資訊管理系就讀。

再次相遇後，穆羽皓連新的電話號碼都沒給她就離開了，後來佟可玫便時常藉故到男生宿舍樓下找穆羽皓一起吃飯，但穆羽皓始終不太理她，總是用各種理由拒絕。

直到某個颱風天，當穆羽皓捧著加好熱水的泡麵正要回寢室時，卻瞥見宿舍門口站著抹熟悉的身影。

他想也不想，手裡拿著泡麵就往樓下走，也不顧自己還穿著拖鞋，一直走到被大雨淋得半濕的佟可玫面前才停下來。

「咦，學長？我正要請管理員通報……」

「妳到底在幹嘛！」穆羽皓對著她大吼。

突如其來的吼聲讓佟可玫有些愣住，她手裡的傘歪斜，全身都快濕透了。

穆羽皓空出一隻手把她拉進宿舍大門前，佟可玫立刻緊張地說：「女生不可以進去……」

「躲雨而已，有什麼大不了的？」穆羽皓怒氣未消，扭過頭瞪著正想說話的管理員，嚇得對方馬上低頭裝忙。

佟可玫忍住笑，因為穆羽皓此刻的表情實在有些嚇人。

「現在是颱風天，妳難道不知道嗎？」

「知道，所以我才……」

「知道妳還跑出來！颱風下雨，等等出意外怎麼辦？」穆羽皓伸手拿起門口傘桶裡不知哪位住宿生的傘，「趁現在雨比較小了，我送妳回去！」

「……學長。」佟可玫尷尬地喚道，遭來穆羽皓的怒視。「那你手上的泡麵要不要先暫放在管理員那裡？」

穆羽皓低頭看著手中還蒸著熱氣的泡麵，眉頭一皺，走到管理員面前放下泡麵說道：「我送這傢伙回去，泡麵幫我顧一下。」

管理員笑著點點頭，還對佟可玫熱情地揮揮手。

佟可玫也微笑揮手道別，跟著臭著張臉的穆羽皓離開男生宿舍。

一路上穆羽皓都不說話，只有雨聲傾瀉在他們周圍。直到看見女生宿舍，佟可玫才忍不住開口：「學長，其實我今天去是要——」

「拿吃的給我嗎？」穆羽皓打斷她，視線落在她背包上鼓起的方盒物。

原來早就被他看穿了，佟可玫呵呵乾笑，走到女生宿舍門口才把背包裡的餐盒拿出來給他。

「聽學姐說資管系總是很忙，教授又嚴格，學生常常忙到忘記吃飯，裡面有些配菜，學長帶回去和室友們一起吃吧。」佟可玫頓了頓，「如果學長覺得困擾，那以後我不會再去找你了。」

「一點也不困擾，」穆羽皓想也不想就脫口而出，「我只是……不希望妳是因為同情我，才做這些事。」

當年得知自己無法再回到球場，他覺得自己像是被判了死刑，什麼光明的未來、有為的前途全化為泡影。

所以他寧願離開這片傷心地，到國外四處旅行。回國後也不願再回到原本的大學，既然不能打球了，待在運動大學又有何意義？

後來他報考了離家有段距離的商業科大，到一個全然陌生的環境重新開始，只是沒想到會在這裡再次遇見佟可玫。

現在的佟可玫已經不是印象中那個對夢想茫然的女孩，而是像朵欲盛放的玫瑰，如此耀眼……耀眼到他不配再靠近她。

「如果學長是這麼想的話，我可要生氣了。」

穆羽皓納悶地看著她，除了同情，他想不出佟可玫還有什麼理由要對自己這麼好。

對上他疑惑的神情，佟可玫輕嘆口氣。過了這麼多年，學長真是一點都沒變呀！

「當年如果不是學長給我鼓勵，或許我就不會站在這裡和你說話了。」

他抿了抿唇，雙眸微黯，「其實我也沒做什麼。」

「或許在學長眼裡是微不足道的小事，但對我來說意義重大。」

望著佟可玫閃著光芒的雙眼，穆羽皓心尖一顫。

——從前他也像她這般，對自己的未來滿懷希望。

對上穆羽皓隱忍痛苦的眼眸，佟可玫上前握住他忍不住發顫的手。

「這次，換我來給學長勇氣好嗎？」

當佟可玫目送穆羽皓的身影消失在雨幕中，她手裡緊緊握著一張紙，上頭寫的是一組陌生的電話號碼，而她已牢牢地記在腦海裡。

穆羽皓回到宿舍後，走到管理員那兒想取回他的泡麵，卻發現只剩一個空碗。

「不是吧？我叫你幫我顧泡麵，你顧到肚子裡去了！」那是他最後一包泡麵耶！

管理員一臉愜意地剔著牙，「就當作是保管費吧。」

穆羽皓無奈地捧著佟可玫送來的餐盒回寢室，室友問他上哪去了也不理，逕自翻身上床。

就怕室友們來搶餐盒，穆羽皓忍著飢餓，等他們都吃完泡麵才拿出來，裡頭用心擺放的菜色讓他眼睛一亮，三兩下就把裡頭的食物掃光，等室友聞到香味也沒得吃了。

「吼，阿皓你也太幸福了吧！颱風天女友還特地送吃的來給你，哪像我們只能吃泡麵！」

「她不是我女朋友，只是念同一所國中的學妹。」收拾完餐盒，穆羽皓平靜地回應。

「今天還是學妹，說不定明天就……嘿嘿嘿嘿！」一群男生的曖昧笑聲充斥整間寢室。

「你們再瞎說，下禮拜教授交代的作業我就自己先交了。」穆羽皓語氣慵懶地說道。

「不——阿皓你人最好了，千萬別放生我們！」

「我好像失憶了……什麼學妹？什麼女友？我們有說什麼嗎？」

……

穆羽皓笑著搖了搖頭，感覺口袋傳來震動響聲，他拿出手機一看——

學長，謝謝你送我回來。

不理會身後室友的哀嚎，穆羽皓心情愉悅地回訊：**不客氣，飯菜全吃完了，很好吃。明天雨停的話，一起吃飯吧！**

那天之後他們恢復了以往的好交情，雖然周遭不乏有兩人在交往的傳聞，但只有他們自己和好友們知道，這對學長學妹可是清白得很。

❄

「學長，你吃過中餐了嗎？」雖然他們現在同個年級，佟可玫還是習慣喊他學長。

穆羽皓搖了搖頭。「還沒有，待會找完教授再去吃。」

「這樣啊，那就不打擾學……」

「不如這樣好了，穆同學跟我們一塊吃吧？」陸瑤跨步向前，朗聲建議道。

佟可玫瞪了她一眼，「妳剛沒聽到學長說他要去找教授嗎？」

「找完也可以一起吃啊！我又沒很餓，我和枋彥都可以配合的，是不是？」說完她對男友努努嘴，讓原本想喊肚子餓的秦枋彥只好把話吞回去。

她明明印象中有人剛剛一下課就在喊肚子餓的。佟可玫不想搭理她，轉向穆羽皓想叫他別介意，卻聽到他笑著答應下來。

「好啊，那我們就去吃公園前面那間麵店如何？」

沒想到穆羽皓不只答應，還順便提供地點，陸瑤不等佟可玫開口馬上搶話：「當然好！那我和枋彥就先過去，可玫要當值日生，等等學長找完教授就跟她一塊過來吧！」

佟可玫正想推託說不想去，穆羽皓卻搶先她一步開口：「學妹，那我待會過來教室找妳好嗎？」

「好……」佟可玫回得有氣無力，穆羽皓以為她是因為肚子餓沒力氣，朝她笑了笑後就轉身往辦公室的方向走去。

一見穆羽皓走遠，佟可玫立刻扭頭狠狠瞪向一臉得意的室友。

無視她的怒視，陸瑤輕拍好友的肩膀，語重心長地說：「都這麼多年了，妳就別等那個不會再遇到的人了。穆羽皓哪裡不好？人家成績好，資管系穩坐第一名；身材也好，聽說他以前是籃球隊先鋒，雖然是過去式，但看起來還是保養得不錯，上次我偷瞄到他有腹肌耶！」

身為男友的秦枋彥聽完這些話，咬牙切齒地問道：「妳怎麼會看到穆羽皓的身體？」

「呵呵，就是不小心瞄到的嘛！」感覺到男友的怒火中燒，陸瑤連忙撒嬌討饒，「看歸看，穆羽皓哪比得上我家親愛的嘛？」

佟可玫也想逼問室友是在哪看到穆羽皓的腹肌，但眼前這對情侶不斷在她面前放閃，實在讓人受不了，她抿抿唇，轉身走進早已空無一人的教室。

她才剛把筆記本闔上，就聽到陸瑤在窗邊喊：「可玫，我們先過去麵店，妳可別落跑啊！不然晚點回宿舍，哼哼哼……」

佟可玫對她擺擺手，示意她聽到了。她當然不可能逃，穆羽皓都說要來教室找她了，她怎麼好意思放學長鴿子？

拿出素色的筆袋，她盯著拉鍊處唯一的裝飾，一朵手縫的紅布玫瑰。輕撫過布料拼成的花瓣，她目光微沉。

她是在等鄭宇鈞嗎？

一行人吃完午餐後，佟可玫下午沒有課，所以想提早一小時去打工。

「少賺那一百多塊又不會怎麼樣！」陸瑤不滿地噘起嘴，她還想拉佟可玫去對街大賣場採購零食呢！

佟可玫回以淺淺的笑容，陸瑤又氣又無奈，還是男友半哄半騙才讓她消點氣。

「那我就跟枋彥去買東西，妳有生活用品需要買的嗎？」

搖了搖頭，佟可玫笑著送走室友。等他們走遠了，身旁傳來穆羽皓輕柔的嗓音：「要不我送妳去店裡？」

佟可玫瞠大眼，「那怎麼好意思？學長你等等不是還有課，我自己過去就可以了。」

「送妳過去來回一趟不會花多少時間，倒是最近天氣變涼了，妳要好好保重身體，再過幾個月又要期末評鑑了吧！」

穆羽皓不說她都快忘了，再三個月就是期末評鑑，她又要沒日沒夜地忙了。

佟可玫正想開口，突然鼻尖一癢，打了個噴嚏。

「看吧！」穆羽皓朝她揚起笑容，熟悉又溫暖的感覺，彷彿又回到國中第一次遇見穆羽皓的時候。

穆羽皓送佟可玫到打工的地點後才回去學校上課。

「下班後我再來接妳。」

佟可玫脫下安全帽時聽到他這麼說，手裡的帽子差點掉了。

「我下班很晚了，你不用特地過來啦！」

「我晚上要和室友出去，回來會從這邊經過，就順路載妳吧！」

「可是……」佟可玫還是覺得這樣不妥，穆羽皓太照顧她了，以陸瑤的說法已經近乎是「寵溺」的地步。

「就這樣說定了，如果我比較晚到就傳訊息給妳，上班加油唷！」穆羽皓也不等她拒絕，伸手揉了揉她額前的細髮，跨上車就離開了。

佟可玫在一間拉麵店打工，大學一年級的時候她幾乎什麼工作都做過，早餐店、飲料店、賣場……但說也奇怪，她做的每一份工作都不長久，並不是她怕累或是常出錯被老闆炒魷魚，而是她做不到半年，那間店就會無預警倒閉。幾次下來佟可玫都懷疑自己是災星了，直到她大二時來這間拉麵店應徵。

拉麵店老闆是位五十多歲的中年大叔，還有一個和佟可玫差不多年紀的女兒，因為人在外地念書，佟可玫也很少遇到她。

「妳打過滿多份工的嘛！」老闆看了她的履歷後這麼說道。

佟可玫低著頭，語氣堅定，「我會很認真學習的！」

老闆沒說什麼就遞給她一條圍裙，往後一年多佟可玫都在拉麵店打工，老闆知道她還是學生，所以晚餐都會準備她的份。

「反正店裡就是賣吃的，多一張嘴吃飯又不會吃垮。」

聽到老闆這麼說時，佟可玫感動得眨了眨眼，良久才說：「請問……這間拉麵店還會開很久嗎？」

雖說有這麼好的工作環境和老闆，但有了先前打工經驗的陰影，她真的很怕哪天拉麵店會關門大吉。

「這間店從我爺爺年輕時就有了。」老闆笑道：「至少到妳生孩子後都還會在啦！」佟可玫這才放心地過著工讀生活。

進到店裡和老闆打過招呼後，她熟練地束起長髮、套上圍裙，將老闆煮好放在出餐口的一碗碗拉麵端去給外頭的客人們。

也許是非假日的緣故，今天店裡的客人不多。這間店加上她共有三位工讀生，另外兩個是情侶，比佟可玫小一屆，晚上才會來上班。

「可玫啊，等等可以幫我外送嗎？」

老闆從出餐口的小門探出頭，對正在補充桌上衛生紙的佟可玫喊道。

「可以啊，要送去哪裡呢？」

剛來拉麵店一個月，因為店裡人手不足，為了能夠幫忙外送，老闆自掏腰包讓佟可玫去考機車駕照。

「老闆，考駕照不用多少錢啦！」佟可玫搖頭不肯收。自從老闆知道她和家人的狀況後，就非常照顧她，還常常念自家女兒同樣在外求學，都沒她這麼節儉。

「妳考了又沒車騎，能騎車也只是幫店裡外送，別囉嗦快收下，這個月就去考。」

那時候是拉麵店最忙的時候，老闆雖然讓她休息一天，但佟可玫還是一考完就馬上到店裡報到。

要煮麵又得充當服務生的老闆看到她愣了幾秒，「不是讓妳今天放假嗎？」

佟可玫拿起圍裙繫上，笑咪咪地回道：「以後外送我也可以幫忙了。」

雖然老闆會拜託她外送，但顧及她的安全，外送地點近的才會請她幫忙，遠的還是由老闆或是晚班的男同事送去。

老闆指了指一旁夾著的訂單，「醫院七樓，有五碗麵三份小菜一碗湯，妳送到護理站就可以了。」

「哦，沒問題！」佟可玫拿過訂單，等老闆把麵都煮好、分裝好才打包出發。

醫院距離店裡車程大概十分鐘，老闆怕佟可玫拿不動太多碗麵，所以把東西都用箱子裝起來，好搬運又不怕打翻。

佟可玫抱著一箱餐點來到醫院，一進門，撲面而來的冷空氣伴隨著消毒水氣味讓她呼吸一窒，突然想起以前陪著鄭宇鈞來醫院看他媽媽的回憶。

這麼多年了，不知道婆婆和鄭宇鈞過得好不好？

她扯了扯嘴角，甩開腦中的胡思亂想。當她抱著箱子在等電梯時，身旁傳來一道童稚的聲音——

「媽媽，我折得好不好看？」

「很漂亮，妳要謝謝大哥哥，每次來醫院都跑去麻煩人家。」

「因為媽媽每次去看外公都很久嘛！大哥哥人很好，他好會折玫瑰花，比我折得漂亮一百萬倍唷！」

聽到「玫瑰」兩字，佟可玫下意識轉頭看去，只見身旁的小妹妹手上，拿著一朵折得有些歪扭的粉色紙玫瑰。

叮！

「電梯來了……小姐？」

婦女牽著女兒要進電梯，發現佟可玫抱著一大箱東西擋在電梯門口，出聲提醒道。

佟可玫立刻回過神，說了句「不好意思」後馬上鑽進電梯。不過進了電梯後，她依舊盯著小女孩手上的紙玫瑰，還差點錯過她要去的樓層。

她來到七樓護理站把餐點交給護士們，點收完現金準備離開時，瞥見其中一名護士的筆筒裡也插著一朵紙玫瑰，比剛剛小女孩手裡那朵折得更美麗，彷若初綻放一般，嬌豔欲滴。

留意到她的目光，護士疑惑地問道：「怎麼了嗎？」

「沒、沒事，謝謝你們，好吃再幫我們推薦唷！」佟可玫收回視線，尷尬地拿著錢袋回到電梯前。

——怎麼她今天一直看到紙玫瑰呢？

佟可玫嘆了口氣，正舉步要踏進電梯時，忽然覺得背後好像有一道目光在看著她，讓她忍不住轉過身。

「小姐，妳要不要搭啊？」電梯裡的人見她停在門口，不耐煩地問。

「要，抱歉！」她立刻站進電梯裡，困惑地抬眼望著不斷下降的樓層數字。

奇怪……難道是她太敏感了嗎？

或許是在醫院看到兩次紙玫瑰的緣故，佟可玫今天上班有些魂不守舍，就連同事都察覺到她的不對勁。

「可玫姐昨晚是不是沒睡好啊？」店裡唯一的男工讀生小張低聲問正在煮麵的老闆。

「沒有啊！剛來的時候還好好的，外送完就變這樣了。」老闆看著櫃台那第二次找錯錢、正在跟客人道歉的佟可玫，眉頭一皺，「該不會去一趟醫院卡到陰了吧？」

「哇！老大你別嚇我！」小張面露驚恐，「你叫可玫姐送地下室喔？」

老闆回瞪小張一眼，「不是，是送七……」

「吵死了你！」一道清亮的嗓音搭配響亮的巴掌聲，呼在小張的手臂上，痛得他慘呼一聲。

「人家可玫姐跟我忙得團團轉，你竟然在這裡跟老闆話家常！」小張的女友，拉麵店裡第二位女工讀生莉莉氣呼呼地瞪著男友。

「哎唷，我這不就要把麵端過去了嗎？」小張趕緊端著托盤就落跑。

莉莉冷哼一聲，老闆笑著正要開口時，瞥見店外出現一抹身影。他抬頭看了一眼牆上的掛鐘，對櫃台的佟可玫喊道：「可玫，妳今天到八點半就先下班吧！」

還在點錢的佟可玫聞言，驚愕地抬起頭，「但我今天的班到九點呀！」

「有小張和莉莉就夠了，妳早點回去休息。」老闆拿起毛巾擦了擦額上的汗，「別讓人家在外面等這麼久。」

佟可玫愣了下，抬頭朝店外看去，果真看到穆羽皓的身影，她雙頰一熱，「學長他才、才不是……」

穆羽皓時常接送她上下班，店裡的人都知道這兩個人非比尋常，但佟可玫始終說他們只是朋友。

「可玫姐放心，我會盯著小張不讓他偷懶的。」莉莉上前拍拍她的肩，笑道：「妳今天臉色不太好，回去早點休息，如果真的不舒服……就請穆大哥照顧妳吧！」

佟可玫無奈地看著同事，「我跟學長不是你們想的那種關係啦！」

「這句話我從認識妳到現在都聽到會背了，快準備下班吧！」莉莉露出燦爛的笑容，聽到出餐區的鈴聲響起，便轉身去送餐。

當佟可玫拿著包包從店裡走出來時，對上穆羽皓略為詫異的目光。

「妳今天不是九點才下班嗎？」

「老闆讓我提早下班。」她接過穆羽皓遞來的安全帽，「學長不好意思，又要麻煩你了。」

「怎麼會麻煩呢？我是順路過來的。」當佟可玫跨坐上車，穆羽皓發動機車笑著應道。

佟可玫笑笑不應答，穆羽皓真的對她很好，好到讓她感到愧疚。認識他這麼多年，他始終在她最需要幫助時出現，儘管曾經遭逢逆境，穆羽皓依舊是她記憶中的模樣，那麼的溫柔體貼。

抓著機車座椅後方的扶把，她望著穆羽皓寬闊的背影發愣。

「學妹？」停紅燈時轉頭看見佟可玫出神的模樣，穆羽皓揚起眉，「妳上班太累了嗎？」

佟可玫趕緊回過神，「沒有，只是想到一些事。」

穆羽皓輕輕點頭，「如果有什麼煩惱，都可以跟我說沒關係。」

「學長對我已經很好了，怎麼好意思再麻煩你。」

「哦，那有什麼關係。」穆羽皓一催油門，微風掠過佟可玫的耳邊，卻沒吹散他的話，「我也只讓妳麻煩啊。」

到了宿舍門口，佟可玫再次向穆羽皓道謝，直到他發動機車離開，她始終面帶微笑。

「或許該找時間跟學長談談……」佟可玫在心裡想著。像穆羽皓這麼好的男生，她實在不想耽誤他。

掏出宿舍的鑰匙，上頭掛著一個玫瑰造型的吊飾。

輕撫過吊飾上的玫瑰圖紋，佟可玫輕喃道：「你過得好嗎？」

❄

因為季節交替的關係，女生宿舍響起此起彼落的噴嚏聲和咳嗽聲。

佟可玫也無法倖免，看一眼臥病在床、睡得昏沉的陸瑤後，她擤了擤鼻涕拿起外套穿上準備出門。

「妳要去哪裡？」陸瑤聽到她開門的聲音突然醒來，聲音就像三天沒喝水那般沙啞。

如果不是秦枋彥進不了女生宿舍，早就衝進來照顧女友了，所以他只好拜託和陸瑤同寢室的佟可玫多照顧她。

不過佟可玫自己也感冒了，何況她還要上班，只好把感冒藥和體溫計放在陸瑤的床邊，留字條提醒她醒來後一定要吃藥、量體溫。

既然人都醒了，佟可玫便直接叮嚀道：「藥跟體溫計在妳床邊，吃了藥再睡，如果還是很不舒服就叫秦枋彥來宿舍樓下接妳，帶妳去醫院。」

「知道了。」陸瑤有氣無力地點頭，看到佟可玫外套下的拉麵店制服她立刻提高嗓門：「妳不是也在發燒嗎？」這女人是錢鬼投胎不成！

「我有吃退燒藥。」眼看上班快遲到了，說完她也不等陸瑤反應就立刻走出寢室。

「請個病假是會讓妳少賺多少啊！咳、咳……」陸瑤氣得大吼，喉嚨痛得她咳了幾下才順過氣。「佟可玫，妳給我回來！」

佟可玫瑟縮了下肩膀趕緊離開宿舍。今天是假日，也是拉麵店生意最忙的時候。當佟可玫到店裡時，看到高朋滿座的場面和像是蜜蜂般忙得轉來轉去的莉莉，她趕緊穿好圍裙幫忙。

「可玫，妳先幫我外送！」

才端上第一碗麵，老闆宏亮的嗓音就從出餐口傳出來。佟可玫眨了眨眼，左顧右盼都沒看到小張，她只好先把拉麵送到客人面前，隨後鑽進廚房。

「要送哪裡？」她俐落地打包一碗碗拉麵，不知道是廚房太悶熱還是感冒的緣故，一個結她綁了兩、三次才綁好。

「醫院。」老闆回應她時手上也沒閒著，不停地煮麵，沒留意到佟可玫蒼白的臉色。「小張今天有事晚一點才會過來，外面客人很多，所以要麻煩妳去送了。」

最近醫院怎麼一直叫外送啊？

佟可玫在心底嘆了口氣，還好她沒有請假，否則老闆和莉莉一定會忙翻的！

當她提著六碗麵到醫院，走進電梯間時卻發現眼前人滿為患。

今天是怎麼回事？拉麵店和醫院到處都是人！

佟可玫低頭輕咳了兩下，叫外送的樓層在七樓，六碗麵也不算太重，不如走樓梯送上去，當作是運動吧！

不過才爬到第五層她就氣喘吁吁，退燒藥的效用雖然不錯，佟可玫卻還是感覺全身軟綿無力，連腳步都有些虛浮。

走到六樓時，佟可玫抓著扶手深深吸口氣，腦海中浮現拉麵店內忙碌的情景，老闆和莉莉還等著她回去呢！

提起麵她繼續跨出腳步，穩穩踩上階梯，只差半層樓就可以把麵送到了！

一步、兩步……佟可玫越走越快，就在她看見七樓的指示牌時，腳下突然一滑，重心不穩地向後跌去糟糕，這下子麵都要打翻了！

緊要關頭佟可玫心裡只想著老闆用心煮的拉麵就要浪費了，而就在她準備好迎來疼痛時，手腕突然被一隻微涼的大手抓住，後背也被人穩穩托住。

「妳有沒有怎樣？」

身後傳來低沉的嗓音，讓她心尖輕顫。佟可玫趕緊站穩腳步，回過頭去道謝：「我沒事，謝謝……」

當她看見站在身後那人的面孔，全身彷彿被灌了水泥般僵住了。

「可玫，好久不見。」

鄭宇鈞身穿黑色排釦大衣，消瘦的臉龐掩不住他更加俊逸的面容。他伸手接過佟可玫手裡的拉麵，往上走了兩階。

佟可玫眨了眨眼，不敢相信會在醫院再遇見鄭宇鈞。抬頭看他站在離自己兩階的地方等她，真實感一點一滴地湧入她的心中。

「這些要送到幾樓？」

佟可玫過了半晌才反應過來，連忙回道：「要送到七樓。」

鄭宇鈞微笑點頭，一步步往上走，相較起佟可玫紅著臉喘大氣的模樣，他穿著大衣卻臉不紅、氣不喘。

直到把拉麵送到護理站，看見鄭宇鈞笑著和護士們打招呼，佟可玫沒來由地一陣心悶。

「你跟護士很熟呢！」送完餐點，鄭宇鈞陪她走到電梯間，佟可玫忍不住說道。

不過話剛說完她就後悔了，這麼多年沒見，她有好多話想問鄭宇鈞，怎知一開口講的卻是這些。

「是挺熟的。」鄭宇鈞抬頭看著電梯門上的數字。

沒想到他會這麼回答，佟可玫癟起嘴，想起上次送餐來時在某位護士的筆筒裡看到的紙玫瑰，該不會是他送的？

鄭宇鈞低頭就看見佟可玫一臉糾結鬱悶的表情，他眼神不自覺地溫柔起來，抬手輕戳佟可玫的手臂。

「吶，電梯來囉。」

說完電梯果然發出「叮」的一聲輕響，佟可玫望著開著門的電梯發愣。

剛剛她還想趕快回拉麵店幫忙，現在卻不想移動腳步半吋。

「可玫？」

鄭宇鈞伸手替她按了下樓鍵延長開門時間，不忘出聲提醒她回神。

抓住他仍按著下樓鍵的手，佟可玫手指微微發抖，「電話……把你的電話給我。」

好不容易重逢，她怕鄭宇鈞又從她面前消失。

望著佟可玫蒙上水霧的眼，鄭宇鈞收回手，電梯門緩緩闔上，佟可玫覺得自己的心也盪到谷底。

看著眼前的鄭宇鈞，都過這麼多年了，或許他早就有自己的生活圈。

她知道他國中那段被霸凌、失去母親和被迫放棄夢想的過往，這種宛如噩夢的回憶，他又怎麼會想再憶起？

佟可玫緩緩放開抓著鄭宇鈞的手，在準備按電梯的同時，頭頂傳來一聲嘆息。「有什麼話等妳下班後再說，我晚點去接妳。」

佟可玫睜大眼望著鄭宇鈞，他剛是說要來拉麵店接她嗎？

當她聽到店裡的住址從鄭宇鈞口中說出來時，佟可玫一時失了神，愣愣地看著他。

「就這樣，下班不見不散，妳可別逃跑。」鄭宇鈞臉上掛著笑，幫她按了下樓鍵，電梯門再度開啟。

「我才不會逃跑！」佟可玫也露出笑容，她走進電梯後轉身朝鄭宇鈞擺了擺手，說道：「晚點見。」

一直到佟可玫走到停車場，她才想起自己還是沒有鄭宇鈞的聯絡方式，如果他只是隨便說說，結果爽約了該怎麼辦？

腦中浮現他那溫和的笑容，竟和她記憶中沒有半分差異……

就相信他一回吧！佟可玫輕嘆口氣，跨上機車時，她覺得身體的不適感似乎在見到鄭宇鈞後就憑空消失了，整個人感覺神清氣爽。

忙碌的拉麵店一直到九點過後才準備打烊，佟可玫一邊清點櫃檯裡的帳目，不時抬頭看向店門口。

「累死了，今天真的好多客人啊！」莉莉邊擦桌子邊對發怔的佟可玫說：「可玫姐妳明天應該是十點的課吧？……可玫姐？」

佟可玫眨了眨眼回過神，對上莉莉疑惑的目光，耳根子驀地一紅。

「對、對，我明天十點有課。」

莉莉見她窘迫的模樣，再抬頭看向空無一人的店門口，露出曖昧的笑容，「今天妳的『學長』怎麼沒來接妳？」

聞言佟可玫彆扭地揚聲回道：「我跟學長不是……」

「好啦、好啦！我知道，你們不是那種關係。」莉莉笑得開懷，拿著抹布就往廚房的方向走去。每次提起穆羽皓時總能逗得佟可玫一臉彆扭，老闆總跟他們說可玫姐太壓抑了，要適時逗逗她才是。

佟可玫看同事笑得這麼開心，沒好氣地嘆了口氣。小張和老闆在後面廚房收拾，等莉莉跟他們說起這事，又要調侃她一番了。

叮鈴——

掛在門口的風鈴傳來清脆的聲響，正在清點十元銅板的佟可玫連頭都沒抬就說道：「不好意思，我們已經打烊囉！」

「欸？可是我肚子好餓！」

熟悉的嗓音自前方傳來，佟可玫抬頭便對上鄭宇鈞笑咪咪的雙眼。他身上仍然穿著在醫院時看到的那件黑色大衣，把他整個人包得嚴實。

「你等我一下，我把錢算完就可以下班了。」看到鄭宇鈞依約來接她，佟可玫雙眼都染上笑意，趕緊加快動作收拾。

「可玫，是不是有客人啊？」老闆從廚房探頭出來，看見站在櫃檯前面的男人，疑惑地問道：「這位是？」

「他是……」

「我是可玫的朋友，」鄭宇鈞搶先她一步開口，朝老闆微微彎腰道：「不好意思打烊了還跑進來，我是來接可玫下班的。」

老闆看眼前的青年溫文有禮，也揚起笑容，「不會、不會！可玫人緣真好，學長跟朋友都來接她下班。」

聽到「學長」兩字，鄭宇鈞雙眼輕眨，不動聲色地笑道：「是呀，她人緣一直都很不錯。」

把銅板撥進錢袋的手微微一頓，佟可玫抬頭望向鄭宇鈞，只見他一如往常般笑著。是她的錯覺嗎？怎麼覺得他說這話的口氣有種說不上來的怪異。

莉莉和小張也同時從廚房鑽出來，看見長相俊逸的鄭宇鈞，莉莉立刻上前去搭話：「你是可玫姐的大學同學嗎？」

「不是，我是可玫的國中同學。」鄭宇鈞禮貌地回道，並對站在莉莉身後戒心十足的小張露出親切的笑容。

「哇，那你們認識很久了吧！」莉莉掰手指算了算，「四、五……七年！」

鄭宇鈞點了點頭，「差不多。」

「可玫姐，妳怎麼都沒提過妳有這麼帥的朋友！」莉莉湊上前，想靠近鄭宇鈞看個夠，卻被男友從後方揪住衣領。

佟可玫接收到小張充滿敵意的目光，把錢收好後便解開圍裙，對老闆說道：「那我先下班了喔。」

「好，你們回去路上小心。」老闆笑呵呵地向佟可玫和鄭宇鈞揮手。佟可玫還沒走到門口就聽到莉莉的聲音：「明天是學長還是朋友來接呀？可玫姐妳要不要排個班表，不然他們會吵架唷！」

佟可玫尷尬地回過頭，「鄭宇鈞和學長才不會……」

「不用排班表，反正以後都是我來接。」

在場的人全盯向鄭宇鈞，只見他彷彿沒察覺自己說了什麼，還小聲地跟佟可玫抱怨他肚子真的很餓。

佟可玫低下頭，耳根子已經紅透了。老闆看他們一來一往的互動，雙眼也染上笑意，揮揮手說道：「不早了，趕快回去吧！」

揮手和同事們道別，佟可玫和鄭宇鈞一起離開拉麵店。

走出店門，佟可玫先是左右張望了下，沒看到穆羽皓的身影竟讓她鬆了口氣，卻有股難喻的罪惡感從心底油然而生，讓她臉色有些發白。

察覺到她的異樣，鄭宇鈞指著學校的方向說道：「我沒有騎車過來，介意散步回去嗎？」

佟可玫回神過來，立刻點頭，「你剛說你肚子餓，待會路上有間永和豆漿，要不要買一點來吃？」

還記得以前鄭宇鈞說過，他去醫院看完媽媽後，回去總是會買一份煎餃。剛好回宿舍的路上有一間永和豆漿，有時候晚上去還要排隊呢。

「好啊！」鄭宇鈞臉上出現懷念的神情，「好多年沒吃了。」

第八章

陪鄭宇鈞吃完宵夜，兩人走在夜晚的街道上，佟可玫抬眼看向身側的青年。

六年不見，鄭宇鈞原本就英俊的臉龐變得更加帥氣，雖然瘦了點、蒼白了些，依然不減他的魅力。

鄭宇鈞轉過頭看見佟可玫發呆的神情，眼中閃過一瞬的笑意。

「我臉上有什麼東西嗎？」

這才意識到自己居然看著鄭宇鈞的臉看得出神，佟可玫窘迫地搖搖頭。

「你……」她急忙想找個話題，「最近過得好嗎？」

她話音一落，鄭宇鈞也停下腳步。他嘴角的笑意沒變，但說出口的話彷若少了溫度。「好不好都不是我說了算。」

猜想自己或許說錯話，佟可玫癟起嘴，「抱歉，我不是有心的。」

「沒關係。」鄭宇鈞搖頭笑道：「倒是妳，看起來過得不錯。」

半晌，佟可玫才開口：「……我念了服裝設計。」

「不錯呀！既然這樣，妳改天也幫我設計一套衣服，要帥一點的喔！」鄭宇鈞開玩笑似的，在自己身上比劃。「樣式別太前衛，電視上那些時裝發表會的衣服都設計得好誇張。」

聞言佟可玫也露出笑容，「偏不，我一定要幫你設計一套最華麗的！」邊說她腦袋裡也開始想像著，嘴角的笑意也更深了。

兩人一路嘻嘻鬧鬧，不知不覺已經能看見宿舍的燈光。

佟可玫突然希望回宿舍的路可以再遠一點，這次再見到鄭宇鈞，兩人彷彿有說不完的話。

「對了，你今天怎麼會在醫院，是在那裡工作嗎？」刻意放慢步伐，佟可玫小心翼翼地開口。

鄭宇鈞忽然停下腳步，暖黃的路燈照在他的臉上，掛著笑容的臉龐閃過一瞬的憂傷。

「算是吧！」還沒來得及看清楚他眼中的愁緒，鄭宇鈞已經換上燦爛的笑容。「每天都可以看漂亮的護士小姐，是份還不錯的工作呢！」

佟可玫毫不猶豫地賞了他一記大白眼，就當她正要開口調侃鄭宇鈞時，口袋裡突然傳來悠揚的鈴聲。

她低頭拿出手機，看見螢幕上的來電顯示後，便對鄭宇鈞露出不好意思的表情。鄭宇鈞見狀隨即擺擺手示意她別在意，接著從容地邁開長腿走到一旁等她。

看著鄭宇鈞的背影，佟可玫才鬆了口氣，轉過身把電話接起。

「喂，學長。」

當佟可玫轉身去接電話時，距離她不遠的鄭宇鈞垂在身側的手微微一僵。

「學妹，下班了嗎？」那頭傳來穆羽皓溫和的嗓音。

「嗯，我已經在宿舍門口了。」

「這樣呀……」電話另一端傳來車輛呼嘯而過的聲音，讓佟可玫聽不清楚穆羽皓後面說的話。

「學長，你剛剛說什麼？我聽不清楚。」這時耳邊突然聽到便利商店熟悉的開門聲響，讓佟可玫陷入片刻的怔愣。

拉麵店旁邊就有一間便利超商，學長該不會跑去店裡找她了吧！

可是這附近也不只那一間超商，應該……不是同一間吧？

「沒什麼。倒是妳，有沒有吃晚餐？」之前聽陸瑤說佟可玫都不吃飯，穆羽皓擔心她省錢省過頭，把身子都省壞了。

「我剛吃完永和豆漿喔！」佟可玫笑道：「就是學長之前帶我去的那間呀。」

「唔，是跟同事去吃的嗎？」穆羽皓望著面前已經熄燈的拉麵店，忍不住問道。

轉頭看向身旁不遠處的鄭宇鈞，聽到學長這麼問，佟可玫沒來由地心虛起來。

「……嗯。」她吞了吞口水，「學長，我要先回宿舍了，改天再聊好嗎？」

欺騙穆羽皓讓她有點罪惡感，語氣也顯得有些無力。但穆羽皓只當她是工作累了，叮嚀她早點休息後就掛上電話。

看著螢幕暗下，佟可玫忍不住嘆了口氣。

學長，對不起騙了你……

「可玫。」

身旁傳來鄭宇鈞的呼喚，嚇得她差點把手機摔出去。

見她一副像是被踩到尾巴的貓，鄭宇鈞笑得瞇起眼，「妳明天還要上課吧？」

佟可玫點了點頭，她明天的確有課，而且那堂課的教授每次必點名。

「不早了，妳今天上班也累了，先回去休息吧。」

望著面前的鄭宇鈞，佟可玫沒有應聲，鄭宇鈞也只是默默看著她，不出聲催促。經過他們身邊的女學生們不時對鄭宇鈞投以注視的目光。

「……能不能別再一聲不響地離開？」

良久，佟可玫聽到自己這麼說，語調包含濃濃的請求。

她不敢相信自己能再遇到鄭宇鈞，她也明白鄭宇鈞或許已經有他自己的生活圈。但她不想再和他失聯了，就算只是當朋友也沒關係！

這麼多年過去，鄭宇鈞在她的記憶中不僅沒有變得模糊，反而更加鮮明、深刻。

宛如生了根的玫瑰扎在她的心上，從來不曾枯萎，只是還不到盛放的時候。

對上她近乎懇求的目光，鄭宇鈞笑容微斂，上前伸出手，在佟可玫驚愕地注視下輕撫過她細緻的臉龐。

「如果妳願意，」他低下頭，在她的額上輕輕烙下一吻。「我會像紙玫瑰一樣，永遠陪在妳身邊。」

❄

往後幾天，鄭宇鈞總是會來拉麵店接佟可玫下班。

若他提早到，而拉麵店還忙著，他就會靜靜站在門外玩手機，不時抬頭看著佟可玫在店裡穿梭的身影。

「我終於知道可玫姐為什麼一直否認學長是她男朋友了。」

小張收拾完一桌用完餐的桌面後，抬頭對一旁擦桌子的女友說道：「鄭宇鈞和穆學長比起來，我如果是女生，也會選鄭宇鈞啊！」

「你腦子可不可以裝點有營養的東西啊！」莉莉冷哼一聲，重重拍了男友的手臂。她轉頭朝門外看去，覺得小張說得好像也沒錯，不可否認穆羽皓和鄭宇鈞兩人都很有魅力，但如果把他們放在一起，鄭宇鈞的

「顏值」確實略勝一籌。

也因為鄭宇鈞頻繁地出現在拉麵店，最近來店消費的女孩子變多了，而且似乎已經抓準了鄭宇鈞會來的時間，只要他一現身，拉麵店就會出現當晚第二次「尖峰時段」。

有錢賺老闆當然開心了，好幾次明示暗示鄭宇鈞要不要乾脆來店裡打工，都被他笑笑地帶過。

「人家來只是為了可玫姐而已，」莉莉羨慕地望著另一邊正端著拉麵上桌的佟可玫，「兩個男生對自己這麼痴心，真的好令人羨慕呀！」

「我也對妳很痴心……唔！」

挨了莉莉一記拐子的小張委屈地拉長臉，目光瞥向外頭穿著黑色大衣的青年。

奇怪……今天沒很冷呀！每次看到鄭宇鈞穿那件外套，小張都替他覺得熱。

這事他和佟可玫聊過一次，她愣了下才回應：「鄭宇鈞說他在醫院工作冷氣很強，所以才穿那樣，又嫌拿著麻煩，就乾脆穿著不脫了。」

小張忍不住在心裡嘆氣，帥哥穿什麼都人見人愛，哪像他們這種平凡人，走到哪被嫌到哪……

送走最後一桌客人，大夥兒開始整理環境，鄭宇鈞走進來接過佟可玫手上的抹布，打算幫忙擦桌子。

「你在門口等我就好了。」佟可玫伸手想拿回抹布，無奈鄭宇鈞這些年長高不少，她不管怎麼墊腳尖也搶不回被他高舉在頭上的抹布。

「手機快沒電了，找點事做也好。」鄭宇鈞笑著閃過她揮舞的手臂。

原來只是不能玩手機太無聊……佟可玫賞了他一記白眼，轉身走去櫃檯算錢。

「哦，宇鈞又來幫忙了呀！」老闆從廚房探出頭來，看見鄭宇鈞在幫忙擦桌子，不好意思地說：「讓他們收拾就好，你先坐一下，等等可玫就下班了。」

「沒關係，你們也累一晚了，我也只能幫忙擦桌子這種輕鬆的事。」

「才不輕鬆呢！」莉莉跳出來說話，「老闆說過，擦桌子也是有學問的！」

聽他們嬉鬧的笑語，在清點帳目的佟可玫嘴角也揚起一抹弧度。

拉麵店關門後，大家各自返家。鄭宇鈞依然陪著佟可玫回宿舍，一路上兩人談起過往，但幾乎都是佟可玫在說，鄭宇鈞聽著，不時應答兩句。

「我跟伊婷說我遇見你了。」

想起以前總是和佟可玫一起出現的女孩子，鄭宇鈞點了點頭，「結果她有考上一高嗎？」

「有，她現在念的是金融系，三天兩頭就找我抱怨教授好難相處。」提起季伊婷，佟可玫像是想到了什麼繼續說道：「她一直記著你說要請她吃蛋糕的事，畢業那天還說：『無緣吃到鄭宇鈞請的蛋糕大餐，絕對是我國中三年的一大汙點！』」

說完佟可玫見鄭宇鈞沒反應，臉色甚至有些蒼白，心忖著自己是不是踩到他的地雷了，憂心地道：「抱歉，是不是我說了什……」

「找一天我再請她吃吧！」鄭宇鈞說道：「可玫妳也要一起來。」

見他神情自若，剛剛的愁緒彷彿只是她看走眼，對上他那宛如深潭的雙眼，佟可玫只能怔怔地點頭。

兩人漫步在街道上，這時有對熱戀中的情侶親暱地摟在一塊走過他們身邊，佟可玫看了忍不住低下頭。

鄭宇鈞和自己的距離很近，有時候走路她會不小心碰觸到他的手背，但他好像沒有感覺到般，倒是自己每次都會紅了耳根。

與鄭宇鈞相遇後，她更加確定自己是喜歡他的。國中時她總是羨慕鄭宇鈞有自己的夢想，說要當氣象主播的他看起來閃閃耀人。這份仰慕隨著相處慢慢成了情愫，那時她還沒搞清楚自己的心境，就聽到他和吳曉曉的對話。

他說，他喜歡的人不是她。

當時她真的很難過，卻止不住自己的心，反而一天比一天更喜歡鄭宇鈞。

她以為這份情感早就隨著時間的流逝慢慢消褪，但是當鄭宇鈞再次出現在她面前，過去喜歡他的心情像被重新拾起，彷彿回到過去，他的一舉一動總是牽引著她的心。

「……可玫，可玫？」

鄭宇鈞的輕喚拉回她的心神，佟可玫眨了眨眼，不好意思地低下頭，「你剛剛說了什麼？」

「妳明天是不是休假呀？」

佟可玫點了點頭。「是呀，怎麼了嗎？」

「要不要和我去看電影？」鄭宇鈞臉頰上泛起淡淡的紅暈，「如果妳明天已經有安排的話也沒關係。」

被他的緊張感染，佟可玫神情緊繃，講話也有些結巴，「沒、沒有，我明天沒有任何行程。」

鄭宇鈞見她和自己一樣雙頰發燙，忍不住笑出來，「幹嘛一副我要把妳帶去賣掉的臉？」

「我才要把你賣掉吧！」佟可玫鼓起腮幫子，嗔道：「看你沒幾兩肉，改賣骨頭好了。」

說完她伸手要去掐鄭宇鈞的腰際，她從以前就知道鄭宇鈞怕癢，果然看見他左閃右躲，嘴上不望討饒：

「佟大美女饒命啊，小的賣不了多少錢！」

「那也要等秤過才知道囉！」佟可玫說完，手不但沒縮回來，反而變本加厲朝鄭宇鈞的腰部攻去。

當他們嬉鬧著回到女生宿舍前，兩人都沁出一層汗。

「難得放假，早上睡飽一點，我明天下午再來接妳。」

佟可玫點頭，鄭宇鈞的貼心讓她感到溫暖。

兩人正要道別時，佟可玫聽見身後傳來熟悉的呼喚——

「可玫，妳下班了？」

沒料到會遇到穆羽皓，佟可玫轉身扯出僵硬的笑容，點了點頭。

這陣子因為忙著系上的報告，好幾天都沒去接佟可玫下班，穆羽皓想到明天她剛好休假，於是決定來宿舍門口等她，想邀她明天一起出去。

當穆羽皓看見佟可玫和一個男生有說有笑地從遠處走來，心頭忍不住泛起酸意，不禁猜想前幾天陪佟可玫去吃永和豆漿的人是不是他。

心裡頭雖這麼想，穆羽皓的臉上卻不見任何不友善的神情，當他細看站在佟可玫身後的青年後，不禁睜大雙眼。

這不是當年掉進水裡的學弟嗎？

鄭宇鈞似乎也認出對方是救過自己一命的學長，不過臉色依舊冷淡，與剛剛和佟可玫嬉鬧的模樣判若兩人。

感覺氣氛有些尷尬，佟可玫輕咳一聲開始替兩位自我介紹，「學長，這位是我的國中同學，鄭宇鈞。」說完後她轉向鄭宇鈞，「他是我們以前國中的學長穆羽皓，現在和我念同一所大學。」

「學弟，好久不見啊。」

三人沉默了半晌，就在佟可玫緊張得想快點找個話題打破僵局時，穆羽皓率先開口了，爽朗的口氣和臉上一派輕鬆的笑意，讓佟可玫大大鬆了口氣。

鄭宇鈞沒開口，只是微微點了下頭。

見對方似乎有點冷淡，穆羽皓也不打算多說些什麼，而是轉頭問一旁的佟可玫：「伊婷說她明天會在車站前面等，我再來宿舍樓下接妳？」

經穆羽皓這麼一說，佟可玫才想起自己上個月已經跟季伊婷約好明天要一起吃飯，而且連餐廳都訂好了。

但她剛剛居然還答應鄭宇鈞明天要去看電影……這下子真的尷尬了！

「我也很久沒見到季伊婷了，你們介意我一起去嗎？」

正當佟可玫內心焦急得不知該如何是好時，身旁傳來鄭宇鈞輕鬆的語調，她抬頭望去，見鄭宇鈞正對著她笑得十分燦爛。

她轉頭看向穆羽皓，在他臉上沒看見反對的表情，於是點了點頭，「好，伊婷看到你一定會很高興的。」

「可以想像得到。」鄭宇鈞笑著回道。

穆羽皓知道他們三人都是同一屆的國中同學，自然會有很多話聊，所以很識趣地說：「要不你們去聚聚，這次我就不參加了。」

聞言，佟可玫露出為難的表情，季依婷是她約的，但餐廳是穆羽皓訂的，而且他也說過自己很想去那間餐廳吃吃看。

結果現在穆羽皓說不去了，佟可玫感覺好像有人在細針扎著她的背脊，一種說不出來的難受。

「一起來吧，人多熱鬧，還是說你……」鄭宇鈞擺出挑釁的表情說：「怕尷尬？」

佟可玫拿手肘撞了鄭宇鈞一記，見他吃痛的神情，她皺眉用責怪的眼神看他。

正想跟穆羽皓解釋，就聽到他不慍不怒地開口：「就這麼說定了。」

雖然只有短短一瞬，但佟可玫還是感覺得出眼前兩人之間有股難以言喻的煙硝味。

穆羽皓收回放在鄭宇鈞身上的視線，轉向佟可玫，「那明天我來……」

「可玫，明天一起過去車站吧！」不等穆羽皓開口，鄭宇鈞搶先一步說道。

面對鄭宇鈞三番兩次的挑釁，穆羽皓眼裡出現明顯的怒意。佟可玫見狀連忙出聲打圓場，「不、不然我們一起去車站接伊婷，好不好？」

兩人都不說話，佟可玫只好當他們都默認了。

「時間不早了，可玫妳上班也累了，早點進去休息吧！」鄭宇鈞掏出口袋裡的手機，看著螢幕上顯示的時間。

再五分鐘宿舍就要關門了，佟可玫點點頭，和他們揮手道別。「你們也早點回去，路上小心喔！」

「放心，我們長得很安全的。」鄭宇鈞笑嘻嘻地指著穆羽皓和自己的臉，「還沒有遇過誰大半夜要劫兩個大男人的色。」

看他們之間沒了剛才的劍拔弩張，佟可玫鬆口氣之餘也露出笑容，「明天見，晚安囉！」

見佟可玫的身影消失在宿舍大門後，鄭宇鈞隨即斂起笑容，連招呼也不打轉身就離開。

「可玫找了你這麼多年，你為什麼都不出現？」

身後傳來穆羽皓揚聲的詢問，他知道佟可玫這麼多年來一直惦記著這位學弟。不管他對她多好，他明白只要跨過那條名為「友誼」的界線，佟可玫就會拒他於外。她就像朵有刺的玫瑰，他只能在身邊照顧她、守護她，若想再靠近一點便會被扎傷。

因為她的心裡始終住著一個人，而這個人如今就站在自己面前。

鄭宇鈞聞言停下腳步，卻沒有轉過身，良久都不說話。當穆羽皓以為他會就此離開時，忽然聽到他帶著蒼涼的語氣開口：「因為以前的我，沒有資格站在她面前。」

望著那抹身影逐漸走遠，穆羽皓怔愣地站在原地，不解他話中的含意。

隔天穆羽皓準時出現在女生宿舍門口時，佟可玫已經在門外等著了，她今天身穿白色襯衫搭配黑色背心毛衣，向來都穿褲裝的她難得穿上膝上裙，看起來端莊優雅。

見穆羽皓目不轉睛地盯著自己，佟可玫難為情地撥了撥頰邊的散髮，「這樣會很奇怪嗎？」

她一早就起床打扮，平常不化妝的她還特地請室友幫她上了淡妝。換上陸瑤替她搭配的衣服後，她站在鏡子前，竟然有種不認識自己的錯覺。

「很好看。」穆羽皓盯著她略為泛紅的雙頰，由衷地說道。

不過一絲不悅從他心尖淌過，他明白佟可玫今天會特地打扮，有絕大部分的原因是為了鄭宇鈞。

認識她這麼多年，穆羽皓一直覺得佟可玫就像妹妹般，直到他出了意外再也無法回到球場，當時面對佟可玫的來電，他沒有勇氣去接聽，就怕自己的負面情緒會傷害到一個不知情的人。

所以他果斷地斬掉與佟可玫之間的聯繫，主動向家人提出他想到國外的要求。

走訪國外各地大小城鎮，看遍各種風土民情，他也逐漸說服自己接受無法重回球場的事實。不過心裡的那份遺憾，始終像除之不去的傷疤，牢牢地、深深地烙印在他心中。

與佟可玫重逢時，他害怕心裡快好的傷口再度被揭開，明知道這不是她的錯，但他當時是很怨恨佟可玫的。

他失去一切，甚至失去追求夢想的權利，而佟可玫卻一步一步實現了她的夢想。

所以當他看見鄭宇鈞時，彷彿看見從前的自己……

以前的他，也覺得自己沒資格站在佟可玫面前。

「時間差不多了，鄭宇鈞怎麼還不來呀？」

佟可玫似乎沒注意到一旁的穆羽皓正陷入沉思，逕自拿出手機撥給鄭宇鈞。

「說不定有事耽擱了，再等一會吧。」溫和地安撫她，穆羽皓卻在心裡悄悄地希望鄭宇鈞不要出現。

想起國中時的佟可玫，因為那個人而有了改變，穆羽皓忍不住羨慕起鄭宇鈞，為什麼消失這麼多年，他一出現就能立刻左右佟可玫的情緒？

就在佟可玫打了第三通電話都進入語音信箱時，她的手機響了——

「喂，鄭宇……哦，是伊婷呀！妳到車站了嗎？」

當佟可玫有些失落地掛上電話，穆羽皓克制住自己有點開心的心情，用平穩的語氣問道：「伊婷說了什麼？」

「伊婷到車站了，她說餐廳的預約座位只保留十分鐘，再不過去就要被取消了。」佟可玫無奈地嘆了口氣，手指在手機螢幕上滑了滑：「我把餐廳地址傳給鄭宇鈞，叫他待會直接過去那，我們就先走吧。」

「也只能這樣了。」穆羽皓伸手將安全帽遞給佟可玫，示意她上車。

佟可玫點了點頭，跨坐上穆羽皓的機車後座，直到臨去前仍然不斷回頭，希望那個人即時出現。

見到許久不見的好友季伊婷，兩人先是給對方一個擁抱，隨後有說有笑地前往餐廳。

當他們在等餐點送上來時，穆羽皓說要先去洗手間暫時離開。

「你們進展到哪了？」等穆羽皓走離三桌的距離，季伊婷立刻揪著好友的衣襬逼問道。

見她一副「妳不從實招來，老娘跟妳沒完」的表情，佟可玫露出無奈的苦笑，「我跟學長沒在交往，哪來的進展呀？」

季依婷滿臉不相信，「你們認識七年了耶！學長對妳不離不棄，妳好意思這樣對人家。」

「什麼不離不棄，妳在說什麼啦！」佟可玫搖頭，「學長對我很好，我很感謝他，不過……」

「不過什麼？」季伊婷緊盯好友的臉，下一秒突然變了臉色，「難道學長有隱——」

「季伊婷，妳再亂講話我就叫妳付今天的飯錢喔！」

季伊婷立刻閉上嘴，以眼神示意好友說下去。

看她乖順的模樣，佟可玫滿意地點了點頭，正打算說下去時，突然口袋裡傳來震動聲響——

她馬上低頭掏出手機，不過當她看到螢幕顯示廣告簡訊時，無力地垂下雙肩。

「怎麼了？」難得看見佟可玫露出如此失望的神情，季伊婷湊上前問道。

「其實我今天約了鄭宇鈞一起來。」

季依婷聞言眨了眨雙眼，「鄭……宇鈞？妳說的該不會是我們國中時認識的那個鄭宇鈞吧！」

看佟可玫點頭，季伊婷發出一聲驚呼，立刻引來其他客人的注意。

她摀著嘴，瞠大眼望著好友，「鄭宇鈞回來找妳了？」

「前幾天我去醫院外送的時候碰到他。」

「在醫院？他生病了嗎？」

佟可玫伸手拍了一下季伊婷的手臂，「不是啦，妳別亂說。」

季依婷吃痛地瞪她一眼，每次只要跟鄭宇鈞扯上關係，佟可玫就好激動。

「妳說有約他，他怎麼沒來？」

「我也不知道，打他的電話都進語音信箱，我有傳餐廳地址給他，但還顯示未讀。」

看好友握著手機，神情失落的模樣，季依婷默默在心底同情起穆羽皓。

「妳也別想太多，說不定他臨時有事，之後就會再打給妳了。」

佟可玫點點頭，她只是很怕鄭宇鈞又像國中那時候一樣，離開了就音訊全無，一想到這她就心亂得慌。

似乎看穿好友的想法，季伊婷轉移話題道：「真好，妳有學長這個超盡責的護花使者，現在又出現鄭宇鈞這個初戀對象，我怎麼就沒這種桃花運呀！」

「妳、妳聽誰說鄭宇鈞是我的初戀？！」

季依婷看她臉紅的模樣，笑道：「那時候有眼睛的人都看得出來妳喜歡鄭宇鈞啊！」

「才沒有，我是——」話說到一半，看見穆羽皓從遠方走來，佟可玫立刻閉上嘴巴。

季依婷轉頭看去，再看看好友窘迫的模樣，露出曖昧的笑容。

穆羽皓走回位子時，看她們一個幾乎要把頭埋進桌下，另一個笑得十分愉悅，忍不住好奇問道：「發生什麼事了嗎？」

「學……」

「我跟可玫在聊女生之間的事，穆學長你懂吧？Women's talk！」季伊婷打斷好友的話，用眼神示意穆羽皓別再問下去。

穆羽皓接收到她半威脅的眼神，只好識相地點點頭，坐到佟可玫身邊的座位。

一頓飯吃得氣氛愉悅，多半是季伊婷在說話，聊著國中時的事和彼此的近況。

穆羽皓眼角瞥見身旁的人一直藉故看手機，再看對面說得口沫橫飛的季伊婷，也不知道佟可玫到底聽進去多少。

直到他們走出餐廳時，鄭宇鈞始終沒有回訊息。季伊婷看佟可玫臉上難掩失望的神情，趁穆羽皓去牽車時，上前拍拍好友的肩膀。

「我知道妳一直在等他，但過了這麼多年，或許他早就不是我們當初認識的那個鄭宇鈞了。」看佟可玫想張口辯解，季伊婷先一步摀住她的嘴，搶著說道：「噓！我只是要跟妳說，不管妳的選擇是什麼，朋友這麼多年，我都會支持妳的。」

佟可玫怔怔地看著好友，看她對著自己笑得燦爛，忍不住也露出笑容。

「如果妳打算選擇鄭宇鈞，那我建議你還是探問一下他這幾年過的日子，否則變成小三多得不償失呀！總之妳有困擾，歡迎隨時來找我這位『專業愛情顧問』。」

看好友說完還撥了撥頭髮、搔首弄姿的模樣，佟可玫忍不住笑道：「妳什麼時候兼差當起愛情顧問了？」

季依婷哼了口氣，「這是專為妳做的職業呢，還不快感謝我？」

當穆羽皓騎著機車出現，兩人才結束笑談。

和季伊婷道別後，佟可玫坐上機車後座，聽到穆羽皓隔著安全帽對她說道：「明天下班我去拉麵店接妳？」

「不、不用──」怕穆羽皓聽不清楚，佟可玫提高音量，「這樣太麻煩了，不用啦！」

「對我，妳一直都不是麻煩。」

疾風呼嘯過耳邊，並沒有吹散穆羽皓的話，卻吹亂了佟可玫的心。

──或許，我們早就都不是從前的那個自己了。

回到宿舍後，佟可玫和穆羽皓道完謝馬上轉身跑進宿舍。

當她氣喘吁吁地回到寢室，發現裡頭黑漆漆的，心想室友或許跟男朋友出去了。佟可玫疲憊地倒上床，感覺全身的力氣頓時被抽光，腦子裡全是鄭宇鈞的身影。

從口袋拿出手機，看著鄭宇鈞始終未讀的訊息，她輕嘆口氣。

對我，妳一直都不是麻煩。

穆羽皓的話浮現在腦裡，結果剛剛也沒跟學長確認明天要不要來接自己，不過以穆羽皓的個性，大概還是會去的吧！

佟可玫把頭靠在柔軟的枕頭上，握著手機思忖著該如何傳訊息跟學長說不用來接她了，但打了打，刪了刪，來來去去刪改幾回，她居然就握著手機睡著了。

不知道過了多久，一連串的手機震動把她吵醒，佟可玫睡眼惺忪地睜眼看去，螢幕上的來電顯示竟是失蹤了一整天的鄭宇鈞！

佟可玫立刻按下通話鍵，劈頭就罵道：「鄭宇鈞，都幾點了？你還好意思打電話給我！」

「對……咳、咳！對不起……」

聽那頭傳來沙啞虛弱的聲音，原本怒火中燒的佟可玫登時像被潑了桶冷水，怒氣全都散了。她皺眉問道：「你感冒了嗎？」

「嗯……抱歉，我不是，咳！故意要放妳鴿子。」

佟可玫嘆了口氣，「聽你的聲音感覺很嚴重，你還好吧？有沒有去看醫生？」

「嘿，妳還是一樣……這麼關心我。」

聽他還能開玩笑，佟可玫對著空氣板起臉，「我才不是關心你，我是怕你感冒沒好出來傳染給我！」

「不、不會傳染的啦。」

鄭宇鈞輕喘了幾下，那虛弱的聲音讓佟可玫憂心不已，「你真的沒事嗎？」

「……」

「鄭宇鈞？」那頭突然沒了聲音，佟可玫著急地喚道。

「改天再找季伊婷出來吧。」良久鄭宇鈞才開口，這次聲音明顯平穩了些。「為了表達我的歉意，加上國中大考完欠的那一次，改天出來妳們想吃什麼，都算我的，我請客。」

佟可玫輕聲應下，突然想起今天季伊婷要她打探清楚鄭宇鈞這幾年過的日子，於是開口：「那個……」

「咳、咳咳！我先休息了，妳也早點睡吧。」說完他也不等佟可玫回應，就逕自將電話掛掉。

佟可玟低頭看著螢幕，還停留在她要傳給穆羽皓的訊息介面，右上角的時間欄顯示現在的時間——十點半。

寢室的門鎖發出一聲清脆的響聲，陸瑤一進來就看到佟可玟獨自坐在黑暗的房間裡，手握著手機，螢幕的冷光由下而上照在她臉上活像個女鬼，嚇得她放聲大叫。

等她看清楚女鬼原來是自己的室友後，陸瑤氣憤地大吼：「佟可玟！妳幹嘛不開燈啊！」

周遭寢室的學生聽到尖叫聲紛紛跑過來，原本靜謐的宿舍瞬間熱鬧起來。

女生宿舍的夜晚，燈火通明。

❄

一連幾天鄭宇鈞都沒出現在拉麵店，幾次莉莉想問佟可玟，卻都被老闆擋下來。

「戀愛這回事，不是隨便能攪和的。」

莉莉鼓起腮幫子，看佟可玟這幾天都無精打采的，她只是想關心一下嘛！

老闆笑了笑，「認識這孩子這麼久，難得看到她魂不守舍的樣子，這樣看起來，那男孩對她來說意義非凡呢！」

「鄭宇鈞？」莉莉眨眨眼，「帥是滿帥的，但跟學長比起來……」

老闆擺擺手，示意她出去幹活，「好了、好了，妳不用替可玟做決定，這是她的選擇，她自己會衡量的。」

莉莉走出廚房時正好跟佟可玫打照面，對方似乎沒發現她，端著碗盤直直朝她走來。

「可玫姐，小心！」

還好莉莉靈活地閃身避開佟可玫，要不然兩個人就撞上了。

佟可玫似乎也被嚇了一跳，睜大眼和莉莉道歉，「不好意思，我沒看見妳。」

莉莉無奈地扯了扯嘴角，直說沒關係，心底卻悄悄祈禱佟可玫趕緊恢復正常，否則下回可能就是把碗盤摔破了。

佟可玫把碗盤端進廚房，看老闆回頭盯著自己，明白剛剛莉莉的那聲大叫肯定傳進他耳裡了。

「抱歉，這幾天總給大家添麻煩。」佟可玫有些懊惱地向老闆彎腰鞠躬道。

老闆嘆了口氣，「妳呀，什麼事都往肚子裡吞的個性該改一改了。才幾歲的孩子，硬是要把自己武裝成大人，莉莉跟小張都很擔心妳呢！」

佟可玫低頭不語，有股酸楚從喉底湧上。

自從她任性填選想念的學校，媽媽一直不願意諒解她，寄宿在親戚家的那段日子她也不敢隨意依賴別人，就怕給人家添麻煩。

和樂融融的拉麵店讓她再度感受到像「家」那般的溫暖，但佟可玫知道他們畢竟不是她的親人，沒有人有義務幫著她。

所以她在自己的心旁築起牆，就連一直以來陪伴在她身邊的穆羽皓也走不進來。

直到那個曾經在她最懵懂的時期給她陽光、給她追求夢想勇氣的少年再次出現，當他站在她面前，就算數年未見、容顏改變，她仍舊對鄭宇鈞抱持依賴感。

拉麵店打烊後，莉莉和小張邀佟可玫去吃宵夜，她以期末評鑑將到的理由婉拒了。

前幾天穆羽皓都有來接她下班，不過今天他傳了訊息說要和教授討論事情，就不過來接她，訊息末仍不忘叮囑佟可玫要注意安全。看著穆羽皓傳的訊息，佟可玫不知該如何回應。

或許該找個機會跟學長說清楚，穆羽皓條件很好，不該被她這麼耽誤下去……

和拉麵店的大家道別後，佟可玫走向前方不遠處的公車站。低頭看了下錶，應該還來得及搭上最後一班公車。

「可玫。」

身後傳來熟悉的輕喚，讓佟可玫腳步一頓。

她迅速轉過身，只見鄭宇鈞就站在離她五步遠的地方，臉色不像之前這麼蒼白，顯得紅潤許多，配上他俊秀的臉蛋，經過的男男女女都忍不住多看了他幾眼。

看他真真實實地站在面前，佟可玫眨了眨眼。

「看到我這麼驚訝？」

聽他開玩笑的語氣，佟可玫掄起拳頭砸向前方的人，鄭宇鈞非常配合地哀嚎一聲，摀著被打的手臂哇哇叫。

「你太誇張了喔！」佟可玫露出笑容大聲喝道，每回在鄭宇鈞面前她就感覺無比輕鬆，不必壓抑，說話想大聲就大聲。

「嘿，這樣妳也看得出來？」

佟可玫忍不住翻了一記白眼，「你把我當三歲小孩呀！」

「怎麼會呢。」鄭宇鈞伸手拿過她手上的包包背在肩上，「把妳當五歲而已。」

某人立刻又為了自己的不當發言挨了一記拳頭。

看身旁揉著手臂的鄭宇鈞，佟可玫開口問道：「你身體好多了嗎？」

「好了呀，不然剛剛接妳那兩拳我早就倒在路邊了。」

「鄭、宇、鈞——」

聽到她威脅的低喝，鄭宇鈞立刻抱著手臂跳離她三步遠。

走到公車站牌時最後一班公車正好來了，走在他們前面的一對國中男女，似乎是剛補完習，兩個人有說有笑地上了車。

一直到車上，佟可玫始終看著他們，看男生故意逗女生生氣，然後被女生揪住耳朵痛得直求饒。

「喂，妳口水滴下來了。」

佟可玫下意識摸摸自己的嘴角，並沒有任何濕潤感，抬眼就對上鄭宇鈞的笑顏，立刻怒瞪他一眼。

「你就不能說點好聽的話嗎？」每次開口都惹得她想揍人，放眼身邊好友哪有人像他這麼厚臉皮。

鄭宇鈞給了她一個「妳第一天認識我嗎？」的欠扁表情，讓佟可玫無奈地嘆了口氣。

看向前方，她輕喃道：「真懷念以前的日子。」

雖然總是被課業壓得喘不過氣來，但每每回想起那段時光，佟可玫就覺得心裡泛起一股暖意。那段時間有著太多的回憶，只要閉上眼彷彿就能回到過去般。

察覺身邊的人一直沒說話，佟可玫轉過頭，對上鄭宇鈞若有所思的雙眸。

「你會後悔當初跟你爸走嗎？」當年信誓旦旦說要當氣象主播的少年，如今卻離自己的夢想很遠很遠。

佟可玫硬著頭皮繼續說道：「我沒有別的意思，只是假如……假如能夠讓你重新選擇——」

「我沒有後悔。」

佟可玫怔愣地望著眼前的他，只見鄭宇鈞把視線從她身上移開，轉而看向前方準備下車的年輕男女。

看他們有說有笑地下車，鄭宇鈞才續道：「就算後悔了，時間也不會再重來。」

澄淨的目光彷彿藏了千思萬愁，佟可玫覺得眼前的鄭宇鈞明明在她身邊，卻似乎離她好遠。她想也不想便抓住他的衣襬，輕聲道：「我們都還年輕，有的是時間，現在開始一定來得及！」

當初遇見鄭宇鈞，讓她有了追尋夢想的勇氣，佟可玫下定決心，現在換她來陪他追夢。只要從此時此刻開始努力，一定能讓鄭宇鈞實現他過去的夢想！

鄭宇鈞默然地看著她，然後緩緩抬起手。就當佟可玫以為他要觸碰到她的臉頰時，他的手繼續向前伸去，接著下車鈴響起。

看他不發一語地起身，佟可玫連忙也站起來。當公車停靠在站牌邊，兩人先後下車，鄭宇鈞依舊什麼話也沒說，緩步朝女生宿舍的方向走去。

「鄭宇鈞，等等！」佟可玫加快腳步趕上他，並擋在他身前。

看著眼前氣喘吁吁的她，鄭宇鈞輕嘆口氣，「妳別操心了，我爸對我很好，只是……」

佟可玫還等他說下去，就聽鄭宇鈞話鋒一轉，「妳還記得妳陪我去醫院看我媽媽的那天嗎？」

佟可玫點了點頭，她記得，還有那天回家前鄭宇鈞似乎用無聲的唇語對她說了「喜歡」。

「其實那天晚上，我原本想跟妳告白的。」

鄭宇鈞的話就像一記雷，轟得佟可玫腦袋都迷糊了。

「但你不是隔天跟吳曉曉說……」想起那天放學躲在柱子後方聽見的對話，佟可玫喉頭一噎。

鄭宇鈞皺起眉，好像在思忖她話裡的意思，隨後舒展開眉頭，「原來被妳聽到了。」

看佟可玫呆愣的神情，他續道：「那時候如果跟吳曉曉說我喜歡的人是妳，隔天妳就會被欺負了。」

因為不希望佟可玫有和自己相同的遭遇，被排擠、被霸凌，佟可玫不應該因為自己而承受這些。

佟可玫感覺眼眶一熱，「所以……你喜、喜歡我？」

原來自己誤會了這麼久，當年的她始終沒向鄭宇鈞求證，兩個人就這麼錯過多年。

心意相通的感動讓佟可玫流下眼淚，她正想向鄭宇鈞表示自己也喜歡他許久時，耳邊傳來鄭宇鈞平穩的嗓音，「以前是喜歡的。」

「以前……是什麼意思？」佟可玫不解地眨了眨眼，淚水沿著她的雙頰淌下，還沒來得及抹去就落到地上。

鄭宇鈞不答，從口袋拿出一朵紫色的紙玫瑰，遞到佟可玫面前。

「紙玫瑰不會凋謝，會永遠陪在妳身邊。」

看著眼前那熟悉的花朵，佟可玫伸出手，指尖輕顫地接過。

「那你呢？」

佟可玫攥緊花莖，緊盯著眼前目光始終不放在自己身上的他。

鄭宇鈞沒有回答，轉身便快步離開，不管佟可玫怎麼叫喚也不回頭。

當佟可玫回到寢室，室友陸瑤被她淚流滿面的狼狽模樣嚇得差點從床上跌下來，直問她發生什麼事了。

但佟可玫只是默默落淚，什麼話也不願意說。

這晚佟可玫整夜無眠，當陸瑤累得靠在她身側睡著後，她拿出口袋裡的手機，傳了一封訊息給鄭宇鈞。

她希望鄭宇鈞不管有什麼理由，即使不再喜歡她了，也別再無聲無息地消失。

握著鄭宇鈞給她的紙玫瑰和安靜的手機，佟可玫望著窗外的月光，默然垂淚。

第九章

鄭宇鈞不僅沒有回訊息，還一連好幾天都沒有出現在拉麵店。

這天晚上穆羽皓來店裡接佟可玫，看見莉莉和小張不斷向他使眼色，再看身旁顯然無精打采的女孩。期末評鑑就近在眼前了，他注意到佟可玫手上貼了許多ＯＫ蹦，以前的她就算再怎麼睡眠不足，也不至於把自己的手指弄成像針包一樣。

送佟可玫到女生宿舍門口，趁她還沒說出道別的話前，穆羽皓搶先一步說：「妳明天放假可以陪我去個地方嗎？」

「可是我的評鑑……」佟可玫面露難色。

「一個下午而已，不會很久的。」穆羽皓露出陽光般的笑臉，「晚餐我請妳。」

看他笑得燦爛，讓佟可玫這陣子處於陰天的心情稍微開朗了些。

「好吧，但學長你不用請我啦。」前幾天剛領薪水，可以通融自己吃好一點。

「那怎麼行？妳百忙之中抽空出來，一頓飯算不了什麼的。」穆羽皓搖搖頭，「我明天下午來接妳，妳可以多休息一下。」

「知道了。」佟可玫露出她這幾天來的第一個真心笑容，「那我先進去了，學長晚安。」

穆羽皓看著佟可玫走進宿舍，直到她的身影消失在視線後，才放心發動機車離去。

隔天穆羽皓依約準時到達，不過當他看見佟可玫雙眼下的黑影時，忍不住皺起眉。

「昨晚沒睡好嗎？」

佟可玫邊打呵欠邊跨坐上機車，「打版到四點才睡。」

穆羽皓知道設計科都不是人念的，每次看到佟可玫因為評鑑累得好像隨時會昏過去，他都有種衝動想勸她轉系了。

但他做不到，因為這是佟可玫的夢想，他能做的只是陪在她身邊。

「還是我們今天過去布行看看？」聽佟可玫說他們這次的教授格外刁鑽，破天荒要他們設計婚紗禮服。前幾天聽陸瑤說佟可玫一直挑不到自己喜歡的布料，難得她今天放假，穆羽皓不介意當司機帶她去買布料。

「不用了，我跟陸瑤約好後天要一起去看了。」佟可玫坐穩後回道：「學長要我陪你去哪呀？」

「到了就知道囉。」

說完穆羽皓發動機車，就往目的地的方向騎去。

當兩人站在熟悉的建築物前，佟可玫還有點茫然。

刷上新漆的大門、依然如初的警衛室……穆羽皓怎麼帶她回國中校園來了？

「好久沒回來了，妳應該也是吧！」

轉頭看向把車停妥的穆羽皓，她疑惑地問道：「學長是要回來找老師嗎？」

她的班導在她畢業後兩年就到別的地區去任教了，當時因為她填的是職業學校，外宿在親戚家，這是她畢業後第一次回到這。

佟可玫不禁在心裡算了算，距離她上次回家，應該也有一年了吧？不知道媽媽過得好不好。

當初自己決定念高職，媽媽一氣之下把她趕出門後，母女倆就沒再好好說過話。回想和家人走到這份上，佟可玫想想自己也真是不孝。

「學妹？」

身旁傳來穆羽皓擔憂的呼喚，佟可玫拉回心神，給了他一抹安心的笑容。

門口的警衛還是同一個人，佟可玫見他似乎又老了些，心尖淌過一絲酸楚。

因為穆羽皓事先跟老師打過招呼，加上警衛也認得穆羽皓，便直接讓他們進校門。

「妹妹，妳以前也是這裡的學生對不對？」當警衛伯伯和佟可玫對上眼時，突然這麼問道。

佟可玫點了點頭，「伯伯還記得我嗎？」

「當然記得！妳每次進校門都走得慢慢的，別的學生一分鐘就進校門了，妳卻要走五分鐘。」

佟可玫露出尷尬的笑容，以前因為不想太早進教室自習，覺得能慢一秒就是一秒，所以上學總是用最慢的速度走進校門。

沒想到警衛伯伯會注意到她，而且還記得這麼多年。

當他們走進熟悉的校園，佟可玫不自覺放慢腳步，目光不斷在四周的景物間徘徊。穆羽皓似乎察覺到她的心情，貼心地跟著放慢腳步。

走過貼滿學生藝術作品的迴廊、傳來老師授課聲的走廊……

當他們走過花圃時，佟可玫突然停下腳步。穆羽皓疑惑地低頭看去，只見她盯著無人的花園，雙眼蓄滿回憶的光芒。

「我上樓找老師，待會就下來。」穆羽皓用溫和的聲音說道。

佟可玫點點頭，明白穆羽皓是不想打擾她懷念過往的情緒，悄悄感激學長的細心與貼心。

走過看似與記憶中一模一樣的校園，佟可玫卻覺得學校變了。

花圃的花少了許多，之前放在一旁的長椅也不見了。

畢業多年，建築物沒變，但有些小地方早已不是自己熟悉的樣貌。

人也是一樣。

當下課鐘聲響起，她站在樓梯旁看著學生們興高采烈地抱著籃球往球場跑。

幾個女孩子相偕有說有笑地走往廁所的方向，還有……

佟可玫被花圃中一抹瘦弱的身影吸引注目光，只見幾名高壯的大男孩兇神惡煞地往那個隻身一人的少年逼近。

就在他們揮舞著拳頭作勢要打那名少年時，佟可玫一股怒氣湧上，邁開步伐就要上前喝止，後方卻突然傳來一道清甜的嗓音——

「教官、教官，這邊有人在打架！」

一聽到教官來了，原本囂張跋扈的幾個男孩立刻鳥獸散，有位女學生從佟可玫身後跑來，往花圃裡那個少年奔去。

看女孩臉上擔憂關心的表情，和少年直說沒事的笑顏，佟可玫一時間怔在原地。

當他們一起離開花圃，直到看不見人影後，佟可玫才收回視線，轉身走上樓梯。

來到頂樓時，上課鐘聲也正好響起，原本喧鬧的校園慢慢恢復寧靜。

循著欄杆向前，她走到從前和鄭宇鈞一起念書的水塔邊，彎腰看去，果然看到水塔旁的地板上，有幾筆立可白的痕跡。

經過多年風吹雨淋，早已看不出當初寫了什麼，只剩斑駁的白點，證明他們曾經在這共度的短暫時光。

伸手撫過凹凸不平的水泥地板，那年的回憶在她畢業後彷彿就被壓在心底，偶爾想起仍覺得懷念。

口袋這時傳來規律的震動聲響，她抬手抹去臉頰上的水珠，拿出手機，不意外是穆羽皓打來的。

「學長，你事情都辦好了嗎？」她盡力讓自己的聲音保持平穩。

那頭傳來穆羽皓溫柔的嗓音，佟可玫立刻對著無人的空氣搖搖頭，「你不用過來，我這就下樓，我們在門口見吧！」

掛上電話，佟可玫再次低頭看了一眼水泥地上的痕跡後，才轉身離開頂樓。

「難得回來學校，不再多走走看看嗎？」

當佟可玫走到校門口，穆羽皓已經站在前方等她了。還有十分鐘就要放學了，他們得在外面塞車前離開。

佟可玫記得，每到放學時，校門口的馬路總是停滿了汽車、機車，一眼望去都是來接孩子放學的家長。

「這邊離我家很近，要回來隨時都可以回來呀。」

穆羽皓看她眼眶微紅，也不打算多問，兩人走出校門口時不忘和警衛伯伯打聲招呼。

「有空常回來啊！」警衛伯伯笑得很親切，讓佟可玫覺得心暖暖的，不住地點頭答應。

走到機車旁，穆羽皓沒有馬上把安全帽遞給她。

「要不要……回家去看看？」

佟可玫怔愣了下，眼中閃過一絲緊張，用力搖頭，「不用啦！」

「妳爸媽應該很想妳。」看佟可玫低下頭忍住情緒的模樣，穆羽皓繼續說道：「或許他們不支持妳，但只有妳知道自己在做什麼。相信我，他們一定很關心妳。」

「……真的嗎？」佟可玫咬緊下唇。

她永遠忘不了放榜那天，她被媽媽用掃把在家裡追著打，直到她狼狽地逃出家門，媽媽仍揚著手裡被打斷的掃把，大聲吼道：「當我沒有妳這個女兒！」

從那天之後，她就沒再和媽媽說過話了。

一隻溫暖的大手搭上頭頂，她抬頭望著眼前高大的穆羽皓，心底湧出一股難以言喻的情緒，酸澀的眼眶好像隨時會淌出淚水。

「學長，那個我……」

「佟可玫？妳是佟可玫吧！」

身後忽然傳來一道呼喚，佟可玫和穆羽皓同時轉過身看去。

當她看清楚站在校門口，手裡還抱著一個小孩的男人，有一瞬間無法跟記憶中的那個人聯想在一起。

那個曾經在學校裡呼風喚雨，避之為恐不及，甚至過分到把鄭宇鈞推下急流的不良少年。

「你是……楚建衡？」

半晌，佟可玫才澀聲開口。

見她認出自己來，楚建衡露出靦腆的笑容，絲毫沒有過去那種流氓般的霸氣。

他向佟可玫和穆羽皓走了過來，先朝穆羽皓點點頭，「學長好。」

穆羽皓顯然不記得他是誰，臉上寫滿了疑惑，「你是……」

「學長忘記我也很正常，畢竟都畢業這麼多年了。」楚建衡搖搖頭，「你還記得吳曉曉嗎？」

聽到這名字，穆羽皓和佟可玫對視一眼，兩人同時點頭。

看他們的反應，楚建衡笑著繼續說：「當年我喜歡她，但她當籃球隊經理時很喜歡學長，那時候我可是把學長當成敵人呢！」

穆羽皓摸摸鼻子，乾笑道：「是嗎？」

楚建衡轉向佇在一旁的佟可玫，朝她露出歉然的表情，「抱歉，當年我太莽撞，才讓妳和鄭宇鈞留下不好的回憶。」

佟可玫被他突來的道歉嚇了一跳，連忙搖頭擺手，「我沒事，如果說要道歉的話……我想你應該去跟鄭宇鈞說。」

畢竟當初他對鄭宇鈞嚴重的霸凌，早已在鄭宇鈞心裡留下難以抹滅的陰影。

說完她以為會在楚建衡臉上看見愧疚的表情，卻只見他略帶驚訝地看著自己。

「我、我說錯什麼了嗎？」佟可玫皺起眉頭，就連穆羽皓也覺得他的反應有些奇怪。

楚建衡笑著搖搖頭，正要開口解釋時，他懷裡的小男孩突然大叫一聲，拉著楚建衡的衣領撒嬌道：「爸爸——」

佟可玫和穆羽皓同時驚訝地看著楚建衡，而他只是笑了笑說道：「這是我兒子，今年三歲了。」說完他低頭安撫兒子幾句：「爸爸跟叔叔、阿姨說一下話，你乖乖，等下回家順路帶你去買棒棒糖好不好？」

小男孩立刻就被糖果給收買，乖巧地不再吵鬧，只是睜著水汪汪的大眼看著前方的叔叔、阿姨。

佟可玫望著眼前對孩子柔聲輕語的男人，實在很難跟過去在學校逞凶鬥狠的不良學生聯想在一塊。

楚建衡輕咳一聲拉回她的注意力，「我前陣子見過鄭宇鈞，那時候也和他道過歉了。」

他見佟可玫和穆羽皓都一副茫然的模樣，於是繼續說下去，「那天我兒子身體不舒服，所以帶他去醫院掛急診，沒想到會在那裡碰上鄭宇鈞。」

「他說他在醫院工作，怪不得你會在那邊遇見他。」佟可玫揚起淡淡的笑容說道。

楚建衡卻皺起眉頭，「在醫院工作？他是這麼跟妳說的嗎？」

「是啊，我們當初重逢也是在醫院呢。」佟可玫用力地點點頭。

穆羽皓看楚建衡露出若有所思的神情，腦中想起鄭宇鈞那晚說過的話，目光微微一沉。

像是下定決心般，楚建衡深吸口氣，眼神認真地對著佟可玫說道：「鄭宇鈞並不是在醫院工作，而是……在住院。」

聞言，佟可玫眨了眨眼，毫不猶豫地搖頭笑道：「不可能，他身體好好的，前陣子他還來接我下班。」

儘管臉色有點蒼白，但鄭宇鈞看起來完全不像個病人。楚建衡說的這些話，佟可玫沒辦法相信。

三人之間瀰漫著一股難喻的低壓氣氛，楚建衡的兒子似乎也感受到抑鬱的氛圍，再度開始吵鬧起來。

楚建衡安撫不了兒子，只好和兩人道別，臨走前不忘對著垂頭不語的佟可玫說道：「如果妳想弄清楚是怎麼回事，我建議妳還是盡快把握時間。」

話音落地，佟可玫的雙肩猛地一顫，不等她開口，穆羽皓搶先一步問道：「你這話是什麼意思？」

楚建衡看著眼前的佟可玫，一字一句說：「那天談話後，我跟在他後面，看見他不樂觀的樣子。所以……」

「夠了！」佟可玫忽然揚聲大喊，「學長，我們走吧。」

說完她也不等穆羽皓跟上，扭頭就往校門口的反方向快步離去。

看著她越走越快的身影，穆羽皓在心裡輕嘆口氣，對還抱著兒子站在原地的楚建衡點頭致謝後，他也不等楚建衡回話，轉身朝佟可玫離開的方向追去。

正值旱季，當年洶湧的滾滾黃流早已不復見。

站在橋墩邊，佟可玫默然看著下方河道的涓涓流水。聽見身後腳步聲靠近，她連頭也沒回就問道：「學長相信他說的話嗎？」

穆羽皓停下腳步，站在佟可玫身後三步遠的地方，沉默幾秒後才回應：「相信。」

佟可玫立刻轉過身，雙眼泛紅，氣憤地朝他吼道：「為什麼要相信他？是他把鄭宇鈞推下河，是他處處針對鄭宇鈞，是他給了鄭宇鈞被霸凌的回憶，是他、都是他！」

她邊吼邊上前捶打穆羽皓，彷彿把他當作楚建衡一樣發洩怒氣。

穆羽皓也不還手任她打，直到她的淚水滴落在他的手背上，他才緩緩開口：「妳也相信了，所以才更不能接受不是嗎？」

「……」

佟可玫不回應，但捶打的動作停了下來，雙手無力地垂在身側。

「可玫，過去的事情我們不能改變，」他伸手握住佟可玫的手，感覺到她克制不住的顫抖，「就像妳知道我再也沒辦法回到球場時對我說的話，妳還記得嗎？」

佟可玫抬起蓄滿淚水的雙眼，和穆羽皓異口同聲說：「過去不能改變，所以更要把握當下。」

穆羽皓對她露出讚許的表情，「未來的事沒人說得準。妳是我見過最勇敢的女孩，去和鄭宇鈞說清楚吧。」

望著穆羽皓溫柔的眼神，佟可玫在他眼中看見一絲顯而易見的不捨。

「學長，對不起。」

他守在自己身邊這麼久，終究她還是選擇了鄭宇鈞。

她一直在傷害最疼愛她的學長。

「感情這種事，本來就沒有誰對誰錯。」

穆羽皓就像從前那般，溫柔地揉著她額前的細髮，「我喜歡妳，但我更希望妳快樂，而且不留下任何後悔。」

就像他始終後悔沒多花些時間在球場上馳騁。喜歡是一股力量，能夠支持自己，同時也能夠鼓勵他人。

佟可玫眨著布滿水霧的雙眼，沒想到穆羽皓會在這時候向她告白。

看她怔愣的神情，穆羽皓露出一如初見般的燦爛笑容，「走吧。」

「走去哪裡？」她還沒反應過來，就被穆羽皓拉著手往校門口的方向走。

「去妳最應該去的地方。」

望著前方高大的背影，夕陽餘暉灑在他的頭髮和肩上，映出一層淡淡的光暈。

「……謝謝你。」

穆羽皓的腳步沒停，但抓著她的大手輕輕一顫。

他們騎著車來到醫院門口，佟可玫脫下安全帽，見穆羽皓沒有要下車的意思，有些疑惑地看著他。

「我突然想到還有點事，就不陪妳上去了。」穆羽皓笑著輕聲道：「一個人沒問題吧？」

佟可玫用力點頭，「沒問題，謝謝學……」

「真的要感謝我的話，就聽學長一句，」穆羽皓對她比了個加油的手勢，「見到他之後把話說清楚，好嗎？」

佟可玫再次點頭，向他揮手道別後轉身朝醫院入口奔去。

看著那消失在玻璃門後的身影，穆羽皓輕嘆了口氣，拿出口袋裡的手機撥了通電話——

「喂，是我。」

「……」

「跟爸媽說，我今天回家吃飯。」

「！」

聽那頭傳來震耳的興奮喊聲，讓穆羽皓忍不住皺眉拿開話筒。

過了幾分鐘，等對方終於恢復冷靜後他才繼續開口：「就這樣，很久沒和你們一起吃飯了，晚上見。」

說完他也不等弟弟回應，逕自掛上電話，收起手機。看向前方進出醫院的人們，穆羽皓輕呼一口氣，發動機車離開。

——過去不能改變，所以更要把握當下。

❈

向服務台詢問鄭宇鈞的病房時，佟可玫多希望對方說：「不好意思，我們醫院沒有這位病患。」

握著手中寫著病房號碼的紙條，她手心充滿汗水，隨著電梯一層層向上，她的心也緩緩下沉。

當電梯到達她要去的樓層，發出清脆的聲響，佟可玫覺得自己的心彷彿也跟著顫了一下。

邁開腳步走出電梯，當她走近護理站時，護士小姐認出她來。

「咦？我們今天沒有叫拉麵呀。」

佟可玫扯出一抹僵硬的笑容，「不是，我是來探病的。」

護士小姐尷尬一笑，就轉身去忙自己的事了。

看見桌上筆筒裡插著的紙玫瑰，更加證實佟可玫心中所想。她抬頭尋找病房號碼的指標，依循紙條上的病房號碼，走往她從未進去過的病房區。

站在緊閉的病房門口，佟可玫抬頭看了看門邊掛著的號碼，再低頭看向手上的紙條。

深吸口氣，她抬起手，猶豫了近一分鐘才輕輕敲了門。

……

過了半晌，裡面沒有半點聲音傳來，佟可玫納悶之餘再度敲了下門板。

「我剛說的話你沒聽清楚嗎？不要再管我了！滾——」

病房內突如其來的怒吼，讓佟可玫僵在原地，這聲音她這輩子都不會忘記，佟可玫想也不想便扭開門把走了進去。

沒想到迎面飛來一個保溫瓶，嚇得她來不及抬手去擋，砰的一聲，佟可玫摀著臉蹲在地上，痛得她眼淚瞬間湧上眼眶。

「……可玫？」

看清來人後，鄭宇鈞驚訝地瞠大眼，連忙下床去查看佟可玫的傷勢。

「抱歉，我以為是我爸來了。」鄭宇鈞捧起她的臉，看她臉頰上清晰的紅色撞擊痕跡，皺起眉道：「我去跟護士要冰塊，不然待會會腫起來的。」

說完他起身要向外走，卻被佟可玫一把拉住手臂，緊緊握著不放開。

「妳——」

「為什麼要瞞著我？」佟可玫盯著眼前穿著病服、臉色蒼白得像張白紙的他。

被她抓著的手臂上布滿點滴針頭的瘀青，難怪他總是穿著外套不肯脫，就是怕她看見這些傷痕！

鄭宇鈞望著面前含著淚水卻倔強不讓它落下的女孩，他不在她身邊的這段時間，她早就成長為傲然挺立的玫瑰，勇敢、奪目，美麗得讓他沒有自信靠近。

他掙不開佟可玫，兩人只好僵持在病房門口，最後是鄭宇鈞率先嘆了口氣。

「知道了又能怎麼樣？」他神情漠然，「這已經是無法改變的事實。」

佟可玫怔怔地看著他，在那雙眼中看見了許多年前他站在走廊上，那令她心痛至極的冷漠。

「而且以妳愛瞎操心的個性，如果知道了，也只會用同情的眼神看著我。」鄭宇鈞的嘴角揚起一絲嘲諷的笑意，「就像現在，妳覺得我很可憐，對吧？」

在他澄淨的目光注視下，佟可玫不禁移開視線。

鄭宇鈞說得沒錯，以前他媽媽生病時也好，現在他身體出問題也是，她一直都是用「同情、關心」的角度在對待他。

「如果沒什麼事，妳就回去吧。以後也不要再來了，就當作……」鄭宇鈞用力抽回被她拉住的手臂：「我從來沒出現在妳面前。」

掌心微涼的溫度緩緩淡去，佟可玫看著鄭宇鈞轉身回到病床上，不發一語地背對她躺下。明亮病房的光線似乎並沒有映照在他身上，望著那孤寂的背影，佟可玫忍著臉上的疼痛站起身。她深吸口氣，就像回到多年前，看著鄭宇鈞被不良少年們追到空教室時，她鼓起勇氣替他解圍那般。當時的她有那份勇氣，而現在，自然也有陪伴他面對病魔的決心。

背對她躺臥在床上的鄭宇鈞自然沒有感受到佟可玫的心境變化，過了好幾分鐘後沒聽見她離去的腳步聲，反而從浴室傳來水龍頭轉開的水流聲。

他立刻從床上一躍而起，快步走到病房的浴室，看見佟可玫正在清洗剛剛被他扔出去的保溫瓶。他抑制不住怒氣，對佟可玫吼道：「我說的話妳聽不懂嗎？叫妳回去沒聽見嗎？」

佟可玫對著洗臉檯把瓶子裡的水甩乾，轉身平靜地回應：「聽到了。」

「那妳還……」

「腳長在我身上，要去哪應該是我的自由吧？」佟可玫拿著保溫瓶走上前，「飲水機在哪邊？」

見她完全沒把自己的話聽進去，鄭宇鈞氣得大喊：「妳馬上給我出去！」

佟可玫不想跟他吵，逕自繞過他往病房外走去。鄭宇鈞本想確認她是不是打算離開，卻看見她往茶水間走去，又連忙快步跟上。

「佟可玫，妳有完沒完啊！」

對著在裝開水的她怒喊，鄭宇鈞煩躁地來回踱步，「我不需要妳的同情，妳不是還有學長陪著妳嗎？回去好好過妳的生活！」

「我喜歡你。」佟可玫停下動作，忽地開口：「從很久很久以前我就喜歡你，大考後我原本就想跟你告白，你欠我的那三分鐘我現在討回來。」

面對佟可玫突來的告白，鄭宇鈞先是陷入片刻的呆怔，隨即恢復冷漠的態度說道：「醫生說癌細胞已經擴散，最多只剩半年，我們之間是不可能的。」

聽到他這麼說，佟可玫驚訝得差點連保溫瓶都拿不穩，她張大眼望著鄭宇鈞。

只剩半年……她和他才剛重逢而已，鄭宇鈞的生命卻只剩半年？

「……會有辦法的。」沉默良久，佟可玫彷彿用盡全力，忍住哽咽道：「現在醫療這麼發達，我們可以去國外治療，說不定會有奇蹟——」

「來不及了，」鄭宇鈞的話沒有一點溫度，徹底將她打入最寒冷的地底，「就算吃再好的藥，都沒用的。」

伸手拿過她手中的保溫瓶，鄭宇鈞忽視她面如死灰的表情，果決地轉身離開。

走回病房的路上，每邁出一步，他的心就刺痛了一下。他不斷在心底催眠著自己，這樣對佟可玫來說才是最好的，與其讓她浪費時間在他身上，不如狠下心腸。

反正他也沒有多少時間可以傷心了……不如，就讓他帶著所有的遺憾離開。

回到空無一人的病房，鄭宇鈞走到病床邊坐下，沉默地望著窗外。

或許從一開始，就不該讓他們相遇。

沒有開始，就不會失去。

眨眨濕潤的雙眼，鄭宇鈞以為自己的眼淚早在醫生宣判他的時限時就流盡了。沒想到親手推開最在乎的人，才是最令他心痛的事。

病房的門被推開，沉穩的腳步聲自身後傳來，鄭宇鈞連頭都沒回，舉起左手說道：「我右手都是瘀青，今天換打左手行不行？」

以為又會聽到值班護士生氣地說：「那你就不要每次都把點滴拔掉啊！」然後生氣地幫他打上點滴。每次看那一根根粗針頭扎進皮肉裡，起先他還會痛得皺眉抽氣，現在已經習以為常。

母親曾經承受的苦，他現在也深刻體會到了。他低頭看著右手斑駁的青紫，想著已經不會再有這些痕跡了。

因為他，再也沒有溜出醫院的理由了。

片刻的安靜讓他覺得有些古怪，當他轉過身，對上一雙略微紅腫，卻閃爍堅毅光采的雙眼。

鄭宇鈞怔愣地望著佟可玟，眼神中充滿不解、憤怨，還有更多的無可奈何。

正當他準備再度下逐客令時，佟可玟悠悠的語調從她嘴裡傳來：「我只問你一個問題，得到答案之後，我就離開。」

聽到「離開」兩字，鄭宇鈞的心尖冷不防顫慄了一下，他極力壓下心中的痛楚，對她點了點頭。

佟可玟看著他俊秀的眉目，儘管雙眼酸澀得幾乎睜不開來，她仍然用力看著他，似乎要把他的模樣永遠刻在腦海裡。

她深吸口氣，努力用平穩的語氣開口：「既然你已經決定要拒我於千里之外，那當初又何必出現在我面前？」

那天在醫院樓梯間，如果不是鄭宇鈞出來扶住她，如果讓她就這麼把外送的麵通通打翻，如果當初不要再重逢……

如果這些「如果」都沒有成真，他們是不是也就不會變成現在這樣？

兩人對望許久，久到佟可玫以為他不會回答她的問題時，鄭宇鈞卻嘆了一口氣。

「本來我沒打算再跟妳見面，但國中畢業典禮那天我還是忍不住搭了公車回去，站在禮堂外面偷看。」

佟可玫能想像他獨自一人站在學校禮堂的窗邊，看著校長、主任輪流長篇大論，然後各班的畢業生代表上台領獎。

那年她也以全班代表的頭銜上台。

「看你們一個個在禮堂領畢業證書，我也好希望自己坐在裡面。」鄭宇鈞露出嚮往的表情，「然後我還去了空教室、樓梯間、頂樓、圖書館，整個學校空蕩蕩的，那時候我還想著會不會在某個地方遇見妳。」

看面前泣不成聲的佟可玫，鄭宇鈞揚起笑容，「還好沒遇見，不然妳一定會哭得比現在更慘。」

佟可玫壓下哽咽，「抽屜裡的紙玫瑰……」

她沒有忘記那時候在抽屜裡發現的玫瑰，還有那張寫著「珍重再見」的紙條。

「原來妳有發現啊。」鄭宇鈞立刻露出像是說謊孩子被拆穿的困窘表情。

不等佟可玫反應，他繼續說道：「原本我以為那年離開學校，留下那朵玫瑰，就已經算是跟妳『道別』了，但沒想到，後來竟然會在醫院再遇到妳。」

鄭宇鈞說他這麼多年來，第一次再看見佟可玫是他正好要去做療程的時候。

當時護士推著他，在經過護理站時，剛好看到來送拉麵的佟可玫。

一開始他以為自己看錯了，甚至還從輪椅上跳起來，在護士都還沒反應過來的狀況下追著走向電梯間的佟可玫。

但看到在等電梯的她那抹亭亭玉立的身影時，想到自己身上穿著的病人服，鄭宇鈞又突然停下腳步。而佟可玫像是有所感應般突然轉過身來，嚇得鄭宇鈞馬上躲到牆後。

直到佟可玫走進電梯，離開這個樓層後，鄭宇鈞才從牆後走出來，怔愣地看著無人的電梯間，連追著他來的護士罵他時也沒有反應。

之後他折了紙玫瑰送給護士，好不容易才打聽到佟可玫工作的拉麵店外送電話。

有著一張好看的臉的他，常常跑去跟各層樓的護士們撒嬌、說好話，說那間拉麵店有多好吃、湯頭有多鮮甜、味道有多香，讓不少護理站的護士都主動拿起電話叫外送。

聽鄭宇鈞這麼說完，佟可玫這才了解為什麼那陣子會有這麼多醫院的外送了。

「後來妳在樓梯間差點摔跤，我忍不住衝上前去拉妳一把。」鄭宇鈞啞然一笑，「之後我每一天睜眼都告訴自己，不應該再和妳見面，但我還是忍不住……」

就像是趨近玫瑰花的迷蝶，明知道再這麼下去，自己會越來越貪心。

他不斷告誡自己不該再與佟可玫見面，卻還是一再偷溜出醫院，忍著病痛出現在她面前。

佟可玫用力搖了搖頭，明白這麼久以來鄭宇鈞不斷壓抑自己，獨自承受苦痛。這樣的他，格外讓她心疼……

只是當她知道自己是這麼被鄭宇鈞在乎著，佟可玫仍然覺得心尖淌過一絲暖流。

「不過壞事做多了，還是會有報應的。」

鄭宇鈞歛起笑容，就在他和佟可玫、穆羽皓相約與季伊婷見面聚餐的那天，他才剛溜出病房就昏倒在五樓的樓梯間，還好被人即時發現。

當他醒來後，先是看見父親嚴肅的臉，又看向站在一旁欲言又止的主治醫生。

當時的他主動要求聽實情，聽醫生宣告他的病情惡化，癌細胞已經擴散，還有保守估計的最後時間。

醫生和護士走後，他和父親大吵了一架。父親負氣離開後，他望著天花板，睜著乾澀的雙眼，拿出手機猶豫了幾秒後，才按下撥出鍵——

看著前方臉上早已爬滿淚水的女孩，鄭宇鈞再度揚起笑容。

「以後真的不必再見面了。」

他轉頭看向床頭一朵插在空杯子裡的藍色紙玫瑰，彷彿用盡全力穩住自己的聲線般，「反正我早晚都會離開，不如……妳就當我消失了。我不希望自己好不容易整理好、準備接受命運的勇氣，又再被妳影響。」

只要多和她相處一秒，他就會更加貪心。每天總是希望老天爺能夠垂憐他，不要這麼快剝奪他僅剩的時間。

但那次昏倒後也讓他真正體悟到，他終究沒辦法給佟可玫幸福。

與其在她身邊掙扎、痛苦，他寧願親手結束這不可能屬於他的幸福，讓其他男人去守護她。

鄭宇鈞抬起手，不著痕跡地抹去臉上的淚水。他對佟可玫擺擺手，笑道：「可玫，珍重再見。」

佟可玫怔愣地望著他說出那句畢業典禮上未互相道出的話，只覺得自己的全身都好痛，就像一個落地的杯子，心痛得就要碎裂。

她目光落在他床頭上那朵紙玫瑰，深吸口氣後抬手抹去雙頰上的淚水。

「鄭宇鈞，你聽好了。我不管你是不是真的已經準備好面對……」她咬緊下唇，似乎不願意說出那個令人心傷的字眼，「以後我每一天都到醫院來，你要趕我走、對我惡言相向也沒關係，你有你的想法，我也有我的做法，反正我就是打算跟你耗上了！」

錯過了這麼多年，她不願意再眼睜睜看著他離去。她相信一定還有方法，只要能說服他去嘗試。

「妳真是不可理喻。」鄭宇鈞氣得要起身，卻看佟可玫抓著包包轉身往病房外走，「喂、喂，妳去哪？」

佟可玫沒有回應他，沒一下人就消失在病房外。

看著空蕩蕩只有自己一個人的病房，鄭宇鈞深吸一口氣。

空氣裡殘存著她的味道，讓他煩躁地向床頭的紙玫瑰伸出手，打算揉爛它時卻在觸及花瓣前停下。

無力地倒回病床，鄭宇鈞望著在月光下綻放的紙玫瑰低聲輕喃：「我到底，該拿妳怎麼辦？」

❄

呼呼……呼……

佟可玫一路跑回女生宿舍，用力打開寢室的門，把正在看電視的陸瑤嚇了好大一跳。

「怎、怎麼了？」

看她突然拿出放在床底的行李箱，大步走到衣櫃前，把自己常穿的衣服通通放到行李箱裡時，驚得陸瑤從椅子上跳起來，緊張地問道：「妳這是要去跑路啊！欠的錢很多嗎？朋友一場我多少還是可以幫妳的，千萬別衝動啊！」

陸瑤知道佟可玫被媽媽從家裡趕出來後，經濟狀況一直不是很好，學校的住宿費還是東湊西拼才繳出來的，但也不至於糟到要跑路這種地步吧？

見佟可玫不理她，一股腦兒往行李箱塞東西，陸瑤火氣一來衝上前拉住室友的手，惡狠狠地說道：「佟可玫！妳今天不把話講清楚，就準備踩著我的屍體出門吧！」

被強行阻止繼續動作的佟可玫怔怔地看向室友，看她氣呼呼的模樣，疑惑地問道：「妳活得好好的，為什麼我要踩著妳的屍體？」

滿腔怒火被她這麼一問也熄得差不多了，陸瑤一張扭曲的俏臉立刻尷尬僵住。

「妳收拾這些到底要幹嘛啊？」

看她行李箱裡的東西，陸瑤還是不肯放開好友的手，深怕她走出這扇門就不回來了。

「我打算去醫院照顧鄭宇鈞。」佟可玫一臉認真地說。

「鄭宇鈞……」陸瑤努力在腦中回想這耳熟的名字，「是那個妳朝思暮想的初戀男友？」

佟可玫紅著臉抽回手，「我跟鄭宇鈞沒有交往過。」

「哦，不好意思是我記錯了。」陸瑤乾笑兩聲，隨即恢復逼問人的悍婦臉，「說清楚到底發生什麼事？接下來就是期末評鑑了，妳這時候跑去照顧他，那妳的評鑑報告要怎麼辦！」

每個學期只有前三名可以擁有減免學費的資格，每年佟可玫都為了這個拚死拚活、期末評鑑沒日沒夜地趕工，而且系裡的教授也十分看好她。

他們已經大學三年級了，如果好好把握這次的機會，學校或許還會送表現好的學生去義大利留學。她知道佟可玫對留學一直很嚮往，雖然每次嘴上都說沒錢、沒興趣，眼睛卻總是緊盯著那張公告海報。

「難道妳要因為一個初戀男……」在佟可玫的瞪視下，陸瑤馬上改口，「妳要為了一個男人，放棄妳的夢想嗎？」

佟可玫突然停下了動作，望著手裡柔軟的布料，陷入沉思。

她要為了鄭宇鈞，放棄自己的夢想嗎？

第十章

隔天下課鈴一響，佟可玫就急忙奔出教室，連陸瑤都來不及看清楚她的背影，人就已經消失了。

當陸瑤的男友秦枋彥匆匆忙忙跑來教室，看到女友臭著一張臉時，疑惑地問道：「寶貝，妳有沒有看到佟學妹，她提著一大箱行李跑超快，我喊她都沒回頭呢！」

「看到了，那個見色忘友的女人。」陸瑤忿忿地收拾文具，隨後又嘆了口大氣。

「發生什麼事了？」

看女友向來直率的臉色有異，甚至還眼眶泛紅，讓秦枋彥的心都忍不住揪在一塊。

陸瑤看向身旁空著的位置，回想昨天佟可玫和她說的話，抬手抹去眼角淌出的淚水。

「那個傻瓜就只知道逞強，明明只要開口向我們求救，我們一定都會幫忙呀！」

陸瑤越說越激動，從未見女友大哭過的秦枋彥也不禁愣住，沒想到陸瑤和佟可玫的感情比他想像的還要深。

「說不定……她只是不好意思開口。」秦枋彥想來想去，覺得就佟可玫的個性來說，只有這個可能了。

「有什麼好不好意思的！」陸瑤氣得站起身，抓著包包就要往外衝，「不行，我不能眼睜睜看她放棄夢想，我要把可玫拉回來！」

看她一副要去找人理論的氣勢，秦枋彥連忙拉住女友，柔聲安撫道：「她這麼做一定有她的想法，妳這樣強行阻止她，說不定佟可玫只會更聽不進去。」

聞言，陸瑤像是洩了氣的皮球，無奈地嘆了口大氣。

「那該怎麼辦？期末評鑑快到了，到時候就來不及了！」

秦枋彥正要開口哄女友，眼角卻瞥見教室外的一抹人影，趕緊拉了拉女友的衣服。陸瑤不耐煩地抬頭循著男友的目光看去，原本失望的雙眼立刻注入一抹光彩。

❄

不管是下課還是拉麵店下班後，佟可玫都準時到鄭宇鈞的病房報到。

雖然鄭宇鈞始終擺著一副不歡迎她的臭臉，但佟可玫仍然天天出現，連值班護士都對他大誇女朋友的貼心。

「她不是我女友。」

鄭宇鈞的回應讓護士臉上的笑容一僵，量完血壓和體溫後就摸摸鼻子出去了。

看向彷彿不受他冷言冷語影響，在一旁縫製期末評鑑禮服的佟可玫，鄭宇鈞一股怒火湧上心頭，厲聲喝道：「妳鬧夠了沒？要縫衣服就回去縫，不要待在這！」

握著針線的手輕輕一顫，佟可玫沉默地把尚未完成的禮服放回箱裡，起身去幫鄭宇鈞洗杯子。

聽到病床上傳來低聲的悶咳，她立刻放下手上的工作，到病床邊關心地問道：「不舒服嗎？要不要請醫生過來看一下？」

「咳、咳……不用。」鄭宇鈞緩過氣來，蒼白著一張臉，見佟可玫一臉擔憂地看著自己，從她澄淨的瞳仁裡他看見自己憔悴的模樣。

原本的怒氣轉為煩躁，鄭宇鈞使盡全力推開她，卻只把佟可玫推離了兩步。他一邊咳著，臉色慘白得嚇人，他別開頭冷聲道：「看到妳我才不舒服。回去，我不想看到妳！」

看他眼中顯而易見的冷漠，佟可玫心一抽，轉身拿起一旁椅子上的隨身包和裝有期末評鑑禮服的提箱，走向病房門口。

見她真的要離開，鄭宇鈞眼中劃過一絲慌亂，但還是克制住自己的衝動，把目光移向窗外。

「我知道，你非常不想看到我。」佟可玫在病房門前停下腳步，「但這幾天我也想了很多，不管你怎麼趕我、凶我都沒關係，因為我已經下定決心了，無論未來會是如何，我都想陪在你身邊。」

說完她也不等鄭宇鈞回應，臨走前拋下一句「明天見」後就離開病房。

望著緩緩闔上的房門，鄭宇鈞轉頭看向櫃子上的餐盒，那是佟可玫從拉麵店帶過來，少油、少鹽、針對他的身體狀況親手做的便當，他晚上只打開看了一眼，嫌菜色不好就放到一邊去。

伸手拿過餐盒打開來，其實便當看起來很可口，但他卻不願意接受她的好意。

拿起筷子，他迅速把餐盒裡早已冷掉的飯菜通通掃進嘴裡，就算因為化療的關係讓他食不知味，就算因為太久沒一次吃這麼多食物讓他的胃發疼……

當他放下餐盒時，裡面乾淨得連一粒米都不剩。忍住胃裡翻湧的難受感和全身骨頭傳來的痛苦，他拿起擱在一旁的手機，拍下空空的餐盒，發送了訊息。

公車上的佟可玫感覺外套口袋裡傳來震動聲響，她抬手抹去臉頰的淚痕，掏出手機看了一眼。

沒有文字，只有一張吃得空空的餐盒照。

未乾的雙頰再度淌過淚水，在平穩行駛的公車上，傳來輕輕、極力抑制的啜泣聲。

❄

自從那天以後，鄭宇鈞沒再對她口出惡言或是趕她回去。

雖然依舊臭著一張臉，也幾乎不和她對談，佟可玫卻覺得兩人這樣的相處已經讓她非常滿足。

只要鄭宇鈞能健健康康的，就是她現在最大的願望。

定期檢查報告出來的那天，醫生說鄭宇鈞的癌細胞有被抑制住的現象。

站在一旁邊聽到報告的佟可玫忍不住落下淚來，這陣子學校、拉麵店、醫院來回奔波，已經讓她瘦了整整一圈。

醫生拍拍鄭宇鈞的肩，說了句加油後，臨走前不忘轉頭給佟可玫一記微笑，隨後便與護士一起離開。

佟可玫連忙跟到病房門口，不斷向醫生和護士道謝，當她轉身回到病房時，卻對上鄭宇鈞略帶怒意的表情。

「怎、怎麼了嗎？」

原本喜悅的心情因為他的臉色一滯，佟可玫雖然不奢求他會給她什麼好臉色，但病情有控制住是值得開心的事，他的表情怎會如此凝重？

「妳還是回去吧。」過了半晌，鄭宇鈞才沉聲說道。

佟可玫抑住翻湧而上的心痛，忍住眼眶打轉的淚水，哽咽說道：「難道你就真的這麼不想看到我？」

她以為他已經慢慢接受自己了……

佟可玫突然覺得想笑，沒想到她這麼努力，好不容易能待在他身邊了，鄭宇鈞依舊不願敞開心房，拒她於千里之外。

見她那漂亮的臉蛋全皺在一塊，鄭宇鈞明白她是誤會自己的意思了，連忙改口道：「不是！我的意思是、是……」

後面的話他說得很小聲，讓佟可玫露出不解的神情，向前走近兩步，「你剛剛說什麼？」

「……」

看他頭低低的，佟可玫緊張地問道：「宇鈞，你不舒服嗎？」

見她轉身就要去找護士，鄭宇鈞立刻伸手抓住佟可玫的手，語氣著急地說：「我說妳留在這，醫生都看著妳，讓我很火大！」

聞言，佟可玫怔愣地望著他，鄭宇鈞似乎也意識到自己說了什麼，原本蒼白的臉頰染上一層可疑的紅暈。

「你……是在吃醋呀？」佟可玫輕聲地問。

「才沒有，妳哪隻眼睛看到我吃醋！」

看鄭宇鈞惱羞的模樣，佟可玫露出燦爛的笑容，於是故意逗他，「那可能是我眼睛有問題，等一下去找醫生看看好了。」

話說完感覺抓著自己的大手驀然收緊，隨後便聽見鄭宇鈞的怒吼：「不需要！」

佟可玫被他吼得耳朵嗡嗡叫，無奈地揉著耳朵、癟起嘴。這麼凶，還說他沒吃醋？

看穿她眼中的笑意，鄭宇鈞趕緊放開她，別過頭去生悶氣。

見他似乎又不打算理會自己，佟可玫微微一笑，習以為常般柔聲說道：「時間也不早了，我要去拉麵店上班，回來幫你帶點玉子燒好嗎？」

「要去哪裡是妳的自由。」鄭宇鈞冷哼一聲，拿起一旁的手機開始玩遊戲。

佟可玫臉上沒有半點怒意，聽到他的身體好轉，她覺得心頭暖呼呼的，更何況剛剛鄭宇鈞還露出吃醋的模樣。

眼角餘光瞥見佟可玫準備離開病房，看她那雙眼下浮現的深深黑影，鄭宇鈞皺起眉頭，抓起一旁的外套喊了一聲：「喂，接住！」

佟可玫一回頭就被他的黑色外套砸得措手不及。似乎沒料到她會被嚇一跳，鄭宇鈞也愣在床上。

看她手忙腳亂地接住外套，他也忍不住揚起嘴角，「晚上回來穿著，我可不想讓一個病人來照顧我。」

「哦，好、好的。」佟可玫眨眨眼，感覺到手上的柔軟布料，心裡泛起陣陣暖意。

「妳不怕遲到嗎？」看她還佇在原地，鄭宇鈞佯裝生氣地提醒她。

佟可玫瞬間回過神，笑得如春日驕陽，朝鄭宇鈞擺手道別：「那晚點見。」

他只是一如往常別開頭沒有回應，佟可玫收回手轉身離開病房。

當她離開後不久，鄭宇鈞才從病床上翻身而下，走到窗邊看著醫院外往來的人們，不久便看到那熟悉的身影。

低頭看向掛著點滴的手臂，斑駁的瘀青早已褪去，卻仍舊缺少點血色。

這陣子佟可玫為了照顧他，總是趁他睡著後才拿出期末評鑑的禮服開始縫製，每回他悄悄睜眼看著她強打著精神，一針一線在逐漸成形的禮服上起落，內心十分不捨。

趕也趕不走、罵也罵不開，他對佟可玫的毅力只能用更加冷漠的態度回應。但無形之中，又忍不住對她露出無法控制的情感。

試著用力握起雙拳，蒼白的手臂上隱隱浮現幾條青筋。鄭宇鈞抬眼望向佟可玫身影離去的方向，緩緩閉上雙眼，長長地嘆了一口氣。

❄

期末總評鑑的前一個禮拜，佟可玫陷入沒日沒夜的趕工期。

學校、打工、醫院三處來回跑，再加上作品創作遇上瓶頸，讓佟可玫除了瘦一圈，雙眼下的黑影都快比鄭宇鈞的黑色大衣顏色還深了。

她每天幾乎天亮才睡，睡不到三小時又去學校上課。放學一樣去拉麵店打工，下班後再來醫院照顧鄭宇鈞。

看她日漸消瘦、彷彿隨時都會昏過去的臉色，鄭宇鈞對著這個晚上已經第四次扎到手指頭的佟可玫低聲道：「妳再這樣下去，身體會受不了的。」

早有耳聞設計科的學生都非常辛苦，看她為了評鑑努力著，還得分神來照顧他，鄭宇鈞臉色驀地沉了幾分。

在指尖纏上ＯＫ蹦，佟可玫笑著搖搖頭，「沒關係，每學期都這樣，我習慣了。」

「這麼喜歡虐待自己，妳是被虐狂嗎？」

被他突然的冷言冷語激得雙肩輕顫，佟可玫無語地搖了搖頭。

見她不回話，鄭宇鈞繼續用刻薄的語氣說道：「連自己都照顧不了，還想來照顧我？妳還是……」

「我不回去！」

一聽鄭宇鈞又想趕她走，佟可玫猛地站起身來，不過這動作卻讓她頭一暈，險些朝椅子下倒去。鄭宇鈞見狀急忙從病床上翻身想去扶她，可還來不及碰到佟可玫，拉扯到點滴時就讓他動作一頓。

佟可玫好不容易穩住身體，抬頭就看到鄭宇鈞寒著臉看著自己。她看見點滴管線被拉得直直的，鄭宇鈞手背上的針頭已經緩緩滲出血來了。

剛好這時護士推著血壓計和簡單的檢查儀器進來，佟可玫也不等他反應，立刻拋下禮服起身向護士喊道：「不好意思，他的點滴針頭好像有點拉扯了，現在在流血……」

護士聞言走過來看，給了鄭宇鈞一記責怪的眼神，說了一句「怎麼這麼不小心」後便馬上幫他重打。看那尖銳的針頭扎進皮膚裡，佟可玫忍不住皺了下眉頭，卻看鄭宇鈞彷彿沒感覺般，一直用冰冷的眼神注視著她。

點滴打好後，護士幫他做例行性的體溫、血壓測量，臨走前鄭宇鈞突然喊住護士：「方便也幫她量一下體溫嗎？」

看他手指比向自己，佟可玫愣了下，隨後笑著擺擺手，「我？不用了啦，我又沒……」

「護士，麻煩妳了。」鄭宇鈞出言打斷她，轉向護士時臉色無比認真。

看見他眼中的堅持，護士只好拿著耳溫槍上前，示意佟可玫把耳朵湊過來。

聽到耳溫槍發出「嗶」的一聲，隨後便聽見護士驚訝的低呼：「妳在發燒呢！」

聞言，佟可玫眨眨眼，怪不得她覺得頭暈暈的，原來是在發燒。她不安地看向鄭宇鈞，只見他冷漠地別開頭，冷冷地說著：「醫生說我免疫力比一般人差，不適合跟病人相處在同一個空間。」

護士明白地點點頭，轉而向佟可玫說：「小姐不好意思，那可能要先請妳離開了。」

佟可玫被護士強行請出病房，不敢相信鄭宇鈞居然用這種方式趕她走！

提著裝有期末評鑑禮服的箱子，聽見病房內傳來鄭宇鈞刻意壓低的咳嗽聲，明白自己再待下去如果把病傳染給他的確不太好，佟可玫只好摸摸鼻子離開。

隨著期末評鑑時間越來越近，佟可玫的病不但沒有好轉，還有越來越嚴重的傾向。

「可玫姐，妳今天要不要先請假休息呀？」

假日的拉麵店格外忙碌，小張出去外送，店裡的人手不夠，莉莉連上個洗手間也像是在打仗般馬上出來。走進廚房看到臉色蒼白的佟可玫，端著兩碗拉麵的手似乎隱隱發顫著。

「我有吃……咳、咳咳，感冒藥了。」佟可玫戴著口罩，強打起精神端著拉麵走出廚房。

莉莉正想轉頭開口向老闆求情，但看老闆自己也忙得焦頭爛額，便輕嘆口氣，端起出餐口剛煮好的拉麵就要向外走。

匡瑯——

外頭傳來碗盤碎裂聲和客人此起彼落的驚呼聲，莉莉和老闆立刻丟下手邊的工作奔出廚房，看見外頭的場面時兩人心都一驚。

「可玫！」

「可玫姐！」

❄

鄭宇鈞接到消息時，立刻拔掉手上的點滴，不顧護士攔阻急奔向急診室。

當他看見病床上臉色蒼白的女孩，他覺得自己的心剎那間跌到谷底，內心深處似乎有東西正碎裂開來。

「過度勞累加上營養不良，你們要多注意她的生活起居，不要讓她太累了。」

「知道了，非常謝謝醫生。」

熟悉的聲音從身後傳來，鄭宇鈞轉過頭去，剛好對上穆羽皓略為疲憊的雙眸。

通知他佟可玫昏倒在拉麵店的人，就是穆羽皓。

只見他大步朝自己走來，鄭宇鈞臉色難看地對他點點頭，低聲說道：「謝謝你把她送來醫院。」

「送她來的不是我，是拉麵店的老闆。」穆羽皓搖搖頭，看向病床上仍在昏睡的佟可玫，皺眉道：「怎麼才幾天沒見，就憔悴成這樣？」

鄭宇鈞聞言心虛地低下頭，而穆羽皓轉過頭看見他身上穿著和佟可玫一樣的病人服，心裡明白他果真在這裡住院。

穆羽皓彎下身來審視佟可玫的情況，他握住她放在身側、瘦得幾乎只剩皮包骨的手臂，對著熟睡的她低聲說道：「沒事了，好好休息吧。」

見穆羽皓如此親暱的舉動，鄭宇鈞心頭一悶，轉身就往來時的路離開。

可當他走到電梯間時，身後卻傳來穆羽皓的呼喊：「鄭宇鈞，等等！」

鄭宇鈞停下腳步，卻沒有轉過身來面對他。

「我有話跟你說，」穆羽皓輕輕一嘆，「是跟可玫有關的。」

走到醫院中庭的花圃，今天陽光明媚，有不少病患也出來曬曬太陽，還有幾個小孩在草地上追逐、嬉鬧。

穆羽皓看鄭宇鈞雙眼望著花圃間一簇簇繁盛的花朵，那專注帶著懷念的眼神他也曾在佟可玫的眼中看過。

如此相似的兩人，怪不得佟可玫對他總是這麼上心。

「你想說什麼？」

帶著嘶啞的發問聲拉回穆羽皓的心神，他瞥見鄭宇鈞手上乾涸的血跡，那是強行拔出點滴針頭留下的。

「你喜歡可玫吧？」兩人對視良久後，穆羽皓突然問道。

看見鄭宇鈞眼中一閃而逝的光彩，卻看他抿唇不語，穆羽皓也來了火氣，沉聲說道：「既然喜歡她，為什麼還要不斷拒絕她？你知不知道可玫這幾年來，沒有一天是不——」

「我知道，」鄭宇鈞無力的語氣打斷他，「你說的這些，我都知道。」

但他已經沒有時間了，又怎麼能給她幸福、給她承諾？

穆羽皓收起不解的視線，用凝重的嗓音開口：「這次的期末評鑑對可玫非常重要，如果教授們喜歡她的作品，那麼她就有機會去義大利留學。那是她的理想，是你幫她找到的理想。」

說最後一句話時，穆羽皓刻意加重「是你幫她」四個字。

「你現在是想說，要我別再阻撓她追求夢想嗎？」鄭宇鈞露出笑容，故作輕鬆地說：「那麼從今天開始，我不會再和她見面了，你放心，我……」

「鄭宇鈞，你到底是真不懂還是在裝傻！」穆羽皓突然大吼，上前揪住他的衣領，惹來附近的人群指指點點，甚至有看護人員想上前來勸架。

鄭宇鈞茫然地望著眼前發怒的男人，似乎真的不懂穆羽皓忽然動怒的原因。

看他這副模樣，穆羽皓驀地放開他，神情挫敗地說：「你還不懂嗎？可玫只需要你，你是她的夢想，她的夢想藍圖中有你的位置！」

從口袋拿出一張折得方方正正的紙，穆羽皓把它塞進鄭宇鈞掌心，「這是可玫的室友拿給我的，是可玫總評鑑那件禮服的設計圖。」

鄭宇鈞將設計圖攤開來，只是一眼，就帶走他全部的心神。感覺自己全身的疼痛忽然竄過一陣顫慄，拿著設計圖的手隱隱發抖，臉上血色盡褪。

「她為了你已經付出很多很多，這幾年我都看在眼裡，不過你們兩人的事我無權插手。話說到這裡，你若是真的喜歡她，就別再拒她於千里之外，否則下一次，我絕對會從你手裡把她搶回來。」

鄭宇鈞抬頭對上穆羽皓無比認真的雙眼，耳邊聽到他帶著嘆息的嗓音：「如果說你已經沒有什麼好失去的，那為什麼不把握現在擁有的呢？」

這是佟可玫教會他的，人生漫漫最可怕的不是失去什麼，而是你不懂得去把握當下所擁有的。

他伸出手，輕拍鄭宇鈞削瘦的肩膀，「你不是沒資格，而是不給自己機會罷了。」

說完也不等鄭宇鈞回應，留下陷入怔愣的他逕自轉身離開。

四周圍觀的人群見沒事後也各自散去。鄭宇鈞低著頭，目光緊盯設計圖上那一朵朵綻放的玫瑰。

他深吸口氣，將手中的設計圖小心翼翼地折好收進口袋，抬眼瞥一眼花圃裡一株開得豔麗的紅玫瑰，轉身快步往病房的方向走去。

❄

佟可玫醒過來時，看到趴在病床邊睡著的陸瑤，和一旁靠在椅子上彷彿睡得極沉的穆羽皓，眼眶忽地一熱，極力忍住才不讓淚水落下。

她放輕動作想起身，但陸瑤似乎沒有熟睡，揉著眼看見佟可玫醒過來，水汪的大眼立刻布滿水霧。

「可玫，妳終於醒了，妳睡了好幾個小時耶！感覺怎麼樣？要不要喝水、要不要吃東西？……不對，我應該先去找醫生！醫生、護士——」陸瑤像機關槍般吐出一大串話後，就急急忙忙跑出去找醫護人員了。

佟可玫見狀忍不住露出笑容，轉過頭就對上穆羽皓也睜開的雙眼，有些不好意思地說：「抱歉，讓你們擔心了。」

穆羽皓起身伸了個懶腰，走上前溫柔地拍拍她額前的細髮，「知道會讓我們擔心，代表妳還有救。」

聽到他這麼說，佟可玫露出尷尬的笑容。

「我見過鄭宇鈞了。」

穆羽皓的話讓她雙肩猛地一顫，驚愕地看向他。看出穆羽皓眼中的責備，她急於解釋：「我會昏倒和鄭宇鈞沒關係，是我自己沒注意身體，休息太少又吃得少，所以才……」

見她慌張的模樣，穆羽皓輕輕嘆了口氣，「我沒有怪他，也沒有怪妳的意思。只是對他說，如果他再不好好把握妳，我就打算把妳搶過來了。」

佟可玫聞言驚訝的地瞪大眼，「學、學長，你……」

「我說到做到。」穆羽皓收回手，轉身從旁邊的包包裡拿出事先準備好的便服，「等等陸瑤回來妳就走不了了，現在給妳最後一次機會，從我身邊離開。」

聽他溫柔得幾乎要滴出水的嗓音，佟可玫抬手抹去爬滿臉頰的淚水，立刻翻身下床，接過自己的衣服迅速去浴室換上。

當她走出浴室時，看見穆羽皓就站在門口，看著她的目光一如初見那般澄淨真摯。

「那我走了。」拿起包包，隱約可以聽見陸瑤拉著醫生的呼喊從不遠處傳來，她眼中劃過一道急色，「學長，真的謝謝你。」

穆羽皓朝她擺擺手，朝背過身離去的身影輕聲問道：「妳會幸福吧？」

腳步一頓，佟可玫轉過頭，給他燦如盛開玫瑰的笑容，「一定會的。」

❄

腳步停在病房前，看著牆上熟悉的病房數字，佟可玫卻沒有勇氣踏進去。

不知道鄭宇鈞會怎麼看她？

責怪她太不會照顧自己，還是用更加冷漠的態度對待她？

在拉麵店昏倒的事他絕對是知道了。佟可玫垂下眼看了看自己的手臂，上頭還留有打過點滴的痕跡。

或許鄭宇鈞說得沒錯，她根本沒有資格來照顧他。

正當她躊躇著是否要打退堂鼓時，病房內傳來一道低沉的怒喝——

「你究竟知不知道自己在說什麼！」

門外的佟可玫眨了眨眼，對那聲音有些許的印象，卻又想不起來在哪聽過。

「國外有一位癌症權威醫師，我已經請助理和他連絡上，我和醫生說了，明天就讓你轉院。」

「我哪裡都不去。」

鄭宇鈞的聲音從裡頭傳來，堅定而不容拒絕。

「去不去不是你說了算！」

對方說完這句話後便傳來急促的腳步聲，佟可玫還來不及閃避，病房門就在她面前打開，映入眼簾的是一張和鄭宇鈞長相相似的臉孔。

是那年在學校迴廊，曾經匆匆一瞥的男人，鄭宇鈞的父親。

似乎沒料到病房外還站著一個人，男人臉上閃過一絲驚訝，但隨後就斂起情緒，皺著眉頭越過佟可玫離開了。

佟可玫忍不住回頭看了一眼，她來醫院照顧鄭宇鈞這麼多天，還是頭一次看到他父親來。而且這麼看來，他們父子倆的關係似乎真的不是很好。

剛剛鄭爸爸的話浮現在腦海，佟可玫扭頭看向病床上熟悉的身影，立刻走上前，表情著急地說：「為什麼不去？」

如果真的讓鄭宇鈞到國外給那位醫界權威治療，說不定就能夠讓他的病情有所好轉呀！

鄭宇鈞看她身上單薄的衣服和依然蒼白的臉色，忍不住皺起眉，「妳不回去休息，跑過來幹嘛？」

「你先回答我的問題！」佟可玫激動地走上前，來到病床邊，手撐著床看著鄭宇鈞厲聲問道：「為什麼要拒絕你爸？這可是你能活下去的機會啊！」

鄭宇鈞淡然地望著佟可玫，看她因為情緒而上下起伏的胸口，再往下看去，手上還有針頭的痕跡。想起她在急診室的模樣，鄭宇鈞心頭一窒。

那時候佟可玫的臉蒼白得快跟被單融在一起，當下他突然覺得很冷，冷到他忍不住發抖，就算回到病房開了暖氣，把自己裹在棉被裡也無法抑制住那從內心發出的寒意。

那是他不想失去佟可玫的恐懼，遠比面對死亡更加令他害怕。

「因為我已經下定決心了，」鄭宇鈞望進她漆黑的雙瞳，在那澄淨無暇的雙眼裡，他彷彿看見希望的光芒。「我想留在妳身邊。」

「你、你說什麼？」

鄭宇鈞伸出手，將面前的她朝自己的方向一拉。突然被他這麼一拽，佟可玫整個人幾乎是撞進鄭宇鈞懷裡。

還沒來得及抬起頭，就聽見鄭宇鈞的聲音從她的頭頂悠悠傳來：「我不想再離開妳了，我喜歡……可玫，我很愛妳，就算哪天我真的不在了，這份愛也絕對不會消失。」

聽他胸膛傳來的平穩心跳，佟可玫雙肩輕顫，緩緩揚起布滿淚水的臉龐。

他說的是真的嗎？鄭宇鈞親口說他喜歡她、他愛她。

似乎想給她一記定心丸，鄭宇鈞俯下頭，將微涼的雙唇印在佟可玫那溫熱柔軟的唇瓣上。

隔天佟可玫睜開眼時，只見身邊空蕩蕩的被枕。撫過早已沒有溫度的身側，她登時像被嚇到般驚跳而起。

左右張望都不見鄭宇鈞的身影，她趕忙套上外套，連鞋子也沒穿就往病房外奔去。

「護士、護士，鄭宇鈞他、他不見了……」

焦急地來到護理站，佟可玫面色慌張，就怕鄭宇鈞不告而別。

「小姐，妳先不要急，」護士低頭幫她用電腦查詢後說道：「鄭先生並沒有申請出院，人應該還在醫院裡，妳到附近找找看，如果還是沒找到再通知我們，我們會立刻協助妳。」

感激地對護士連聲道謝，佟可玫聽到鄭宇鈞沒有申請出院時忽然鬆了口氣，可同時腦海也浮現鄭爸爸說過的話。

她打算回病房穿上鞋再去找鄭宇鈞，可當她走到病房門口時，剛好碰上推著點滴架、和她剛剛一樣滿臉慌張的鄭宇鈞。

「宇鈞，你回來——」

「妳跑去哪裡了？」

還沒來得及把話說完，佟可玫就被他用力拉進懷裡，鄭宇鈞緊緊抱著自己的手臂還隱約顫抖著。

「我、我醒來沒看到你，所以就跑出來找你了。」被他勒得快喘不過氣，但佟可玫沒吭半聲，嘴角反而露出微微笑意。

過了半晌鄭宇鈞才緩緩放開她，低頭見佟可玫光著腳，皺起眉問：「醫院冷氣這麼強，妳沒穿鞋到處跑，不怕又去急診室報到嗎？」

「我是擔心你才匆忙跑出來的……」佟可玫癟起嘴，轉頭對護理站的護士禮貌地點點頭後，拉著鄭宇鈞走回病房。「你剛去哪了？」

「我……」鄭宇鈞發了個單音，隨後口氣一歛，「出去走走。」

佟可玫挑起一側的眉毛，很明顯不相信他說的話。

被她盯得背脊發毛，鄭宇鈞連忙擺手招供，「我爸擅自跑去跟醫生說我要出院，我只是親自去跟醫生說一聲而已。」

佟可玫聽完點了點頭，可隨後又蹙起雙眉，「宇鈞，這樣真的好嗎？你爸好不容易幫你找到國外的醫生，你如果出國去治療，我會等你的。」

「我知道妳在擔心什麼，我的身體我自己再清楚不過。」鄭宇鈞伸手輕拍她額前的細髮，佟可玫的目光落在他袖上的一處紅點，看起來貌似血跡，她驚呼道：「你受傷了！」

抓過鄭宇鈞的手臂，佟可玫還沒來得及仔細審視，他就迅速把手抽了回去。

「是點滴針頭弄出來的。」鄭宇鈞把手背在身後，似乎不打算再讓她看。

佟可玫擔憂地望著他，看鄭宇鈞蒼白的臉色和眼下的黑影，感到有些不安。

「別瞎操心了，我有樣東西要給妳看看。」

鄭宇鈞說完就拉著她就往病床旁的方向走。

「什麼東西呀？」看他一臉神祕兮兮的樣子，佟可玫也難掩好奇探頭望去。

只見鄭宇鈞從病床下拖出一個熟悉的箱子，在她的注視下打開，拿出了裡面的禮服。

那是一件和她的設計稿幾乎一模一樣的禮服，只是上頭還沒縫上去的布玫瑰都被一朵朵色彩繽紛的紙玫瑰取代，立體的花朵反而更加嬌豔，襯托出整件禮服的華美優雅。

「這件禮服怎麼會……」

明明應該在她宿舍裡的期末評鑑作品，怎麼會出現在醫院呢？

「是我拜託穆羽皓拿過來的。」鄭宇鈞雙手將禮服呈到她面前，「我自作主張做了點修改，希望妳不會介意。」

接過那件幾乎已經稱得上完美的禮服，佟可玫抬手抹去雙頰上的淚珠，就怕它們滴到布料上。抬起頭看向床頭，原本擺放在上面的紙玫瑰花束果然已經不見了。她輕撫過鄭宇鈞親手縫上去的紙玫瑰，儘管做工略為粗糙，卻看得出來縫得十分用心，一針一線都細心地將朵朵玫瑰固定住。

再看鄭宇鈞指頭上顯而易見的小傷口，佟可玫對這並不陌生，當年她剛開始接觸針線時，指尖也總是被扎得都是傷痕。

望著他眼下的黑影，佟可玫哽咽道：「謝謝你……」

「不，是我要謝謝妳。」鄭宇鈞露齒一笑，「能夠遇見妳、認識妳，甚至喜歡上妳，讓我覺得日子沒有白活。」

看她手裡捧著禮服，鄭宇鈞伸出手輕揉她頭頂的秀髮，「當初看妳坐在窗邊一直拔頭髮，真的很怕妳禿頭呢！」

想起過去的壞習慣，佟可玫尷尬地吐了吐舌頭，沒想到鄭宇鈞還記得。

當年他送給她的小碗豆紓壓吊飾，也一直被她珍藏在宿舍書桌的抽屜裡。

「明天就是評鑑日了吧？」鄭宇鈞收回手，板起臉孔說：「妳身體還沒好，趕快回去休息！」

「哎？但我已經傳簡訊跟陸瑤說我不回宿舍了。」雖然之後室友又撥了好幾通電話來，佟可玫全都選擇無視。

鄭宇鈞一臉納悶地看著她，只見佟可玫把禮服放到一旁的椅子上，轉身向他走來。

她牽起他的手，感覺那發涼的手掌也無聲地回握著。

「宇鈞，聽你爸的話，去國外治療吧。」佟可玫把頭輕輕靠在他肩上，「我會等你的。」

許久沒聽見身側的人回應，佟可玫抬起頭，就對上鄭宇鈞帶著憂傷的雙眼。

她捧起鄭宇鈞消瘦的臉頰，心疼地輕聲說道：「就像你喜歡我一樣，我也像你愛我這般愛著你。所以我不希望你再這麼折磨自己了，去試試看也好，就當是……為了我好嗎？」

鄭宇鈞看著眼前淚水爬滿雙頰的女孩，抬手替她抹去淚水，沉默半晌後才開口：「可玫，我可以答應妳，不過妳也要答應我一件事。」

聽到他願意出國治療，佟可玫急忙點頭。

「我不想再看到妳為我流眼淚了，」鄭宇鈞輕柔地將她摟進懷裡，「答應我，以後每一天，妳都要過得比現在還幸福。」

大口呼吸屬於他的味道，佟可玫忍住翻湧而上的情緒，悶聲應道：「我答應你，只要你永遠陪在我身邊，我一定會非常、非常、非常幸福的。」

聽她一連說了三次「非常」，鄭宇鈞忍不住笑了出來，隨後是幾聲輕咳。

「宇鈞，你沒事吧？」深怕他的身體又出狀況，那件禮服上的紙玫瑰他一定是犧牲不少休息時間去縫的，不然臉色怎麼會差成這樣！

「沒事……咳、咳咳！只是有點累了。」

看他咳得臉色發白，佟可玫連忙起身倒了杯水，柔聲叮囑他慢慢喝下。

「咳，時間也不早了，妳明天還要參加評鑑。」鄭宇鈞緩過氣來，將空杯子握在手裡。「不如今天妳就先回去吧？」

佟可玫皺起眉，看他蒼白的臉色，實在有些不放心。

鄭宇鈞給了她一記安撫的眼神後，翻身躺上病床，雙眼一睜一閉、半開玩笑地說道：「嘿，有我折的紙玫瑰還怕過不了關嗎？」

看他沒繼續咳嗽了，佟可玫才勉為其難站起身，神情十分糾結地拿起裝有禮服的提箱，朝著病床上的他輕輕揮手。

「那我就先回去了，你好好休息，要乖乖聽護士的話吃藥，明天評鑑完我就來看你。」

「我就睡在這，哪都不會去的，等妳明天帶好消息回來。」鄭宇鈞說完閉上雙眼，還故意發出打呼的聲音。

佟可玫露出拿他沒轍的笑容，道了句晚安後便離開病房。

「咳！咳咳……」

抬手摀住嘴巴，鄭宇鈞垂眼看著袖子上早已乾成褐色的血跡。放下手，潔淨的袖口再次添上新的血漬。

「咳……咳、咳！……可惡！」

在靜謐的醫院夜晚，傳來陣陣不歇的咳聲，和少年沉悶的低哼。

第十一章

在學校禮堂舉辦的服裝設計科期末評鑑，彷彿就像一場迷你時裝秀，參加的不只有學生、教職人員，時常還會有些服飾品牌公司前來尋找合適的設計人選。

畢竟能在學生時期加以訓練，日後進到公司也比較快上手，而且還能避免優秀的人才落入其他公司手裡。

在展場後台，佟可玫彎身蹲在模特兒身旁，仔細地替她調整禮服上的細節，還有那裙襬上一朵朵盛開的紙玫瑰。

「可玫！」

身後傳來熟悉的呼喚，佟可玫抬頭向後看去，只見季伊婷朝她跑來，身後還跟著穆羽皓。

季伊婷一看見模特兒身上的禮服，忍不住驚呼道：「這禮服超美的，今天最高分一定非妳莫屬！」

佟可玫急忙對好友比出個噤聲的手勢，其餘參加期末評鑑的同學紛紛朝她看來，不少人因為這番話而目光飽含怒意。

「你們怎麼跑來了？」沒有通行證的話，非參與評鑑的人員是不可以到後台來的。

「嘿嘿，靠穆學長帶我過來的。這麼重要的日子，怎麼能不過來幫妳加油呢？」

明白穆羽皓一定是動用不少關係才帶季伊婷來到這，只見他一臉尷尬地對後台工作人員打招呼。佟可玫露出笑容，正要開口道謝時聽見工作人員跑過來大喊：「離開場還有五分鐘！」

聞言，大家都開始手忙腳亂起來，佟可玫連忙上前給好友一個擁抱，「謝謝妳抽空來看我。」

「可玫……」季伊婷緊緊回擁她，「我都聽說了，鄭宇鈞……他還好嗎？」

佟可玫肩膀一僵。留意到她的小動作，穆羽皓也走上前來，輕拍她的背以示安慰。

「他這幾天就要和他爸去國外治療，很快就會好起來的。」

看她眼下的黑眼圈、憔悴的臉色，再看一旁模特兒身上的紙玫瑰禮服，季伊婷輕輕點了點頭。

「不管發生什麼事，別忘了我們都在妳身邊。」季伊婷緊握她的手，「認識這麼多年，如果妳連抱怨都不願意跟我說，那還真的不把我當朋友了！」

佟可玫眨去眼眶湧上的酸澀，「哪會有什麼抱怨……」

「離開場還有三分鐘！」

❄

碰！碰碰——

「恭喜期末評鑑圓滿落幕！」

在拉炮聲響和學弟妹的祝賀下，佟可玫抱著獎杯和同學們開心步出休息室。

遠遠地就看見季伊婷和穆羽皓朝她跑來，她連忙和身旁的同學點頭示意後快步迎上前。

「我還怕找不到你們呢。」佟可玫拉下一條卡在她秀髮上的彩帶，笑著說道。

不過向來熱情的季伊婷居然沒撲過來抱住她道恭喜，反而靜默著不說話，臉色還十分凝重。佟可玫納悶地看向她身後的穆羽皓。

「發生什麼事了?」

穆羽皓指了指季伊婷握在手中的手機，聳了聳肩，「妳的手機在剛剛評鑑大會時響了三次，前兩次因為音響太大聲我們都沒聽到，後來伊婷去廁所，回來的時候臉色就變這樣了，而且說什麼都要馬上過來找妳。」

佟可玫點了點頭，上前握住好友的手，卻發現涼得驚人。

「伊婷，妳還好嗎?身體不舒服的話，我們陪妳去醫院，別硬撐著。」看多年好友像是失了神般，佟可玫擔憂地湊近，卻被季伊婷一把握住雙臂。

感覺手臂傳來的冰涼和力道，佟可玫嚇得雙手一個不穩，獎杯就這麼落在地上，只聽見清脆的聲響和季伊婷慌張的喊話——

「醫院!可玫妳快去醫院!」在佟可玫和穆羽皓錯愕地注視下，季伊婷淚訴道:「鄭宇鈞他……他現在人在急救，好、好像……就快不行了!」

佟可玫登時覺得自己的血液在剎那間停止流動。看著好友爬滿淚水的雙頰，她感覺自己的臉上也傳來陣陣濕潤和熱意。

「不可能……」佟可玫奮力甩開好友的手，朝季伊婷尖聲喊道:「他昨天還好好的啊!我跟他約好，等評鑑結束後就要去看他，怎麼會突然在急救?」

「可玫，我們先去醫院吧。」穆羽皓拉住顯然已經六神無主的她，撿起掉在地上的獎杯塞進季伊婷懷裡，牽著口中還不斷低喃的佟可玫往禮堂外走。

在經過門口時，正好迎面碰上陸瑤和秦枋彥。

「咦，你們這是要去哪？大家等等要往慶功宴的餐廳出發了。」看見穆羽皓身後一臉狼狽的室友，陸瑤張大眼笑道：「可玫，妳這是拿到第一名喜極而泣嗎？等等慶功宴我一定要把妳灌醉，哼哼哼……」

「學妹，我們有點急事，所以不去慶功了。」

穆羽皓低聲說完後，不等陸瑤反應，拉著佟可玫就繼續往外走，後頭的季伊婷則是快步跟上。

看他們頭也不回匆匆離去，陸瑤納悶地皺起眉，「到底有什麼事會比慶功宴還重要啊，真是的……」

「聽說你們科教授要請吃龍蝦大餐，他們吃不到真是可惜了。」秦枋彥在一旁惋惜地嘆道。

陸瑤冷不防給了男友一記白眼，看他們的身影消失在校門外，她越想越覺得不對勁。教授們非常看重佟可玫，以佟可玫的個性也不可能會這樣隨便放教授們鴿子。

如果她沒猜錯，八成又和那什麼鄭宇鈞脫不了干係。

「走，我們一起去看看。」拉著一臉哀苦的秦枋彥，陸瑤快步往校門的方向走。

「但我的龍蝦大餐……」

「第一名都沒來了，你還吃得下嗎？」陸瑤冷眼化作刀刃朝男友劈去，果然讓秦枋彥乖乖閉上嘴。

她要親眼看看到底是什麼事可以讓佟可玫不顧一切拋下慶功宴，這樣一來也好向教授說情。

來到醫院，一行人神色各異地來到手術室外。

遠遠地佟可玫就看到一抹熟悉的身影，她想也不想就立刻掙脫穆羽皓的手朝那人跑了過去。

「婆婆！」

鄭宇鈞的祖母抬起頭，當她看見佟可玫時，眼眶一濕，連忙邁著倉促的步伐迎向她。

「妳、妳是可玫嗎？」

「婆婆……是我，我是可玫！」想不到會在這裡再次遇見婆婆，佟可玫見她駝背比多年前更嚴重了，還有那花白的鬢髮，一路上強忍著在眼眶打轉的淚水，又忍不住落下來。

「宇鈞他、他……」婆婆緊攥著她的衣袖，哭得像是個孩子，「我就他這麼個孫子啊！老天爺帶走我的乖媳婦，為什麼連我的宇鈞都不放過呢？」

循著婆婆的視線，佟可玫望向緊閉的手術室門，感覺自己的心不斷向下沉。

「剛剛醫生拿了什麼放、放棄什麼急救書給我，我不敢簽……我兒子正在趕過來……我不想放棄宇鈞，可玫妳也不願意放棄他，是不是？」

放棄急救書？

佟可玫回握住婆婆發涼的手，儘管她的手也冰涼得像冰川上的寒石。

「不會的，我跟宇鈞還有約定，他一定不會離開我們。」那是他親口承諾她的約定，說會永遠陪在她身邊！

陸瑤和男友趕到醫院時，就看到穆羽皓站在一旁，雙眼望著前方，眼眸裡情緒複雜。

「學長，到底怎麼了？這裡面該不會是……」看前方佟可玫神色緊繃，陸瑤皺起眉頭問道。

「是鄭宇鈞。」穆羽皓語氣平淡，轉身朝身旁的季伊婷說：「學妹，可以麻煩妳去便利商店買點熱食回來嗎？」

手術不知道還要多久，一群人光在這邊站著也不是辦法。佟可玫一整天幾乎什麼東西都沒吃，前些時候還昏倒，穆羽皓深怕她的身體會撐不住。

季伊婷點點頭，把手中的獎盃遞給一旁的陸瑤，輕聲道：「鄭宇鈞是我和可玫的國中同學，對可玫來說……是很重要的人。」

陸瑤點點頭，抬頭看向手術室外焦急的身影，深吸口氣把獎盃塞回季伊婷手裡，說：「我去買就好，這麼多人的份，妳一個人拿不動的。秦枋彥，我們走！」

看他們匆匆離去的背影，季伊婷抬手拭去眼角的淚滴，「我一直以為，可玫對大家都很好，但總是覺得和她有層無形的距離，所以很擔心她會交不到好朋友，看來是我想太多了。」

「對可玫來說，鄭宇鈞是很重要的人。」穆羽皓望著前方正安撫著婆婆，自己臉上卻掩不住慌張的女孩，「對我們來說，她又何嘗不是重要的人……」

季伊婷看著他惆悵的側臉，再往佟可玫和婆婆的方向望去，看好友爬滿淚水的臉龐又強撐倔強的模樣，不禁心頭一澀。

「學長，我可以麻煩你一件事嗎？」

像是下定決心般，季伊婷用無比認真的語氣說道。穆羽皓低頭看向高度只到他肩膀的少女，露出疑惑的神情。

「如果……」

❄

「鄭宇鈞的家屬在嗎？」

當手術室的門打開，一道低沉不掩疲憊的嗓音傳進眾人耳裡。

原本打瞌睡的幾個人連忙從椅凳上躍起，佟可玫連忙扶著婆婆走上前。

「我、我是宇鈞的阿嬤！」婆婆緊張地看著醫生，「我們家宇鈞怎麼樣了？」

佟可玫也緊盯著醫生，攙在婆婆臂上的手也忍不住顫抖。

「不好意思，我們真的盡力了。」

佟可玫扶住幾乎腳軟的婆婆，啞著嗓子開口：「盡力了……是什麼意思？」

醫生向後面的護士使了一個眼色，護士把一張表格拿上來遞給婆婆。

「這是醫療抉擇意願書，現在鄭先生是依靠維生器材在維繫生命，如果……」

「如果怎麼樣？」佟可玫一把搶過婆婆手中的意願書，緊緊地抓在手裡。

彷彿只要她鬆開手中的紙，就會失去她最在乎的人。

像是看多了他們這樣的病患家屬，護士露出無奈的表情解釋：「如果家屬同意，我們將會替鄭先生拔管。」

「不可以！」佟可玫尖聲大叫：「他還沒履行跟我的約定，怎麼可以就這樣走了？鄭宇鈞，你怎麼可以騙我！」

她作勢要衝進手術房，卻被兩名護士擋下，穆羽皓等人也趕緊上前，他扶住激動的佟可玫，輕聲安撫道：「冷靜一點，鄭宇鈞的阿嬤在這裡，妳先聽聽老人家怎麼說。」

佟可玫雙肩一僵，轉過頭看向老淚縱橫的婆婆，壓抑住哽咽，雙手發顫將那張意願書遞出去。

婆婆卻沒有馬上接過意願書，而是轉頭哭著朝醫生和護士說：「你們救救我孫子，他從小到大都很乖，我老了，不然這條命給你們，把我的孫子……把我們家宇鈞還給我……」

婆婆哭著上前拉著醫生的白袍，佟可玫也抑制不住啜泣，眼淚不停地落下來。

「鄭先生的癌細胞已經轉移到頭部，原本能夠撐的時間也剩不多……」醫生難掩失望，那是無法救治一條生命的無奈，「趁這段時間和他道別，讓他好好地離開吧。」

說完後他與護士便轉身離開，耳邊傳來婆婆的哭喊，佟可玫只能怔愣地站在原地。

「可玫、可玫……我們家宇鈞……」

婆婆泣不成聲，抱著佟可玫幾乎快喘不過氣來。

「婆婆、可玫，你們……要不要先去看看他？」季伊婷上前扶住腿軟的婆婆，眼中也是藏不住的哀傷，尤其看到佟可玫失魂的神情，淚水也忍不住落出眼眶。

婆婆一聽突然掙開被攙扶的身體，立刻邁著老邁的步伐往手術室盡頭方向跑去。

本以為佟可玫也會跟上，穆羽皓想將她攙起身，卻被她一手撥開。

「可玫？」

佟可玫抑制不住全身的顫抖，咬緊下唇望著前方逐漸遠去的身影。

「我、我不想失去他……」過了半晌，佟可玫才用盡全力從齒縫間擠出話：「他明明說過，要和我……和我永遠在一起……」

聞言，不只是季伊婷，和男友一塊來的陸瑤也忍不住淌下淚來。

穆羽皓抿了抿唇，上前握住她發抖冰涼的手。

「至少，去和他好好告別。」穆羽皓對上那雙幾乎失去光彩的雙眸，輕嘆道：「你們之間，不該再留下任何遺憾了。」

佟可玫收回目光，看向無人的長廊盡頭，感覺自己的心跳正慢慢加快，但血液卻越來越冰冷。

她每跨出一步，便覺得呼吸沉重一分，彷彿回到國中時走往空教室拿粉筆的那一天，那樣的小心翼翼，那樣的如履薄冰……

驀然回首，卻發現他們誰也回不去了。

當她穿上護士準備的隔離衣，走進觀察室就聽見婆婆的低泣聲。她深吸口氣，感覺雙腳比灌了鉛還重。

良久後，佟可玫邁出她這輩子最沉重的步伐。

❄

嗶、嗶嗶——

睜開眼時觸及的是熟悉的天花板，佟可玫眨了眨酸澀的雙眼，伸手探向不斷叫囂的鬧鐘。

她疲憊地閉上眼，想再多賴床個幾分鐘。

不過下一秒她再度睜開眼，從單人床上跳起來，匆忙地奔進浴室裡梳洗。

她抬眼看了下鏡中臉色蒼白如紙的自己，輕皺了下眉頭，轉身走到櫃子旁拿了她從沒用過的隔離霜和粉底液。

把臉洗淨後，將這些她以前從來不碰的化妝品均勻地塗抹在臉上，再擦上淡淡的唇蜜，才讓她的臉色好看一些。

抬眼看了下牆上的掛鐘，佟可玫表情一僵，趕忙收拾好化妝品回到床邊去換衣服。

當她急急忙忙走出女生宿舍時，還沒走出大門就對上一張熟悉的臉孔——

「學長，你先到了呀！」

穆羽皓望著眼前幾乎可以說是「盛裝打扮」的女孩，眉頭輕輕一皺。

以為他是覺得自己打扮得過頭了，佟可玫難為情地撥了撥頰邊的散髮，「這樣很奇怪嗎？」

穆羽皓聞言眉頭不但沒放鬆，反而皺得更緊。

真的穿得很奇怪嗎？

佟可玫尷尬地露出笑容，轉移目光左顧右盼了一下。

「奇怪，鄭宇鈞還沒到嗎？」她拿出包包裡的手機，看了一下螢幕顯示的時間，「明明約好今天要跟伊婷吃飯的，難不成是睡過頭了？」

「可玫。」

佟可玫撥出電話，給了穆羽皓一記「你等我一下」的安撫眼神。

不過隨著時間一分一秒過去，電話那頭始終無人接聽。

見她發出一聲無奈的嘆息，穆羽皓正要開口，就聽見她小聲地抱怨道：「時間差不多了，鄭宇鈞怎麼還不出現呢？」

穆羽皓看她作勢又要撥了一通電話出去，趕忙出聲說：「不然妳傳個訊息給他，我們先過去等他，這樣好不好？」

說到最後面，穆羽皓的聲音已經溫柔得幾乎可以掐出水來。

佟可玫抬頭看了看他，半晌後才輕輕點了點頭。

發完簡訊後，兩人走到機車旁，佟可玫接過穆羽皓遞來的安全帽乖順地戴上。

「現在我們要去哪？」

聽穆羽皓突然這麼問，佟可玫納悶地望著他，「我們不是跟伊婷約好要一起吃飯，餐廳還是學長你訂的呢，你忘了嗎？」

「……對，是我忘了，不好意思。」穆羽皓垂下眼，眸中閃過一瞬的哀傷。

「叫你不要熬夜趕報告，你看看，現在腦子都不靈光了吧！」佟可玫露出笑容，邊說邊跨坐上機車的後座。

不過當她已經坐穩，過了快一分鐘時，前方的人卻遲遲沒有發動機車。

「學長，再不出發我們要來不及囉！」她揚高聲調，發出貼心的叮嚀。

「可玫，妳可以跟我說今天是星期幾嗎？」

佟可玫蹙起眉頭，想也不想就說：「星期日呀！」

學長今天好怪，難道真的是因為趕報告的關係，哪根神經接錯了？

「不是，今天是星期六。」穆羽皓沒有回頭，但佟可玫可以從後照鏡中看到他緊繃的面容。

「怎麼會？」她驚訝地瞪大眼，「我們跟伊婷約好今天要一起去車站旁邊那間餐廳吃飯，昨天鄭宇鈞還說他要一起去的呀！」

說完後她又忍不住嘀咕：「只是他都不接電話，不知道會不會準時出現……」

「他不會來了。」

穆羽皓慢慢回過頭，在他漆黑的雙瞳中，佟可玫看到自己的影子，和那不論抹多少化妝品也遮掩不去的蒼白臉色。

「可玫，今天不是星期日，也不是跟季伊婷約好要吃飯的日子。」

看他無比認真，卻又帶著濃厚悲傷的眼神，佟可玫覺得雙耳傳來嗡嗡的聲響，幾乎要把穆羽皓的話蓋過去。

「你在說什麼？我聽不懂……」

見她露出痛苦的神情，穆羽皓打斷她，一字一句說得清晰：「今天是星期六，妳不管打再多通電話、傳再多訊息，鄭宇鈞都不會回應的。」

佟可玫怔怔地望著他，每當穆羽皓說完一個字，她全身就忍不住打顫。那是打從心底的恐懼，令她四肢發寒。

「——今天，是鄭宇鈞的告別式。」

❄

如果可以，佟可玫希望能回到國中的時候。

如果她能再叛逆一點、再無畏一些，在鄭宇鈞轉身離開的時候，拉住他，告訴他一定還有其他的方法可以留下來……

是不是，就不會是今天這樣的結局了？

鄭宇鈞的告別式參加的人不多，多半都是鄭家的親戚，靈堂簡約樸素，應婆婆的要求，所見之處都有白色的玫瑰。

「宇鈞他……現在一定在天上看著我們。」婆婆雙眼泛紅，語氣是掩不住的疲憊與哽咽，她看向呆站在照片前的女孩，輕輕嘆了口氣。

「可玫，」婆婆走上前握住佟可玫的手，感覺到她猛地一顫。「妳還記不記得，妳承諾過婆婆和宇鈞什麼嗎？」

佟可玫緩緩轉過頭，對上婆婆擔憂的注視，雙眼彷彿沒了焦距。

印象中回到手術後觀察室的那晚，她穿著隔離衣走進去，看到哭得幾乎快昏厥的婆婆，還有躺在病床身上插滿各種儀器線，一動也不動的鄭宇鈞。

她已經忘記自己是怎麼走到他身邊，佟可玫輕輕俯下身，有縷細柔的長髮垂落在他蒼白的頰上。

「宇鈞，我拿到期末評鑑第一名，你說過等我回來一起去慶祝的，別貪睡了，快醒醒。」除了儀器發出的聲響，和婆婆的啜泣聲，佟可玫望著他輕闔的雙眼，彷彿下一秒就會睜開。

「你不是說……要永遠陪在我身邊嗎？」佟可玫盡力抑住哽咽，淚水卻背叛眼眶，滑落在潔白的被單上。

「為什麼……」佟可玫緊攥著他發涼的手，試圖溫暖他的手。「宇鈞，你睜開眼告訴我啊！我們都還這麼年輕，有這麼多事還沒做，你不是說你想當氣象主播嗎？現在開始努力一定可以實現的！你怎麼可以……怎麼可以就這樣放棄了？」

「可玫，宇鈞他……很努力了。」婆婆的聲音從身旁傳來，「妳知道嗎？從他知道自己得了癌症，就一直認真接受治療，希望自己能夠痊癒。連治療的這段時間也不斷在學習氣象的知識，但醫生……卻說他只剩不到半年。」

婆婆摀著臉痛哭道：「天公伯啊！為什麼要這樣對待我們家宇鈞，他這麼乖……為什麼要把我愛的人一個個都帶走！」

婆婆聲嘶力竭的哭聲傳進佟可玫耳裡，她抬眼望向年事已高的婆婆。媳婦、孫子相繼離開，婆婆一定比她更難受啊！

佟可玫放開握著鄭宇鈞的手，上前來擁住婆婆，「我會陪您，可玫願意陪婆婆……」

「可玫、可玫，我們家宇鈞……」婆婆泣不成聲，抱著佟可玫嗚咽哭喊。

「宇鈞他一定捨不得看妳這麼難過，所以……」佟可玫抬手替婆婆擦去臉上的淚水，「我會陪著婆婆，讓他可以安心地離開。」

婆婆感受到可玫忍不住顫抖的雙肩，和雙眸裡掩蓋不住的心痛，婆婆看向病床上的孫子，輕輕走上前，握住鄭宇鈞的手。

「阿嬤知道你受了很多很多苦，每次怕阿嬤擔心就什麼都不說，但這次阿嬤捨不得看你再這麼難過了。」看那一根根連接身軀的儀器線，婆婆執起鄭宇鈞的手，轉身握住佟可玫同樣冰涼的手，將他們兩人的手緊握在一起。

「宇鈞，可玫，你們都是我最愛的孩子。」

佟可玫淚水爬滿臉頰，望著婆婆凜然的表情，她忍著心痛走上前，湊到鄭宇鈞耳邊輕聲說道：「宇鈞，珍重再見。」

那句當年無法親口對他說的話，在她說出來的那瞬間，忽然眼前一陣天旋地轉，然後便是無止盡的黑暗——

❄

理念上說服了自己，但心理上還是無法接受鄭宇鈞離她而去的事實。

佟可玫在告別式還沒結束時就慌張地離開，一直到聽不見法事的聲音才停下腳步。

她獨自一人蹲在馬路邊，將臉埋在雙膝間，只要腦裡浮現鄭宇鈞這三個字、他的臉、他說過的話，都讓她難受得心都要碎開來。

如果她也能像宇鈞那樣，離開得如此灑脫……那該有多好？

「佟可玫。」

頭頂傳來一道低沉的呼喚，佟可玫抬起茫然的目光望去，對上一張和鄭宇鈞十分相似的面容。

這人她認得……是鄭宇鈞的父親。

看她似乎也是從告別式會場匆忙跑出來的樣子，手中還抱著一個紙箱，額間淌下數顆豆大的汗滴。

「這個，給妳。」

見她還蹲在地上不打算起來的樣子，鄭伯伯也彎下身軀，把手中的紙箱放到她面前。

「這……」

「是宇鈞寫的日記。」鄭伯伯打開紙箱，佟可玫果然看到有好幾本日記在裡面，最上面的那層還有一朵白色的紙玫瑰。

「為什麼……要給我？」

這是鄭宇鈞的遺物，理當由他的家人來保管，或是交給婆婆也可以呀！

「這是我媽的意思。」鄭伯伯眼下有兩道深深的黑影，眼中更是有著掩藏不住的難過與疲憊，「我媽說過……佟可玫是我們家宇鈞的夢想。」

聞言佟可玫像是失了神，怔愣地望著鄭伯伯。

「我是個不及格的父親。」對上她驚愕的雙眸，鄭伯伯輕嘆，「但我何嘗不是為了他好。」

佟可玫想起穆羽皓似乎曾和她說過，鄭伯伯趕到醫院時，並沒有來得及與鄭宇鈞道別。

那時她昏倒在觀察室，穆羽皓說他看見鄭伯伯獨自站在急診大樓門口，淚水爬滿雙頰。

見佟可玫低垂著頭沒理會自己，鄭伯伯站起身，往告別式會場的方向離去。

「請等一下！」

佟可玫迅速站起身，因為蹲在地上太久，還讓她頭暈了幾秒。看到鄭伯伯停在她前方幾步遠的地方，那道與從前相似，卻經歷過歲月滄桑的背影，佟可玫連忙伸手從紙箱裡撈出那朵紙玫瑰，快步走上前。

「鄭伯伯，這個……送您。」

看那遞到自己胸前的白色紙玫瑰，鄭伯伯卻只是望著它出神。

想當年他的妻子，也是如此地深愛玫瑰。在他為事業打拚的時候，每個夜晚拖著疲憊的身子回到家，打開門就會看見妻子靜靜地坐在桌前，靈巧的雙手摺出一朵又一朵五顏六色、嬌豔的玫瑰。

當時他問她，為什麼這麼喜歡紙玫瑰？真的玫瑰不是更加美麗嗎？

妻子只是笑了笑，說紙玫瑰不會凋謝，會永遠盛開在最美好的時刻。

那時的他，怎麼就不曾多看這些紙玫瑰幾眼……怎麼就不多陪伴她幾刻呢？

看見他眼底悲傷的情感，佟可玫同樣壓抑下翻湧而上的情緒，「好好保重身體，宇鈞他……一定是很愛您的，就像您也用自己的方式，愛著他和他的母親一樣。」

接過那朵紙玫瑰，鄭伯伯的手忍不住地顫抖，他的雙眼流下兩行淚水，輕聲向佟可玫道謝後轉身離開。

目送鄭伯伯走遠，佟可玫感覺自己的頰上一陣濕潤，正要抬手抹去時，一隻溫暖且溫柔的大手已經先一步替她拭去。

抬眼對上眼前擔憂的目光，佟可玫想扯出笑容，但嘴角就像被灌了水泥般，使盡全力，仍勾不起一絲弧度。

咬緊下唇，儘管淚水已經叛離眼眶，佟可玫仍抑制住不讓自己哭出聲來。

穆羽皓站在佟可玫面前，看著她彷彿用盡全力般，倔強著不讓淚水落下。

他輕柔地拍拍她額前的細髮，「可玫，想哭就哭出來沒關係。」

佟可玫眨眨眼，覺得他這話就像是個開關，此刻雙眼像壞了的水龍頭，淚水不斷宣洩而下，「學長……」

她靠在穆羽皓寬闊的肩上，哭得聲嘶力竭。感覺濕意透過衣服燙上皮膚。穆羽皓輕拍她的肩，任由佟可玫盡情發洩。

「好好哭一場吧。」語氣中飽含濃濃的憐惜，「我會一直在這裡，相信我……我哪都不會去的。」

❄

一年後，機場。

「奇怪，不是說要搭中午的飛機嗎？到底跑到哪去了？」

陸瑤拉著男友在大廳左顧右盼，就是不見那抹熟悉的身影。

連同來送機的季伊婷也露出擔憂的表情，雖然很不捨多年好友要出國進修，不過這是佟可玫的決定，身為好知己、好姊妹，季伊婷再不捨也是支持她的。

畢竟在鄭宇鈞過世後，佟可玫消極了好一段時間，前些日子又得知鄭宇鈞的阿嬤也過世的消息，她真的很怕佟可玫會想不開，每天都打電話關心好友，叮囑穆羽皓一定要照顧好佟可玫。

前天聽聞她突然決定去米蘭進修時，季伊婷是憂喜參半，喜的是好友離開這片傷心地去散心或許是好事，憂的是怕她還是走不出心結。

看陸瑤和男友焦急地在機場大廳找尋佟可玫，電話打了也沒人接，三個人就像熱鍋上的螞蟻，緊張地來回踱步。

就在這時，季伊婷的手機突然響起，陸瑤和秦枋彥立刻湊上前，看到那來電顯示後彷彿抓住救命的稻草般，雙眼發亮——

「喂，我們在機場，飛機就快起飛了，你們跑哪去了？」季伊婷說話的同時抬眼左看右盼，身旁的兩人也依樣畫葫蘆地照做。

「……」

「河、河堤？」聽到季伊婷的驚叫，陸瑤和秦枋彥同時皺起眉頭，納悶地望著她。

「……」

聽對方說完一大串話，季伊婷低聲回應了幾句後才掛上電話。

「什麼河堤？飛機就要起飛了啊！他們人呢？」看她收起手機，陸瑤立刻關心地問道。

「可玟改了機票時間，學長打電話來說現在和她在一起，要我們不用擔心。」

見季伊婷笑盈盈的，陸瑤反倒是困惑地皺起眉，「怎麼突然改時間了？」

季伊婷透過大廳的落地玻璃窗，望向外頭的蔚藍天空，低聲喃道：「她說，她得去跟一個很重要的人道別。」

陸瑤循著她的目光望去，似乎了解她話中的含意，良久後輕輕地點頭。

終章

看著剛下過雨，黃流滾滾的溪水，配合都市更新早已翻修的橋墩看不見以往斑駁的模樣。

但當年的回憶仍然深植在腦海中，揮之不去。

當初鄭宇鈞就是在這裡瀕臨死亡，也是她第一次如此害怕失去一個人。

佟可玫雙眼專注地望著橋墩的方向，彷彿只要她一伸出手，就能握住那隻冰涼的大手。

距離他離開她的日子，即將滿一年了。

「飛機改成晚上九點的事，我已經打電話跟伊婷說了。」

身後傳來熟悉的低沉嗓音，佟可玫沒有回頭，只是輕輕點頭表示知道了，雙眼仍望著前方的溪流出神。

穆羽皓不再出聲打擾她，而是靜靜地佇在她的身後，一如往常陪伴著她。

大學畢業後他已經出社會工作，而佟可玫因為鄭宇鈞的關係消極了半年，與家人和教授討論的結果是休學一學期，今年暑假準備前往義大利的米蘭進修服裝設計。

為了讓佟家人點頭，尤其是佟媽媽，穆羽皓自告奮勇陪著她回家去和家人把話說開。

這是可玫的未來，儘管佟媽媽依然不太認同她的選擇，但看見女兒消瘦蒼白的模樣，他們臨走前，始終冷著張臉的佟媽媽塞了一盒雞精給佟可玫。

「拿去喝，喝完了打電話回來說，運費妳爸出，省得病倒在國外，到時就別哭著回來！」說完也不等女兒反應就甩上大門。

那天站在家門外，佟可玫抱著那盒雞精在巷子口默默垂淚。穆羽皓安撫地輕拍她的肩，能夠體會這麼多年來終於被家人稍微認可，對佟可玫來說是多麼值得高興的事。

不過就在她打算與鄭宇鈞的祖母分享出國進修的喜訊時，卻從鄭宇鈞的父親那得知婆婆在睡夢中過世的消息。

「學長，婆婆的遺物裡有一個盒子是給我的。」站在前方一直不說話的佟可玫突然開口，「裡面有一封信，一些芭樂乾，還有三朵紙玫瑰。」

穆羽皓見她側過身，手上握著三朵紙玫瑰，紅色、黃色和藍色。

「婆婆在信裡面說，她年紀大了，不知道什麼時候會走，所以她早就寫好了這封信……叫我別因為她的離開太過傷心。這三朵玫瑰，是她寄予我的未來，最大的祝福。

「藍色的玫瑰，祝福我未來事業順利；黃色的玫瑰，祝福我未來健康平安；紅色的玫瑰，祝福未來……能遇見我的幸福。」

將三朵玫瑰捧在胸口，佟可玫眨了眨酸澀的雙眼，回眸對上穆羽皓澄淨的目光。

「婆婆說，如果她去了另外一個世界，她會替我跟宇鈞問好。」佟可玫收回視線，再次看向橋墩的方向，「學長，你覺得……婆婆跟宇鈞，相見了嗎？」

佟可玫握緊手中的玫瑰，壓抑翻湧而上的悲傷。

「一定見到了。」穆羽皓走上前，與她並肩而立，望著黃泥流水，和那快被淹沒的橋墩。

「他們把祝福都給了妳，可玫，妳一定會幸福的。」

佟可玫抬手抹去頰上的淚水，深吸了口氣。

再次回到這裡，她不是要捨棄過往，而是要和過去的自己道別，因為他們全是她人生中最珍貴的回憶……

「宇鈞，我喜歡你！」

彷彿用盡全力般，佟可玫忽然扯開嗓子對著前方大喊：「我真的真的很喜歡你！」

這份感情已經無法傳達給她最在乎的他，只好隨著滾滾河水，替她帶給另一個遠方的他。

深呼吸了兩、三次，她繼續喊道：「我要向前走了！我不會忘記你，鄭宇鈞……我不會忘記你、不會忘記婆婆，更不會忘記我們的約定！永遠、永遠都不會忘記——」

佟可玫一口氣喊完一串話，大口大口地呼吸著空氣。

身旁的穆羽皓只是望著她，目光深邃，當一抹憐惜劃過他的雙瞳時，佟可玫突然轉過頭看向他，看得他有些不知所措。

「學長，這段時間……真的很感謝你，一直陪在我身邊。」

聽她突然這麼說，穆羽皓不好意思地搔搔頭上的短髮，「別這麼見外，妳是我學妹，照顧妳是應該的。」

突然一朵紅花遞到他面前，穆羽皓訝然地望著眼前的紅色紙玫瑰，看著佟可玫嚴肅的表情，他心忽地一揪。

「你對我的好，我銘記在心。學長，這朵紅玫瑰交給你，如果我回來的時候，你還沒有對象的話……」

像是深怕下一秒紅玫瑰就會不見般，穆羽皓立刻伸手拿過那朵紅色紙玫瑰，臉色無比認真地說：「我等妳回來。」

佟可玫怔愣了下，「可是我不知道會去多久，學長身邊也有很多好女孩，其實不用……」

「我只喜歡妳。」穆羽皓握著紙玫瑰的手輕輕發顫，透露出他的緊張。

「可玫，妳就放心的去留學，做妳自己想做的事、追逐妳的夢想。等妳累了、倦了，請妳記得……」

他上前一步，將佟可玫擁入懷中，「我在這裡，永遠等妳。」

良久後佟可玫伸手輕輕回抱他，輕聲應道：「那我把我的幸福，先寄放在你這了。」

兩人輕輕分開後，手彼此交握著，那朵紅色紙玫瑰在他們手裡，彷彿盛開般嬌豔。

佟可玫望向漸漸放晴的天空，輕呼出一口氣。

當晚在好友們的熱淚相送下，佟可玫搭上前往米蘭的班機，在昏暗的機艙裡，她拿出一本封面印有玫瑰花的藍綠色日記本。

藉由機位上的小燈，她輕輕翻開，前幾頁是熟悉的字跡，讓她目光不禁柔和起來，直到翻到有筆跡的最末一頁才停下。

我希望，可玫能得到屬於她的幸福。

撫過那早已乾透的字跡，佟可玫嘴角輕揚，拿出隨身攜帶的筆在那句話下方，輕輕寫下另一句話——

有你和婆婆的祝福，我會努力讓自己幸福的。

或許爾後當她每每想起鄭宇鈞，哪怕是一句話、一個相似的畫面，都會令她紅了眼眶、心痛不已。

但不要緊，因為那是鄭宇鈞和她所愛的人送給她的，這一切的一切都會讓她更堅強，更有勇氣去追逐夢想。

因為他們早已約定好了，未來要永遠幸福。

番外一 日記

九月二十四日

今天大概是我運氣最背的一天！

自從轉學到誠中，被那個什麼校花吳曉曉看上眼，就是一連串沒完沒了的噩夢！那個姓楚的好像是學校裡的小霸王，大家都聽他的，先是對我吆喝，今天還準備對我動手，好險下課鐘一響我就跑去廁所躲起來。

好想回去以前的學校，希望媽媽的病可以快點好起來。

九月三十日

我到底得罪誰了呢？為什麼拒絕吳曉曉的告白之後，楚建衡反而在下午的課堂上衝進教室揍我，雖然最後被老師和教官制止了，但我右臉被他打腫了。班長很好心地陪我去保健室擦藥，但當我們回到教室時，我的課桌椅不見了，東西也散落一地……

我的體育服被扔到教室後面的垃圾桶，我的桌椅被搬到外面的花圃，在大家的注目下我走出教室，到花圃搬回我的桌椅。我忍不住抬頭看天空，雲很多遮住了陽光，就跟我現在的心情一樣。突然我看到二樓的窗邊有一個頭髮很長很長的女生，那一瞬間我以為自己見鬼了！

後來我才想起來，這個女生不就是我轉學來第一天碰上的「貞子小姐」嗎？

那時候她撿到我的轉學資料，遞給我的時候還說：「同學，歡迎你來到誠中！」

她似乎沒有認出我，發現我在看她後馬上就別開頭。當時我心裡有點發涼，難道當初的善意都是假的？這間學校的人好糟糕，真的好想離開……

十月二日

今天走進教室感覺大家對我的眼神比以往冷漠很多，就連以前會和我打招呼的班長也故意避開視線。

第一堂下課時，沒意外的，楚建衡又帶人來找我麻煩，被他們追到操場又追到花圃，上課鐘響的時候我身上都是泥巴，手肘跟膝蓋也擦傷了。這次我沒去保健室，而是走到男廁把血跡洗乾淨。

走出來的時候剛好看到之前頭髮很長的那個女生，我終於知道她是誰了——佟可玫，曾經在醫院幫過阿嬤，這兩個月都被阿嬤掛在嘴上唸著的女孩。

我在布告欄上看過好幾次她的名字，是二樓加強班的學生，她跟我就像天上雲朵與地上泥巴的差別。

看她用很慢、很慢的腳步往老師辦公室走去，但現在是上課時間，我很好奇她為什麼還不進教室？

看她慢悠悠地我也放慢腳步跟在她後面，後來我在走廊旁邊看她從辦公室拿了一組教師用的麥克風出來，繼續用剛剛慢吞吞的速度，小心翼翼地走回教室，好像每一步都是仔細測量過那樣。我覺得這女生真的滿有趣的。

十月十四日

當空教室的門被拉開，我拿掃帚柄用力揮過去，卻聽到一聲女生的慘呼。

一看是佟可玫，我原本苦悶的心情瞬間一掃而空。看她痛苦地摀著臉，我忍住興奮的心情彎下身查看她的傷勢，不過當她抬頭看見我時，臉上那又驚又懼的表情，讓我一下子不知道該怎麼辦才好。

我突然想起來自己身上都是傷，褲子還被楚建衡的小弟扒了，只穿了一條內褲出現在她面前，怪不得她會嚇傻了。

聽見外面走廊傳來吆喝聲，不如將錯就錯把她拉進教室裡。她害怕地想掙脫我，但我用力抓著她的手腕，用自認很凶的語氣跟她說：「妳最好不要叫喔，我不想打女人。」

見她果真安靜下來，我們躲在打掃用具櫃旁邊，隨著楚建衡他們那群人的聲音越來越近，我感覺自己的心跳也越來越快。

「欸，如果我把他們引走，你可以放我走嗎？」

耳邊傳來她怯弱的聲音，我抬眼看去，只見她的長髮遮住她半張臉，在這空教室裡還真的有幾分像鬼。

我沒有考慮太久就放開她的手，不忘對她警告：「引開他們，不然我回頭就先揍妳。」

說完我就鑽進旁邊的櫃子裡，人才剛躲好就聽到空教室的門就被人粗暴地踹開。

我很意外佟可玫會願意對我伸出援手，她那句「我只是做我應該做的」讓我覺得一點也不陌生，因為她也對阿嬤說過同樣的話。

真的是一個很妙的女生，不知道她所謂應該做的和不應該做的定義到底是什麼？

所以我在心裡作了一個決定，而這個決定必須明天施行！

十月十五日

當她走進教室看見我時，臉上那驚愕的表情或許我一輩子都不會忘記。

在我說出她拔頭髮的壞習慣時，她的臉紅得像是煮熟的紅蝦。沒錯，我決定跟佟可玫扯上關係，既然她對我伸出援手，就算她不願意、討厭我，我都想接近她。

跟她約好第二節下課要去找她（雖然只是我單方面約她啦），但因為楚建衡他們又跑來教室外堵我，結果花了一些工夫才把他們甩開。好不容易跑到佟可玫的教室門口，剛好碰上走出教室的她，我想也不想就拉著她跑，雖然她一直想掙脫，但最後還是跟著我一路跑到頂樓。

看她跑得超喘，原本蓋住臉的長髮亂糟糟的，但也露出她紅撲撲的臉蛋，那瞬間我幾乎移不開眼。我真希望她每天都把臉露出來，這麼漂亮的臉蛋被這樣蓋著太可惜了！

之後她居然問我為什麼不轉學，看她這麼關心我，讓我忍不住想捉弄她一番。不過當我問她有沒有夢想的時候，她竟然露出了難過的表情。

說到自己的夢想時，不是會讓人閃閃發亮？為什麼佟可玫提到夢想時臉色會這麼差，難道……她沒有夢想嗎？

好不容易說服可玫幫我補習，我高興地回到教室，連要上我最討厭的歷史課，都突然覺得今天的歷史老師看起來比平常和藹可親多了！

下午時我從男生廁所出來，可玫忽然出現擋在我面前，看見她把長髮紮成馬尾，露出那張清秀的臉蛋，果真很好看。

不過下一刻她就叫我放學後別去圖書館，我以為她要放我鴿子不幫我補習了，正想問清楚時她卻好像看到洪水猛獸，一溜煙就跑了。

我回頭看了看，只看到一個楚建衡身邊的小弟，我連忙躲到柱子後面，等上課鐘快響了才走回教室。

佟可玫那張發白的臉色一直在我腦海裡揮之不去，台上老師說了什麼我一句也沒聽進去，當我聽到放學鐘聲響起時，想也不想就抓起書包從座位起身。

有了之前的經驗，我走出教室的門後看見楚建衡等人的身影從二樓走過，我當機立斷就往教職員室的方向走，雖然有些繞路，但走這條路絕對不會碰上楚建衡他們的。

正當我苦惱著要怎麼繞去可玫的教室時，突然看見一抹熟悉的身影，我便走上前去——

「妳是可玫的同學吧？我看過妳跟她走在一起。」

和季伊婷一起出現在可玫面前時，她臉上驚愕的表情讓我沒來由地感到煩悶，尤其在看見她手中纏繞的髮絲，更是一股怒火湧上心房。

我努力克制脾氣，裝出無辜的模樣對她說：「妳答應要幫我補習的啊！」

沒想到她卻比我更激動，在我和季伊婷一搭一唱時突然朝我大吼，要我立刻離開學校。

望著她脹紅的雙頰時，我看見可玫眼中一閃而逝的憂光，便沉聲對她說：「好，我會回去。」

不等她反應，我走上前去，她的表情立刻從驚訝轉成惱怒，「你不是要回去嗎？」

「妳不用這麼急著趕人，我等等就走，不過在回家之前……」我抓起她的手，發現她的手好小，軟軟的，暖暖的。

當纏著黑髮的手指舉在我們之間，我看見她茫然的眼神後，果斷幫她綁了個馬尾。滿意地看著自己的傑作，哼，看這樣妳要怎麼拔！

靠近可玫的時候，她身上有股淡淡的香味，和離吳曉曉好幾公尺遠就可以聞到的臭香水味根本是天差地遠。

當我轉身要離開時，可玫突然叫住我，說明天一定會幫我補習，我鬱悶的心情才稍稍轉晴。

「妳真的很關心我耶！」看她這麼關心我的樣子，讓我忍不住想多逗逗她。

「少、少囉嗦，你快回家啦！」

告別她們後，我離開學校，一如往常到醫院看媽媽。

「宇鈞，今天在學校有發生什麼好事情嗎？」

媽媽的臉色一天比一天蒼白，在我幫她削蘋果時她突然這麼問道。

「沒有啊，就跟平常一樣。」我把一片蘋果湊到媽媽嘴邊，笑著看她咬下一口。

「但感覺你心情很好，很久沒看你笑得這麼開心了。」媽媽吞下蘋果後露出淡淡的笑容，低頭繼續折紙玫瑰。

我忍不住側過頭，看見病房的窗戶倒映出我的模樣，還有嘴角怎麼樣也掩飾不住的笑意。

開心嗎？

或許這是我轉學到這裡來之後，真正愉快的一天吧！

十月二十一日

這次段考進步很多，多虧可玫這段時間幫我惡補歷史和地理。

今天我把第二節課考的數學模擬試題卷拿去給佟可玫看，三十題的考卷我一題也沒錯。自從小學二年級後我就沒拿過一百分了，連數學老師都誇獎我進步很多。

但沒想到可玫看見考卷後不僅沒替我開心，整個人反倒像是吃錯藥似的，我突然想起之前季伊婷口中提過的「毒瘤」。

原來在可玫眼中……我也是毒瘤嗎？

和可玫吵架後我就不想回教室了，認真上課有什麼用？反正在她眼裡我就是個不成材的人！

我跑到頂樓看雲，今天的雲很厚，感覺晚上會下雨。

就當我昏昏沉沉快睡著時，樓梯的方向隱約傳來腳步聲，不過我不擔心，有水塔擋著，就算有人過來也不會發現我的！

「鄭宇鈞！」

突如其來的大喊讓我嚇得跳起來，我茫然地看著忽然出現的佟可玫。只見她似乎很生氣，雙頰都鼓鼓的，好像塞了食物的倉鼠，看起來有點可愛。

「我還以為是教官，原來是妳呀！」

「你還會怕教官啊？」她重重嘆了口氣，讓我的心也冷不防揪了一下。「為什麼不去上課？」

心想她一定又對我失望了，不想回答她的問話，我轉身又躺回水塔邊。

忽然耳朵一陣痛，可玫捏得用力，我也叫得淒厲。

正當我要開口罵她粗魯時，卻對上她憂傷的目光。那一刻我只有一個想法——不希望從她眼裡，再看見一絲對我失望的情緒了。

「對不起……你考高分我應該替你高興的，結果剛剛卻對你說了那些話。」

「比起你我一點都不優秀，我只知道讀書，但你有你的夢想，知道自己要做什麼，還有……你不是毒瘤。」

聽她說了一連串的話，看她低得幾乎到胸口的頭，我抿了抿唇喚道：「佟可玫。」看著她抬起頭，雙眼澄淨得映出了我的模樣，「妳很優秀，這點我很確定。所以妳不用著急，照妳自己的心意去做就好。」

不等她反應，我起身就往樓梯的方向走去。不過走了幾步回過頭，發現她依舊站在原地，我忍住笑意開口喊道：「喂，再不回去要上課了，我可不想被記三節曠課啊！」

那頭的她似乎低頭在思忖著什麼，我也不催促她，等她邁開腳步走到我面前，認真地開口說：「你放學後還要補習嗎？」

我嘴角笑意更深，「當然要啊！還是說優秀的佟大天才不想幫我補習了？」

與她笑鬧著下樓，我忍不住回頭看了眼雲層散去的天空。

或許今晚不是雨天，明天也許會是個大晴天……回過頭來對上佟可玫的笑臉，我忍不住心想，如果能夠一直維持這樣，那該有多好呢？

看到自己的名字出現在布告欄的百名榜時，我真的有種飄飄然的不真實感。

這份喜悅我第一個就想跟還在醫院和病魔纏鬥的媽媽分享，還有……當時站在我身邊的佟可玫。

將紙玫瑰交到她手上時，我想也不想就問她要不要和我一起去醫院，看見她露出困擾的表情時，我想了一百零一種讓自己好下台的說法，只是沒想到她答應了。

第一次帶佟可玫來見媽媽，是媽媽剛動完手術的那天。上禮拜醫生說，媽媽的癌細胞已經轉移到肺部，如果不趕快開刀，會有生命危險。

我把這件事跟爸爸說，希望他能在媽媽開刀前來醫院看看她，但爸爸只說他很忙，手術費用已經匯進戶頭後就關機了。

我讓佟可玫先在病房外面等著，當我走進病房，看見臉色蒼白、掛著呼吸器的媽媽，我忍著鼻酸擦去眼角的淚水。

爸爸不來沒關係，我會陪著媽媽，一直陪著……直到她康復。

所以當佟可玫問起我其他的家人時，我陷入片刻的怔愣。

除了媽媽，除了阿嬤……其他人有把我當家人嗎？

佟可玫關心的表情讓我心尖沒來由地抽疼，當公車來時，我下意識抓住她的手，對上她愕然的臉色，我誠心地說道：「下次模擬考我一定會更努力，考得更好。」

她只是靜靜地看著我，公車在我們身旁停下，就當我以為她會甩開我轉身上車時，耳邊傳來她輕柔的嗓音：「你一定沒問題的。」

我望著她澄淨的雙眼，說：「等大考結束後，我、妳，還有季伊婷一起去咖啡店吃點心，妳們要吃多少，我都請！」

就算把我的積蓄都拿出來，也要請佟可玫吃一頓！

「好，就這麼說定了。」

我笑著鬆開她的手，目送她上公車。看她挑了一個靠窗的座位，在公車門關閉時，她朝我揮了揮手。見她不再被長髮蓋住的清秀臉龐，我情不自禁地脫口而出：「我喜歡妳。」

當公車駛離時，我只來得及看見她疑惑的表情，讓我忍不住鬆了口氣。

——她應該沒聽見吧？

十月二十二日

如果可以選擇讓一個人消失……

那我希望這個人是吳曉曉。

「為什麼你不喜歡我？」

「沒有為什麼，妳都有男朋友了，請不要一直黏著我，之前我被妳男朋友整得還不夠嗎？」

這個女人真的超煩的，之前聽說她已經和楚建衡復合了，現在怎麼又跑過來黏著我了？

可玫也真是的，放學鐘都響這麼久了，怎麼還沒看到人呢？

就當我左顧右盼在尋找可玫的身影時，吳曉曉突然一把抱住我，哭著說：「我有什麼地方做得不好讓你不喜歡我，我可以改！」

「妳有什麼毛病啊？我已經有喜歡的人了，當然不會喜歡妳！」我急著把她推開，情急之下脫口而出。

看著被我推倒在地的吳曉曉，我正想轉身離開時，聽見她憤怒的哭喊：「是佟可玫嗎？她到底哪一點比我好，老是披頭散髮活像個貞子，整天只知道讀書，根本是個書呆子！」

看見她雙頰的淚痕，我忍不住無奈地輕嘆口氣，「就算我答應妳的告白，妳會願意跟一個心思不在妳身上的人交往嗎？」

如果和吳曉曉說我喜歡的人是可玫，會不會讓她也受到欺負？想到可玫的東西被甩出教室的畫面，我不禁雙肩輕顫。

不可以……不能因為自己的情感，害了品學兼優的她。

對著不說話的吳曉曉，我繼續說：「強求來的感情不會幸福，還有我喜歡的人……並不是佟可玫。」

像是被人打了一劑強心針，吳曉曉立刻從地上爬起來，抓著我的手臂追問：「那你喜歡的人是誰？」

我再度甩開她，這女人真的講不聽，很煩！

「是誰並不重要。重要的是妳別再來煩我了！」

她一臉受傷地看著我，就當我以為她又會開始哭鬧的時候，她突然揚起那張漂亮的臉孔，倔傲地開口：「鄭宇鈞，你給我聽好了。總有一天你會後悔當初沒接受本小姐的告白！」

她突如其來的變臉讓我呆愣了一下，但想想只要她不要再來煩我就好了。

「好好好，我一定會後悔的。」

目送趾高氣昂的吳曉曉離開後，我到處都找不到可玫的身影，正想去她教室找人時，卻看見她在洗手台前面洗臉。

我上前去似乎嚇了她一跳，看她欲言又止的樣子，讓我也忍不住想捉弄她。

不過可玫好像心情不太好，我們在圖書館念書的時候，她也安安靜靜的。雖然說她本來就不多話，我也喜歡看她認真念書的樣子，但總覺得哪兒怪怪的，又說不出來哪裡怪。

當我想問她是不是發生什麼事的時候，楚建衡他們一群人突然衝進圖書館。

腦海中響起吳曉曉說過的話，我臉色一僵，當機立斷鑽進桌子下，可是一躲進去我就後悔了。

我居然放可玫一個人面對那群惡煞！實在該死啊我！

當我掙扎著要出去引開那群人時，已經聽見楚建衡的聲音：「鄭宇鈞，快點出來！」

我深吸口氣，打算從桌子下出來時，卻聽見可玫帶著些微顫抖的嗓音：「同學，你打擾到我念書了。」

這下子我連切腹的想法都有了，對可玫的歉意瞬間充滿我的心。

聽楚建衡尷尬地說要離開時，我鬆了口氣，想出去跟可玫好好道歉，卻聽見那個討人厭的聲音又回來了。

「妳對面坐誰？」

我冷汗煞時沁滿背後，這才想起我的參考書都還在桌上！

從桌巾的縫隙，我看見楚建衡的腳步越來越近，我的心跳也越來越快……

「伊婷！」

佟可玫的高呼讓我心跳停了一拍，楚建衡的腳步停在桌旁一會兒，隨後便往另一個方向走去。

當他們的聲音終於消失在圖書館後，我從桌子下出來，對上季伊婷不掩怒氣的雙眼和可玫擔憂的注視，我勉強自己揚起笑容，「可玫，謝啦。」

「你居然把可玫推到浪尖，鄭宇鈞，你還是不是男人啊！」季伊婷馬上對我開罵，我也自認理虧所以低頭不敢去看可玫的臉。

「他們怎麼又開始找你麻煩？」

因為不想讓她擔心，我也不希望可玫被牽扯進吳曉曉和楚建衡之間的事，我聳肩佯裝不解，「我怎麼知道。」

怕他們會再來找麻煩，今天的課後補習就這樣先散了。

回家前可玫始終看著我，只要對上她憂心的目光我就會別開臉，笑著對他們揮手道別，但笑意始終沒到達眼底。

別再這麼關心我……我怕，下一次連妳也受傷了。

三月二十二日

我擔心的事終究是成真了，當楚建衡他們在雨天的圖書館前把我帶走時，我只來得及傳訊息給可玫要她趕快離開。

被帶往河堤時看見下方的滾滾黃流，我心涼了一半，更可惡的是那群人竟然還開始動手扒我的衣服！

「老大，待會把這些照片傳到學校社團，看這小子還敢不敢來上學！」

眼看他們把我的內褲都脫了，我氣得雙眼都充血了。

我不懂，我到底做錯了什麼，他們要這樣對待我？

「誰叫你要搶了老子的女人，活該！」

楚建衡把我的內褲扔進黃流奔湧的河裡，我沉下眼，身體的冷已經比不上心間的寒。

看著他拿起手機，我咬牙怒喊：「那種隨便的女人只有你才看得上！」

「操！」

他氣得一個箭步衝上來，揪住我的頭髮，那一瞬間我還以為自己的頭皮都要被他扯下來了。

眼看他把我拽向河面，周圍的小弟紛紛出聲勸阻，但我只來得及深吸口氣，就被他推進水裡，翻湧的河水幾乎讓我滅頂。

似乎意識到自己的作為，楚建衡和他的小弟一溜煙就跑了。湍急的河水沖進我的口鼻，嗆得我直咳嗽，我伸長手好不容易才攀到橋墩邊緣，但水流太強我沒辦法爬上去。

「救……有沒有人，救、救命！」

就當我不知該如何是好時，遠方傳來熟悉的呼喊：「鄭宇鈞！」

為什麼可玫會在這裡？

看見她焦急的神情，我扯開嗓子對她吼道：「太危險了，別過來！」不是叫她趕快回家嗎？這個傻女孩！

見她停下腳步，我才稍稍鬆口氣，不過下一秒看見她往橋墩這邊快速奔來，剎那間我嚇得心跳都快停止了。

「抓住這個！」跌坐在橋墩上的她皺著眉，朝我伸出雨傘，我雖然想罵她為什麼要這麼蠢跑過來，但事已至此，總不能叫她再跳回去，我也只能伸手抓住傘尾。

因為河水太急，可玫的力氣又不像男生這麼大，嘗試了好幾次都沒辦法把我拉上去。

隨著時間一分一秒過去，浸在水裡的身體越來越冷，可玫看起來也淋了不少雨，雙唇都凍得發白了。

「妳……去找人！」再這麼下去，等河水漫過橋墩連她都會掉下來的。

她用力地搖頭，「我不能丟下你！」

就當我想叫她別擔心時，水裡不知沖來了什麼，重重地撞上我的腰際，我忍不住悶哼一聲，用盡全力才沒痛得鬆開手，但腰部傳來的疼痛卻讓我臉色瞬間刷白。

對上可玫著急的雙眼，我給了她一記安撫的眼神，她持續對著橋上呼喊求救，但隨著時間慢慢流逝，我的眼皮也越來越沉重。

感覺我的身體又冰又重，像是冰窖裡的大冰塊，在滾滾河水中載浮載沉。

聽到她的聲音都喊啞了，我忍不住開口：「別喊了，咳咳！留點力氣……」

「我一定要救你！你不可以放手，絕對不能放！」

可玫臉上都是水，不知道是雨水、河水……還是淚水。她用僅剩的力氣將雨傘往自己的方向拉，想把我拉上去。

但河水已經淹到她小腿，突然一個被沖過來的小木頭打中她的腳，她痛得整個人跪下去，手裡還是緊抓著傘柄，用力得指節都泛白了。

「放手！妳會摔下來的！」她被打中的那刻我心也不禁痛了一下，再這麼下去我們都會沒救的。

「不放……不要離開我……算我求你……鄭宇鈞，你不要放手……不要放手好不好？」

耳邊傳來她近乎卑微的乞求，讓我冰冷的身軀淌過一絲溫暖。看著努力抓住傘的她，我眨眨布滿水珠的雙眼，仰首望向烏雲密布的天空。

老天爺，如果你要懲罰我，那為何也要拖這個好女孩下水呢？

見她又開始朝橋上呼救，喊得雙頰脹紅，我實在不忍心……讓她這麼辛苦。

「可玫，找出妳的夢想，還有……不要再拔頭髮了。」每說完一句，我就把手緩緩鬆開。

似乎看穿我的想法，可玫像個孩子哭喊著：「鄭宇鈞，你別放手！求求你不要放！」

能在臨死前被人這麼重視，我心想這或許也是值得開心的事。腦海浮現醫院裡的媽媽和總是疼愛我的阿嬤，我心尖一澀。

對不起，宇鈞不孝，可能要先走一步了。

「能認識妳……我很開心。」

我深吸口氣，準備放開手時，橋上傳來一聲嘹亮的高呼——

「喂！那邊的人，撐著點！」

三月二十三日

我醒來時，只看見昏暗的天色和被夕陽映得發紅的天花板。

會意過來自己得救後，我眨眨眼，側過頭對上阿嬤沉睡的臉。看她眼下深深的黑影，愧疚感瞬間湧上來。

腦中想起那時我打算放手被水沖走，有一個很高大的男生突然出現，救了我和可玫。

我會永遠陪在妳身邊。

印象中我好像跟可玫說了這句話，她緊摟著我的溫暖彷彿還在身邊，當我打算撐起身來，卻吵醒了婆婆。

「宇鈞，你醒了？」阿嬤瞠大眼，緊張地問道：「感覺怎麼樣？哪裡痛一定要跟阿嬤說。」

「我沒事，阿嬤對不起，害妳擔心了。」看她泛紅的雙眼，我忍不住眼眶也發痠，但強忍著不讓眼淚掉下來。

「我都聽學校老師說了，你爸明天就會過來處理，你就好好休息吧。」阿嬤從保溫瓶裡倒了一杯溫水遞給我。

「哦，好。」其實我不想面對爸爸，但在阿嬤面前還是不願表現出來。「媽媽呢？她的狀況怎麼樣？」

我打算伸手去接水時，腰腹部傳來椎心的疼痛，讓我忍不住皺緊雙眉。拉開棉被一看，只看見厚厚的繃帶，和隱隱滲透出來的血。

「哎呀！我去找護士，宇鈞你不要亂動啊！」阿嬤一看大驚失色，馬上往病房外走。

我低頭看著水杯中倒映出自己的臉，頰上還貼著ＯＫ繃，說有多狼狽就有多狼狽。

剛剛阿嬤沒有回答我的問題，我左顧右盼，看見自己的病床號碼，剛好媽媽就是住在這層樓。

我挨著疼痛，緩慢地下床，推著點滴架就走出病房，往媽媽的病房走去。

不過當我看見空無一人、收拾得十分乾淨的病床時，心跳忽地一滯，正好外頭傳來阿嬤的喊聲。

我急忙奔出病房，和婆婆、護士打了照面。

「宇鈞，不是叫你別到處跑……」

「媽媽去哪了？我媽呢？」我激動地抓著阿嬤的手，忽視腰間的痛楚，感覺心好像被挖空一樣難受。

「弟弟，你先別緊張。」護士看我腰上的傷口又滲出血，連忙上前架開我，「任小姐是轉病房了。」

轉病房？

我看向阿嬤，看她輕輕點頭，這才鬆了一口氣。

「她轉去哪一間病房了？」感覺疲憊感襲來，我也意識到自己太激動，輕輕揉著阿嬤被我抓疼的手臂。

「……六零七七。」護士猶豫了一下，說道。

我怔愣了一下，印象中六樓的病房不是……

「宇鈞，你媽媽她……已經轉去安寧病房了。」阿嬤握住我發冷的手，哽咽地說道。

護士幫我換過藥和繃帶後，我邁著蹣跚的步伐，也不讓阿嬤攙著，努力往六樓的病房走去。

當我看見病房內闔眼入眠的媽媽時，原本在眼眶的淚水還是忍不住流下來。

「宇鈞，你媽媽她……」

「嗯，我知道。」我抬手抹掉頰上的淚水，壓抑翻湧而上的心酸，「我沒事，進去吧。」

走進病房時，媽媽聽到聲響醒了過來，看見我時眼中閃過驚訝，「宇鈞，你怎麼過來了？阿嬤說你身體不舒服，我以為你在家休息呢。」

阿嬤並沒有跟媽媽說我差點溺水的事情，媽媽的病情惡化，已經不能再受任何刺激了。

「想媽媽就過來了。」我坐到病床邊，依偎在媽媽身邊。看她早已掉光了頭髮，和被病魔折騰得枯瘦的四肢，好不容易忍住的澀意又湧了上來。

「這孩子……」媽媽揚起笑，但那笑容裡有藏不住的苦澀，「這麼黏我，當心沒有女生會喜歡你喔！」

我眨眨眼，腦海裡浮現佟可玫啜泣的神情，不知道她回去會不會被家人罵呢？

見我不說話，媽媽低頭湊了過來，「有喜歡的女孩子了？是那個叫可玫的女生嗎？」

「我才沒喜……」

「可玫？宇鈞，你跟可玫認識嗎？她上次在醫院幫了阿嬤好大的忙，你不能欺負她喔，如果你欺負她，阿嬤跟你沒完……」阿嬤一聽到佟可玫的名字也湊了上來，被兩個女人包夾，我既好氣又好笑。

「我沒有欺負她啦！」

「沒有就好，阿玫我跟妳說，那個叫可玫的小女生啊——」阿嬤立刻開始去跟媽媽推廣「可玫的好」，說得好像佟可玫才是她親孫女一樣，讓我有點吃味。

看媽媽也聽得很起勁，我癟了癟嘴乾脆走出病房，拿出手機想說發簡訊給可玫報平安。不過當我看見螢幕上那封一小時前傳來的訊息寫著：**以後放學不留下來補習了**。

簡單的幾個字，卻讓我有點緊張，連忙撥電話給佟可玫，但始終都是語音信箱。

病房內傳來阿嬤的叫喚和媽媽的低咳，我將手機放回口袋，決定明天去學校後再找佟可玫問清楚。

三月二十四日

「妳昨天傳的那個訊息是什麼意思？」

終於看到熟悉的身影出現在面前，佟可玫看起來瘦了些，臉色也有點蒼白。

她似乎不想和我說話，當作沒看到我般往教室裡面走。我連忙追上去，腰腹傳來一陣陣疼痛，我忍耐著上前拉住她的手，追問道：「喂，把話說清楚！」

她冷漠的眼神讓我的心好像被狠狠扎了一記，原來是她媽媽替她報名了衝刺班，放學後就要去補習班報到。

「抱歉，以後你就自己念吧。」她沒有掙開我，這時我留意到她的雙眼看向我的腰際，隨後馬上別開頭。

被她徹底拒絕後，我離開她的教室，回到自己的班上時，大家都用異樣的眼光看著我。

之前大家怕楚建衡怕得要命，總是對我投以看好戲和嘲諷的目光，現在出事後反而出現這種同情的眼神，讓我覺得格外反胃。

「鄭同學，你還好嗎？」

班長走了過來，雖然臉上掛著笑，但笑容裡卻一點溫暖也沒有。

「沒事。」我走向自己的座位，她還想湊上來，我把書包放在桌上，拿出可玫幫我整理的歷史筆記沉聲說道：「反正以前躲我這麼久了，以後也就繼續躲吧。班長如果沒什麼事的話，我還要看書，希望妳不要打擾我。」

我沒看見班長的表情，但身後傳來女生們的竊竊私語，說我不識好歹之類的話我也當做耳邊風。

既然以前都是一個人，現在也是一個人，又有什麼差別？

下課的時候我還是會去佟可玫的教室外面，但她就像把我當作透明人般。放學後我會先去醫院陪媽媽，等補習班快下課了，再搭公車到補習班門口等，直到看見可玫走出來，我就一路跟在後面，陪著她回家。

我知道這樣很變態，但補習班下課都晚上九點半了，她一個女孩子這樣單獨回家，令人很難不擔心啊！

不過今天有點奇怪，可玫在走過離她家一百公尺遠的巷口後就突然加快腳步，我也不得不加快速度跟上，到後來她居然用跑的，我連忙邁開腳步追上去，卻看見她跌得慘兮兮的畫面。

「喂，妳沒摔傷吧？」

她一臉驚恐地抬起頭，在看見我時原本臉上的驚恐變成驚訝，「鄭、鄭宇鈞，你怎麼會……」

聽我說完始末後，她像是走神般問：「所以……你一直跟在我後面？」

不好意思說已經跟了一陣子，只好撒謊說只有最近幾天。料想著她會把我當成變態時，耳邊卻只聽見從她口中傳來的一句輕柔關心。

「你的傷……好多了嗎？」看著她憂心的目光，這幾天在學校、醫院、補習班來回奔波的疲憊，好像突然都消失了。

「沒事了。」

見她點點頭就要起身進家門，我想也不想就拉住她的手，將她擁進懷裡。當我嗅到她身上傳來的淡淡清香時，腦子也瞬間清醒了。

感覺懷裡的人渾身僵硬，我暗罵自己衝動，立刻放開她笑道：「充電完畢！」

拿出書包裡準備已久的防狼噴霧交給她，雖然我不希望這東西有派上用場的一天。

「趕快回家吧，待會讓妳家人擔心就不好了。」

目送她進家門後，我才放心地離開。我邊走邊看著自己的雙手，那溫暖的感覺還殘留在指間。

那一刻我才發覺，自己已經喜歡上佟可玫，而且是喜歡到無法自拔了。

四月十九日

隨著大考日期接近，我也不再跟著佟可玫回家，多半時間都在醫院陪媽媽和念書。

「宇鈞，考試用品都準備好了嗎？」大考前兩天的晚上，媽媽躺在病床上，側頭問我。

「都好了，我各準備兩份。」我拿出書包裡兩個鉛筆盒，對著臉色蒼白的媽媽說道。

媽媽已經連自理的能力都沒有了，看著她身上插著大大小小的儀器管，我抿了抿唇，壓下心中的酸澀。

「那就好……」媽媽吃力地揚起笑容，「媽媽可能……沒辦法看到你……當氣象主播了。」

我皺起眉：「誰說的！妳一定會長命百歲，然後每天聽我報氣象！」

媽媽只是笑了笑，喘了好幾口氣才繼續說道：「宇鈞，不管……未來怎麼樣……你都不要跟、跟你爸……過不去。」

這次換我不說話了，媽媽突然發出悶咳，我立刻上前去輕拍她的背。

「答應我……就算我不在了，你也會乖乖……聽你爸的話。」

望著媽媽布滿水霧的雙眼，我深吸口氣，咬緊牙關點了點頭。

得到我的答覆，媽媽像是鬆了口氣，疲憊地闔上雙眼，「我累了……睡一會兒，你書別念太晚……」

確定她的胸口仍在起伏，我躡手躡腳地收拾書包，等媽媽熟睡後我才離開安寧病房。

拿出手機，撥了一通電話——

「喂，是我。」

「……」

「明天要拜託妳了。」

掛上電話後，我扯扯僵硬的嘴角，回頭看了眼病房內熟睡的媽媽，才放心離開醫院。

四月二十日

我在二樓的自然教室嚴正以待，這裡是離花圃最近的一間教室，還好有伊婷的幫忙，不只借到教室的鑰匙，還答應幫我帶可玫到樓下花圃。

看時間差不多了，我便拿出一個紙箱，裡面裝滿了紙玫瑰，全是這陣子邊看書邊折出來的。

我把頭探出窗外，終於看見熟悉的身影從不遠處走過來，等伊婷如約定的時間離開時，我緊張到抱著紙箱的手都忍不住顫抖。

當看見佟可玫單獨佇立在花圃裡，我深吸口氣，把紙箱裡的玫瑰通通往樓下倒，朝著她的背影大喊：「生日快樂——」

「為什麼要對我這麼好？」

當可玫這麼問我的時候，我幾乎想衝動地告訴她：因為我喜歡妳！

但現在大考當前，這些話留到考完試再說也不遲。

「妳知道紙玫瑰的花語嗎？」

看她搖了搖頭，我把落在我們周圍的紙玫瑰撿起來，學著媽媽之前告訴過我的話，轉述給她：「它不會枯萎、不會凋謝，是永恆的祝福，而且會永遠陪在妳身邊。」

——就像現在的我一樣，想永遠陪在妳身邊。

四月二十一日

今天，我沒有去考場。

凌晨接到醫院打來的電話，媽媽病危，進了手術開刀房。

這次爸爸很快就到了，因為他正好在附近出差。許久沒看見他，我不知道要跟他說些什麼，只是安靜地坐在走廊外看著發著紅光的手術進行燈。

阿嬤一直在我身邊告訴我，媽媽貴人有吉相，之前動這麼多次手術都沒事了，這次一定也撐得過去。

我抬頭望向一旁靜默不語的男人，冷聲問道：「你覺得，媽媽會死嗎？」

他驚愕地看著我，隨後雙眼就染上怒氣，對我憤罵，說我詛咒媽媽、說我不孝、說我沒照顧好媽媽……

「沒照顧？媽媽最痛苦的時候，你又在哪裡？」我忍住心中的抽疼，咬牙瞪著他。

「我在上班、我在賺錢，不然你以為醫藥費——」

「才不是！」我突然大吼，嚇了阿嬤一跳，我從書包翻出兩個信封，甩到他腳邊，「這是汽車旅館的住房資料，在媽媽面前你可以說謊，在我面前你就收起那副假裝好爸爸的形象！」

似乎沒料到我會有這樣的東西，爸爸愣了一下，他支吾著想解釋，我別開臉不想再聽。

「你們……」阿嬤為難地看著我們，一個是自己的兒子，一個是孫子，她眼眶濕潤，重重嘆了口氣，「阿玫還在裡面和死神拔河，你們就別吵了！」

我一點都不想跟他吵。我坐到離手術室最近、離我爸最遠的椅子上，如果不是答應媽媽，我連跟他說話的意願都沒有。

不知道過了多久，手術燈終於熄滅了。醫生和一位護士走出來，我們三人馬上走上前。

「任小姐的癌細胞已經轉移到腦部和肺部，這次手術只能救回她的基本維生功能，其餘……」

「其餘什麼？」我忍不住激動大喊，有一隻大手忽然握住我的手臂，我抬頭對上爸爸嚴肅的雙眸，感受到他手掌傳來的陣陣涼意。

「很遺憾，任小姐腦部被影響得太嚴重，現在是腦死的狀態。」

剎那間我覺得我的世界都在旋轉，腦死……是醒不過來的意思嗎？

腦海充滿媽媽對我的笑、勇敢面對病魔的模樣，還有她折紙玫瑰時溫柔的身影……

「宇鈞。」爸爸的聲音從身邊傳來，「你媽媽她……上個月已經自己簽了放棄急救書。」

當時轉移到安寧病房是什麼意思，我再清楚不過。媽媽的病已經好不了了，連醫生都說她能撐這麼久很有福氣。但每次看媽媽痛苦地蜷曲在病床上，病痛把她折磨得憔悴不堪，這真的是所謂的福氣嗎？

爸爸見我沒反應，轉向醫生正要開口，卻被我搶先一步。

「可以……讓她回家嗎？」我抑住哽咽，身旁傳來阿嬤的啜泣聲。我想帶媽媽回家，回那個曾經擁有溫暖和幸福的家。

醫生看向爸爸，爸爸猶豫了一下後便點了點頭，然後醫生和護士給爸爸和阿嬤簽了幾份文件後，又轉身回去手術室。

我站在空蕩的走廊上，拿出口袋裡的手機，看著螢幕顯示的時間。

大考已經結束了，我最愛的人也在今天離我而去。

手機傳來震動聲，是可玫傳來的訊息，看時間應該是考完試就傳過來的——

考得還順利嗎?明天還有一天，加油!

一滴淚水落在螢幕上，模糊了那打氣的字句，然後是第二滴、第三滴……

我已經盡力壓抑哭聲了，但我還是能聽見自己的低啜，聽起來……就像命運嘲弄我的笑聲。

五月十三日

走進半個月沒到過的校園，卻有種好像昨天才來上過學的錯覺。

「宇鈞？」

阿嬤疑惑的聲音從前面傳來，想起今天來學校的目的，我抿了抿唇、不發一語跟了上去。

但我的目光還是忍不住瞥向教學大樓的方向，試圖從人群中尋找她的身影。

其實，不見面才是好的吧？

可是當我們走出訓導處，看見可玫就站在外面時，剛剛的想法立刻就被我拋到腦後。

「哎唷！這不是可玫嗎？」阿嬤比我先發現可玫，她走上前給可玫一個大大的擁抱，「好久不見，越來越漂亮了！」

阿嬤這話說得沒錯，半個月沒見，可玫似乎真的變漂亮了。看她容光煥發的模樣，想起自己缺席了大考，我皺起眉對打算敘舊的阿嬤說：「阿嬤，該走了，還有很多手續要辦。」

可玫錯愕地望向我，我卻馬上別開頭，我怕再和她對視下去，最後會連離開的勇氣都沒有。

「我媳婦半個月前過世了，宇鈞的爸爸希望他轉學去私立國中，之後直升高中部，將來畢業後就繼承他的事業。所以我們這次來是要幫宇鈞辦轉學的。」阿嬤看我不說話，於是幫忙解釋道。

「轉學！」和可玫一起出現的季伊婷驚呼。

感覺可玫的目光一直放在我身上，讓我渾身都覺得不對勁，只想馬上離開這裡。

「如果你答應轉學，那之前說的，想當氣象主播的夢想該怎麼辦？」

良久後，我聽見她用輕柔卻有些發顫的語氣問道。

心尖淌過一道酸澀，我拉起阿嬤的手就往教師辦公室的方向走，可玫卻追上來擋在我面前，烏黑的長髮被她高高束在腦後，隨著她的動作擺出俐落的弧度。

「我跟妳沒什麼話好說。」可玫的美好人生才剛開始，跟我注定不一樣。

「那不是你的夢想嗎？難道你這麼輕易就要放棄它！」

「妳懂什麼？」像是要把這陣子的委屈一次發洩出來，我朝著她大吼：「妳是好學生，怎麼會了解像我這種天天被人霸凌到差點死掉的『學校毒瘤』？」

從前我太自以為是了，以為可以任意選擇自己的未來，但當現實擺在眼前時，夢想什麼的全都蒸發殆盡了。

「在現實的面前，夢想……都只是個屁！」說完我放開阿嬤的手，轉身往校門口的方向跑去。

可玫的呼喚被我甩在身後，果然……還是不要再見面比較好。

六月十七日

禮堂方向傳來管樂隊的奏樂聲，我快步走過熟悉的迴廊，抄近路直接穿過花圃，經過無人的走廊時忍不住放慢腳步。

當我到達那間教室門口時，忍不住抬頭看了看我大概一輩子都不會忘記的班級牌。

趁著四下無人走進去，黑板上滿是畢業生歡喜的塗鴉，課桌椅上早已沒了參考書和考卷，個人物品也都收拾得乾乾淨淨。

像是被人遺忘的空間，靜得讓人心驚。

我走到可玫的座位，書包果然已經帶走了。我輕嘆口氣，拿出一直護在懷裡的紙玫瑰，小心翼翼地將它放進抽屜。

看來這朵玫瑰，是無緣交給她了……

當我觸碰到抽屜裡的東西時，忍不住彎下身看去，雙眼一亮。

看來老天還是挺眷顧我的，我走到講台邊找了一張空白的紙，再拿起粉紅色的粉筆，在紙上寫下大大的四個字——

小心地將它放在抽屜裡，也不管她會不會回來拿她遺忘的鉛筆袋，這朵紙玫瑰、這句道別是不是能傳達到她手上……

我與佟可玫的緣分注定是結束了吧？

禮堂傳來喧鬧的人聲，我走出教室，仰頭望著碧藍的天空。

「珍重再見。」

抬手抹去頰上的濕潤，我循著來時的路線離開。

再見，可玫。

兩年後

「鄭先生，你好，上禮拜的檢查報告已經出來了。」

我看著坐在面前的醫生，上禮拜在期末考前一天昏倒，嚇壞了班上的同學，怕驚動在外地工作的爸爸和年邁的阿嬤，我來醫院做檢查的事並沒有告訴他們。

保險起見，醫院還幫我做了抽血檢查和斷層掃描，今天一放學我就跑到醫院來拿報告。

「請問你的親人是否有慢性病的病史呢？」

我輕輕點頭，「我媽媽家族那邊的人，好像都有高血壓。」

「嗯……」醫生皺起眉頭，我也忍不住跟著緊張起來。

「醫生，您就直接說吧！」我露出笑容說著，但醫生接下來的話卻讓我再也笑不出來。

「是這樣的，斷層掃描後發現，鄭先生的頸骨和大腿骨的部分，都有病變的跡象。」

我睜大眼，不敢置信地看著醫生。

「……我不是很了解您的意思。」

「你最近肩頸處是不是感覺痠痛？」醫生指了斷層掃描的結果，和X光片中我的肩頸後一處，「有看到這塊白白的嗎？」

我不想點頭，但我的確看見了那塊白點，讓我想拿東西把它遮住。或許看不到，就可以當它不存在了……

「這是腫瘤，現在還無法確定是良性瘤還是惡性瘤。」醫生拿了他身旁的桌曆，「我建議你盡快做更深入的檢查，時間安排在下禮拜方便嗎？」

「不好意思，您說檢查什麼？」腦袋一片空白的我，實在無法消化醫生的話。

「鄭先生，這件事很緊急，如果真的是惡性瘤，不趕快處理的話，對你的身體是沒有好處的。」

我默然地點點頭，和醫生約好時間後，拿著報告書和藥單走出診間。

我連藥都忘了拿，也忘記自己是怎麼走出醫院，但當我回到家，看到阿嬤燦爛的笑臉時，我將檢查報告塞進衣服裡層，什麼話都說不出口，只能把一切藏在心中。

媽媽才離開兩年，爸爸上個月才被調去南部工作，我生病的事怎麼能再告訴她呢？

「宇鈞，你臉色不好呢！學校那邊發生什麼事嗎？」

轉到這間私校以後，沒有人再欺負我，也沒有人再霸凌我，大家都對我非常好。但不知道為什麼，我還是盡量和同學們保持距離。

「沒有啦，最近期末考念太多書了，覺得有點累。」

阿嬤點點頭，擔憂地說：「書念歸念，身體比較要緊啦！我煮了雞湯，馬上去熱給你吃。」

看著她走進廚房忙碌的背影，我抿了抿唇，跟上去拉住阿嬤的衣角。

七月二十日

那天我終究沒有把生病的事說出來，不過最後的檢查報告出來後，因為必須入院治療，終究還是沒辦法瞞住阿嬤。

「宇鈞，這、這是什麼？」

看著阿嬤拿著檢查報告書，那發白的臉色讓我心一揪。我深吸口氣，故作輕鬆地說：「醫生說是癌症，但只要好好治療也是有機會好的，阿嬤妳不用這麼擔心啦！我身體這麼強壯，才不會……」

阿嬤突然上前來抱住我，埋在我胸前的她傳來清晰的啜泣。

「宇鈞……宇鈞……我苦命的宇鈞……」

阿嬤的哭聲讓我心尖淌過一絲絲苦澀，比起醫生宣布我是癌症二期時還要令人難過。

「阿嬤，我不苦命。」我輕輕回擁阿嬤，「醫生說有機會可以治療好的，我會加油，您不要哭了好嗎？」

阿嬤又哭了幾聲才緩過氣來，我拍拍她的背，就怕她哭暈過去。

隔天阿嬤帶我到更大間的醫院檢查，報告結果依舊無異。我生病的事情阿嬤也通知爸爸了，面對他複雜的臉色，我只是緩緩別開頭。

「手術成功的話，痊癒的機率是多少？」我聽見爸爸這麼問醫生。

「是否能夠痊癒還得靠之後陸續的治療，但只要癌細胞不繼續擴散，自然可以像正常人一樣。」

因為暑假已經開始了，爸爸果斷讓我暫時休學一個學期，校方也應諾只要我身體狀況恢復良好，隨時都可以復學。

當我躺上手術台時，耳邊傳來醫生和護士專業的低語，我閉上眼，任由麻醉點滴帶我進入深層的黑暗。

因為在那片黑暗裡，藏著一朵我最在乎的玫瑰，我告訴自己只要找到這朵玫瑰，我便什麼都不怕了。

九月十日

今天是開學日，同時也是經過這兩個月治療後的檢查報告出來的日子。

醫生說我的癌細胞轉移到胃部，要換到更大的醫院才有足夠的設備開刀。

看阿嬤哭紅的雙眼、爸爸嚴肅的表情，我答應了轉院，也在同一天辦理了正式休學。

眼睜睜看著又離夢想更遠了，我挨著疼痛在浴室裡吐了又吐。化療的難受已經讓我整整瘦了快十公斤，阿嬤怕我身體受不了，總是準備很多補品來給我。

「人家外面女生為了減肥要花好多錢，阿嬤妳卻拚命要讓我變胖，下次不要買這麼多東西啦！」看著擺在桌上的補品苦笑，就算喝進去多半也是被我吐出來，而且因為治療的緣故，我連味覺都變得不好了，吃東西彷彿嚼蠟。

「不吃怎麼可以？你看看你，都快瘦成皮包骨了！」阿嬤把一罐補品塞進我手裡，語重心長地說：「想當初你媽媽也是吃什麼吐什麼，看到你現在也這樣，阿嬤很難過啊！」

我拍拍再度落淚的阿嬤，不只是我瘦了，看著這陣子也瘦了一圈的阿嬤，我忍著難受的情緒，輕聲說道：「好，我會每個都把它吃光光。阿嬤妳不要哭了，好不好？」

天色已晚，我勸阿嬤先回家休息。爸爸有想過請個看護給我，不過我實在不喜歡被人無時無刻的照顧，況且看護的鐘點費實在很驚人。婆婆早上會來看我，儘管身體虛弱，我還是堅持在住院期間不用看護，生病以來花的錢已經造成家人的負擔，我不願意再給他們添麻煩。

十一月五日

我已經忘記自己上一次離開醫院是什麼時候了，上個月恢復情況良好，醫生同意讓我出院，但還沒在家待半個月我又昏倒在浴室，再度被送進來。

癌症第三期，癌細胞已經擴散到脾臟，我動了手術切除半個胃後，又繼續過著沒有盡頭的治療日子。呼吸著習慣的消毒水味，其實我不是這麼喜歡這裡的味道，但術後恢復的這段期間醫生不同意讓我到下面花園走動，快入冬了，如果感冒了反而會影響治療。

「大哥哥，再教我折紙玫瑰好不好？」

隔壁病房住了一位癌症三期的奶奶，她的孫女常常到醫院來看她。有一次他跑錯病房，正巧看到我在折紙玫瑰，就纏著我要了一朵。

後來她就時常跑到我的病房來，看我折紙玫瑰，還會說學校的趣事給我聽。

「隔壁班的那個男生都被欺負，我每次看都覺得他好可憐喔！」

我折紙的動作一滯，輕聲問：「那妳有沒有把這件事告訴老師呢？」

小女孩驚恐地搖了搖頭，「我怕換我被他們欺負。」

我把折好的粉色玫瑰遞到她面前，輕拍她的頭，說：「縱容他們才是最不對的行為，萬一哪天他出了事怎麼辦呢？」

女孩疑惑地看著我，似乎不明白我話中的含意。

「我以前啊，就像妳說的那個男生一樣，被學校裡的惡霸欺負。」

「大哥哥也是嗎？」女孩很驚訝，水汪汪的眼睛睜得大大的。

我點點頭，忍不住遙想當年的時光。那時的我，對未來滿懷著夢想……

「可是如果去告訴老師，那男生又不知道是我說的，才不會感謝我的。」

「他會感謝妳，一定會的。」我把紙玫瑰塞到她手裡，「就像我感謝當初那個女生一樣。」

女孩的媽媽把她叫走後，距離阿嬤來醫院找我大概還有一個小時，我獨自拿著保溫瓶到茶水間裝水。

正當我準備走回病房時，聞到一股很香的味道，然後身後傳來有些陌生，卻又熟悉得讓我心顫的聲音——

如果時間能倒退，我會選擇再次出現在妳的面前嗎？

番外二　守護

當下課鐘聲響起，講台前的老師一放下粉筆，座位離門最近的少年就像飛箭般衝出教室。

他手裡抱著一顆籃球，邁開腳步往操場狂奔而去。當他到達操場時，與他一樣抱著籃球的學生陸陸續續出現。

「最好的場每次都被那小子搶走！」

「阿哲，做得好呀！」

「來來來！分組、分組，阿哲快過來！下課只有十分鐘要好好把握啊！」

……

聽那一聲聲扼腕的慘呼，但更多的是同學們的加油吶喊，站在操場中央的籃球場，穆羽皓迎著陽光露出燦爛的笑容。

他喜歡籃球，從第一次接觸它時就愛上了。他喜歡運球時的聲音，喜歡和夥伴奔跑在球場流下汗水，就算被全班女學生嫌他們又臭又髒、從球場跑回教室遲到被老師罵一頓，也不影響他喜歡籃球的這份熱情。

他常為了看球賽轉播和正在看卡通的弟弟搶遙控器、常穿壞一雙又一雙的球鞋，熱愛籃球的他，夢想是成為ＮＢＡ的職業球員。

但這美好的夢想，卻在一道斷裂聲中化為泡影。

「連籃球都不能打了嗎？」他坐在輪椅上，不敢置信地望著醫生。

「太過激烈的運動都不適合。」

當醫生親口說他再也回不了球場時，穆羽皓覺得自己的人生就好像記分板上的數字，一瞬間被歸零了。

當出院後回到學校，班上的同學、籃球隊的隊員、教練……大家無不對他獻上關心，但這些在他眼底卻成了最諷刺的風景。

有天他撐著拐杖，想著就算不能打球，還是可以去看大家練習時，卻無意間在休息室外聽見隊員們的談話——

「聽說真的不能上場了呢！」

「唉……真可惜，好好一個前鋒就這樣毀了。」

「不過這樣說起來，我們都有機會了呀！」

……

一群人的嬉鬧聲傳進穆羽皓耳裡，有股寒意從心中流遍四肢百骸，他無法挪動腳步、無法發出聲音，也無法流下任何淚水。

憎恨的情緒湧上心頭，脊椎骨裂的那刻，就宣判他的籃球夢想死刑了。

就在他失神之際，口袋傳來的震動拉回他的心神。他拿出手機，看見螢幕上顯示了一封來自佟可玫的未讀訊息。

掌中的手機瞬間就像燙手山芋般，穆羽皓下意識將它丟下，在休息室裡的隊員們聽到動靜出來查看之前，狼狽地逃離。

他以為自己能逃一輩子，卻沒料到繞了一圈還是回到原點。

❄

那一天，下著滂沱大雨的午後，穆羽皓和室友們剛用完午餐要回學校，卻迎面碰上那連傘也不撐，正在餐廳門口看著徵人公告的少女。

兩人對上眼，穆羽皓在她眼中看見驚訝，當下他的確想直接離開的，但他的雙腳卻動不了。

「學妹，好久不見。」避無可避的結果，他率先開口。

見佟可玫渾身都濕透了，穆羽皓皺起眉頭要室友們先回校，儘管收到他們曖昧戲謔的目光，他也一概無視。

把自己身上的外套脫下來披在佟可玫肩上，穆羽皓見她欲言又止的眼神，輕輕嘆了口氣。

「我送妳回女生宿舍。」

雖然男女宿舍在相反的兩個方向，但他實在無法眼睜睜看她這麼淋雨回去。

穆羽皓撐開傘示意她靠過來，聽見她低聲說了一句謝謝後走到自己身邊，一路上兩人再沒有交談。

佟可玫並沒有主動詢問他這幾年音訊全無的原因，也沒有問為什麼他會出現在這間學校而不是體育大學。穆羽皓眼角餘光瞥見身旁的少女為了不讓身上的濕衣服碰到他，刻意與他保持著距離，他眼底閃過一絲連自己都沒察覺的笑意，把手中的傘往她的方向挪去。

濕意浸入左肩，佟可玫越是閃避他便把傘往她那邊挪過去，當他們到女生宿舍前時，穆羽皓的左半邊衣服已經可以擰出水了。

佟可玫看到時一臉懊惱，「學長，你等我一下，我上去拿毛巾給你擦！」

「不用了，妳趕快上去換衣服，萬一感冒就糟糕了。」

說完他也不等佟可玫回應，像是想逃開她般轉身離開。

不過他才邁開幾步，衣襬就被人從後方抓住。

「我不知道學長是為了什麼原因斷了所有聯繫，但我認識的穆羽皓從來不會背對對手。」

他緩緩轉過身看著眼前的少女，濕髮黏在她精緻的臉蛋上，多年不見她似乎更加耀眼，好似即將盛放的玫瑰，令人想伸手採擷。

可他……早已沒了資格。

「在你記憶中的我，是什麼樣子呢？」

雨聲幾乎蓋過他的話，看著佟可玫陷入怔愣的眼神，穆羽皓扯出一抹苦笑，抽回被她攥在掌心的衣襬，轉身離去。

連他都忘記當時的自己是什麼模樣，她又怎麼記得住？

那個能在球場上馳騁的穆羽皓已經死了，隨著不可能達成的夢想被遺忘在遙遠的過去。

❄

自從那天後，穆羽皓只要放學回到宿舍，就能在男生宿舍門口看見佟可玫的身影。

她每天都會來，不過穆羽皓總是對她視而不見，連室友們都看不下去，說女孩子這麼癡心他還不趕快留下人家、再不把握就要被人追走……之類的話。

不過穆羽皓知道，在佟可玫心裡有個人一直都在，那個曾經在橋墩下、在急流中撿回一命的少年。

他怕自己如果去面對佟可玫，那多年來有增無減的喜歡會徹底潰堤，所以他無法對佟可玫敞開心房。

半個月後，佟可玫出現在男生宿舍外的次數漸漸減少了。

穆羽皓發現自己會不自覺地尋找那抹身影，每當找不到她時，心底就會升起一股連自己都覺得煩躁的失落感。

所以當颱風天他看見佟可玫出現在宿舍門口時，他除了氣她不懂得照顧自己之外，心中湧起的是更多狂喜。

「這次，換我來給學長勇氣好嗎？」她用真摯的眼神這麼望著他說道。

他出國的那一年，走遍大大小小的城市，選擇遠離家鄉、認識新朋友……

一切都不及她眼中的關心和懇求，在她澄淨的眼底，他看不見一絲同情。

過去不能改變，所以更要把握當下。

就算她心中有其他人又如何？如果他已經沒有什麼好失去的，那為什麼不把握現在所擁有的？

此刻穆羽皓在心底下了決定，昔日的光采緩緩回到他眼中。

不論未來如何，他只想在她身邊，守護她、照看她，看著她向陽綻放。

❄

數年後，穆羽皓坐在球場邊的長椅上，看著一群少年在籃球場上奔跑著。

「想念了嗎？」

一股冰涼貼向他的臉，讓他嚇了一跳，轉頭對上許久不見的笑容，他馬上回以微笑。

「什麼時候回來的？」沒料到佟可玫會突然回國，還被她撞見他來看別人打球。

見她剪去長髮，一頭俐落短髮卻讓她比以往更加亮眼。

「昨天晚上，時差太嚴重回家就睡著了。」佟可玫坐到他身旁，一臉歉意，「不好意思，下飛機的時候沒通知你，想說給你一個驚喜。」

穆羽皓笑了笑，他的確覺得驚喜。自從鄭宇鈞離開後，佟可玫沉澱了一年就出國留學，算算也過去三年了。

「很想念。」看著球場上一張張燦爛的笑臉，在她面前，他不必掩飾自己。「每次聽到運球的聲音，就巴不得衝上去搶球，然後來個大灌籃。」

聞言佟可玫只是笑笑。穆羽皓接過她手中的冷飲後，目光再度回到籃球場上。

「什麼時候回義大利？」

不知道過了多久，他聽見自己的聲音。

身旁沉默許久，穆羽皓轉頭看去，發現佟可玫也正看著自己。

「不回去了。」

「怎……」

「學長，你還記得我出國前，在河堤邊我們說過什麼嗎？」

穆羽皓愣了一下，其實他的記憶有點模糊了，但印象中從佟可玫手裡拿過的紅色紙玫瑰一直被他珍藏著。

他記得……那是代表幸福的紙玫瑰。

穆羽皓眨了眨眼，只見佟可玫垂著頭，耳根紅得像熟蝦。

「那……學長現在，有、有對象了嗎？」

像是鼓起極大的勇氣，佟可玫話說得斷斷續續。

不過說完後她就抿緊唇，覺得有些尷尬，畢竟自己當年一意孤行離開家鄉，現在回過頭來大概只會給學長添麻煩。

想到這裡她立刻起身，邁開腳步往球場外走。

忽然手腕被人從後方拉住，佟可玫驚訝地回過頭，對上穆羽皓深邃的目光。

「可玫，我一直在這裡等妳。」穆羽皓空出的那隻手，指著自己的左胸口。

佟可玫怔怔地望著他，眼角滑下晶瑩的淚珠。

穆羽皓握緊她的手腕，輕輕一拉將她擁入懷中，用一如以往的溫柔語氣道：「妳的幸福，我一直保管著。」

在鄭宇鈞身上他體悟到，人生最可怕的不是失去什麼，而是不懂得去把握當下所擁有的。

一道微風拂過籃球場，穆羽皓隱約聞到淡淡的玫瑰花香，低頭看佟可玫緋紅的雙頰，他揚起陽光般的笑容。

謝謝你，我會用一輩子讓她幸福。

番外三　花嫁

望著鏡子裡甜美可人的新娘子，一襲雪白色的婚紗穿在身上，襯托出那白皙細嫩的肌膚，露出圓潤的香肩，上頭也被新娘祕書鋪了一層淡淡的亮粉，想必等等出場自己一定是萬眾矚目的焦點。

她低頭輕輕撫過裙襬上一朵朵五顏六色的紙玫瑰，目光沁入一絲柔意。

這時新娘休息室的門突然被打開來，也把外頭的吵鬧喧囂帶進來，佟可玫才剛轉過身，就被來人狠狠地抱住。

「可玫！」

輕拍季依婷的肩，今天身為伴娘的她身上穿著粉色小禮服，單肩的希臘女神風設計既有氣勢又不失小女人的魅力。季伊婷第一眼看到這套幾乎是為她量身打造的禮服，興奮地抱著佟可玫尖叫。不只是她身上這套，今天所有伴娘，包括新娘的禮服都是由佟可玫親手設計的。

「外面人超多的，穆學長真的是到哪都吃得開，聽說還有一桌是特別留給幼稚園同學的，如果是我的話，這麼久以前的同學哪會記得，誰還會跑來吃幼稚園同學的喜酒啊！」

佟可玫笑瞇眼，「羽皓人緣一向很好。是說妳怎麼跑進來了？」

「我拿吃的來給妳呀！」季伊婷不知道從哪摸出一小盤蛋糕，捧到佟可玫面前，「新娘子餓一整天了吧？喏，吃一點，不然等等走紅毯餓到暈倒就糗了。」

「過了這麼多年妳講話還是這麼誇張。」佟可玫笑著拈起一小塊草莓蛋糕放進嘴裡，濃郁的草莓味在口中擴散，熟悉的味道讓她目光一滯。

「這是……」

「味道應該沒變吧？」季伊婷見她愕然的反應，立刻也嚐了一口。「一樣好吃呢！沒想到我們畢業這麼久，那間蛋糕店還沒倒，這是我來婚禮會場前特地跑過去買的喲！」

「伊婷，謝謝妳。」誠中離這裡少說也有半個小時的車程，讓好朋友兼伴娘如此奔波，只為了讓她能夠吃到充滿回憶的蛋糕，佟可玫非常感動。

「喂，新娘子哭花妝很難看喔！」季伊婷笑嘻嘻地給朋友一個擁抱，退開後看見佟可玫身上的婚紗，微微一怔。「這件不是總評的時候，妳得獎的那套作品嗎？」

佟可玫點了點頭，雖然她有稍微修改成比較適合新娘子穿的樣式，但整體還是維持當初設計的樣子。

「好美……」季伊婷眼眶濕潤地望著她，忍不住低喃：「真希望鄭宇鈞也能看到。」

意識到自己說了不該提起的人，季伊婷立刻咬緊下唇，想衝動地賞自己一巴掌。明知可玫當初很難過鄭宇鈞的離開，現在又拿出來說嘴！

「沒關係，我已經沒事了。」佟可玫露出淺淺的笑容，站起身來看著鏡中穿著紙玫瑰婚紗的自己。

上面的每朵玫瑰都是那個人親手摺給她的，就連她的新娘捧花，也都是用他送給她的所有紙玫瑰拼湊而成。

「可玫，有些事我知道現在問也晚了。」季伊婷攬著裙襬，躊躇後咬牙對著好友說道：「妳真的要嫁給穆羽皓嗎？」

「我……」

「新娘子準備好了嗎？要進場囉！」

休息室的門被敲了幾下後傳來新娘祕書的喊聲，佟可玫稍微斂起笑容，對季伊婷說：「我真的非常愛鄭宇鈞，就算他離開了，這份愛也不會消失。

「但同時我也深愛著學長，從以前到現在，如果不是他，我就不會選擇自己想走的路，更不會有勇氣陪伴鄭宇鈞走到最後……伊婷，我明白妳擔心我只是把學長當作寄託，但我已經決定要向前走了。」

她拿起擱在一旁的新娘捧花，續道：「鄭宇鈞會一直活在我心裡，我不會忘記他。」

就像他那時對她說的——它不會枯萎、不會凋謝，是永恆的祝福，而且會永遠陪在妳身邊。

「嗚嗚……」季伊婷淚眼汪汪地抱住她，哽咽說道：「學長能娶到妳真的太幸福了！」

佟可玫苦笑著拍拍好友的肩，眨眨眼角的濕意後，外頭再度傳來催促聲。

「好好好，別哭了，婚禮就要開始了。」

兩人相互幫彼此把臉上的淚水擦掉後，一起走出新娘休息室。佟可玫一踏出門就對上穆羽皓含笑的眸子後，臉上不禁染上一層淡淡的紅暈。

季依婷因為要先進場，於是跟著新娘祕書往會場的入口走去。佟可玫望著眼前西裝筆挺的男人，露出笑容，開玩笑地道：「學長，你今天穿這麼帥，是打算去哪裡招蜂引蝶呢？」

「不，今天我要改當幸福的蜜蜂，採一朵全世界最美麗的玫瑰花。」穆羽皓朝她伸出手，「玫瑰小姐，請問妳願意讓蜜蜂先生一親芳澤嗎？」

佟可玫嬌瞋地瞪著他，隨後笑著瞇起眼，將戴著蕾絲手套的纖手放到他掌中。穆羽皓也露出笑容，緩緩牽著她往會場入口走去，兩人聽從工作人員的指示，等待會場大門開啟。

深吸口氣，佟可玫將手中的大掌握得緊緊的，一股難以言喻的壓迫感幾乎讓她窒息。

「可玫。」

身側的穆羽皓突然出聲，佟可玫像是受驚的兔子，抬頭望向他。

「不忘記他也沒關係，我會一直陪在妳身邊，這輩子永遠都陪著妳。所以……」這回換穆羽皓緊緊牽住她的手，「把妳的過去、現在、未來，都交給我吧。」

佟可玫瞠大眼，眼眶迅速蓄滿淚水，沿著臉頰滾下，滴落在潔白的婚紗上。

「你……剛剛全聽到了嗎？」

穆羽皓不回答，抬手將她臉上的淚水抹去，這時候婚宴會場的人員將門拉開，場內傳來震耳的歡呼與掌聲，隨著浪漫的婚禮歌曲，佟可玫在穆羽皓的牽引下，挺直腰桿邁步走進會場。

「可玫。」

當她走過紅毯的一半時，耳後忽地傳來一道熟悉的嗓音，彷似在她耳邊低喃一般。佟可玫雙肩微僵，淚水倔強地在眼眶打轉，可腳下的腳步沒停。

當花童對著她灑下玫瑰花瓣時，她彷彿看見賓客中出現了那抹熟悉的身影。他靜靜地佇在那，就像回到當年她在公車上看見他獨自站在公車站時那般，仍舊對著她用無聲的唇型說道——

「祝妳幸福。」

當她眨了眨眼再定睛看去，那人的身影已經消失，只剩一位她的大學男同學站在那裡，不斷朝她笑著揮手。

佟可玫露出笑容，將目光轉向正前方的佟家與穆家父母，牽緊身側穆羽皓的手，一步步朝著自己的幸福走去。

——我答應你，一定會幸福的……謝謝你，宇鈞。

國家圖書館出版品預行編目資料

紙玫瑰 / 綰昕著 .-- 初版 .-- 臺北市 :
POPO 出版 : 家庭傳媒城邦分公司發行 , 民 106.3,
面 ; 公分 .-- (PO 小說 ; 15)
ISBN 978-986-92586-6-1(平裝)

857.7 106002636

PO 小說 15

紙玫瑰

作者／綰昕
責任編輯／吳思佳　行銷業務／林政杰
主編／陳靜芬　版權／李婷雯
網站經理／劉皇佑

總經理／伍文翠
發行人／何飛鵬
法律顧問／元禾法律事務所　王子文律師
出版／城邦原創 POPO 出版　城邦原創股份有限公司
台北市中山區民生東路二段 141 號 6 樓
電話：(02) 2509-5506　傳真：(02) 2500-1933
POPO 原創市集網址：www.popo.tw　POPO 出版網址：publish.popo.tw
電子郵件信箱：pod_service@popo.tw
發行／英屬蓋曼群島商家庭傳媒股份有限公司城邦分公司
聯絡地址：台北市中山區民生東路二段 141 號 11 樓
書虫客服服務專線：(02) 25007718・(02) 25007719
24 小時傳真服務：(02) 25001990・(02) 25001991
服務時間：週一至週五 09:30-12:00・13:30-17:00
郵撥帳號：19863813　戶名：書虫股份有限公司
讀者服務信箱 email：service@readingclub.com.tw
城邦讀書花園網址：www.cite.com.tw
香港發行所／城邦（香港）出版集團有限公司
地址：香港灣仔駱克道 193 號東超商業中心 1 樓
email：hkcite@biznetvigator.com
電話：(852) 25086231　傳真：(852) 25789337
馬新發行所／城邦（馬新）出版集團 Cité(M)Sdn. Bhd.
41, Jalan Radin Anum, Bandar Baru Sri Petaling,
57000 Kuala Lumpur, Malaysia.
電話：(603) 90578822　傳真：(603) 90576622
email：cite@cite.com.my

封面設計／Betty Cheng
印刷／漾格科技股份有限公司
經銷商／聯合發行股份有限公司
電話：(02) 2917-8022　傳真：(02) 2911-0053

□ 2017 年 (民 106) 3 月初版　Printed in Taiwan.
□ 2019 年 (民 108) 9 月初版 3.5 刷

定價／ 280 元
 ISBN 978-986-92586-6-1